천하를 경영한
기황후

천하를 경영한

기황후

4 나를 고려에 묻어다오

제성욱 대하소설

알동북

기 황후

공녀라는 불운을 극복하고 원 제국의 황후가 되어 순제 황제를 대신해 유라시아 대륙을 경영했다. 고려를 원나라의 한 성에 편입시키자는 입성론을 종식시켰고, 원나라의 강압적인 요구로 80년간 고려 민중들을 공포에 떨게 했던 공녀와 환관 제도를 폐지하는 등 고려의 권익에도 힘썼다. 이 영정은 KBS가 몽골 화가를 통해 제작해서 행주기씨 문중에 기증한 것을 본 출판사가 사용하였다.

장성

주원장은 재위 5년째부터 변방을 공고히 하기 위해 각지에 축성을 했다. 중원을 내주고 내몽골 초원지대로 돌아간 원나라의 세력을 여전히 두려워했기 때문이다. 이 성은 주원장 재위 시절 20년 동안 축성했던 감숙 가릉관의 장성이다.

토쿠스우스길테무르

기 황후와 혜종 순제의 둘째 아들. 기 황후의 장자 소종황제 사후에 황위를 이어받았지만, 이때부터 몽골왕조는 더 이상 중국식 시호를 사용하지 않았다. 빼앗긴 내몽골 지역을 회복하며 한때 파죽지세로 명나라 군대를 섬멸하기도 했다. 대도성 탈환 작전을 앞두고 장수 나하추의 배신으로 대군을 잃으며 제국을 재건하려는 꿈도 좌절되고 만다.

기황후릉과 석양 石羊

경기도 연천의 기황후릉. 당시 웅장한 규모로 치장되었을 황후릉은 조선시대에 와서 석인(石人), 석양(石羊) 등의 석물이 원형을 잃고 방치되어 이미 훼손되었고, 일제 강점기 때와 6·25 직후 2차례 도굴을 당했다. 《동국여지지》에는 다음과 같은 기록이 있다.

－奇后墓 在縣東北十五里俗傳元順帝奇皇后墓 石人石羊等石物今爲耕牧者所仆－

석양은 오랫동안 방치돼 있던 것을 연천문화원에서 현재 보관 중이다.

목차

1장 일촉즉발一觸卽發   11

2장 아, 대도성이여!   87

3장 남북조시대南北朝時代   145

4장 대륙의 꿈   229

　　 작가 후기   316

1장

일촉즉발
一觸卽發

1368년 주원장이 명(明)를 건국하고
홍무(洪武)를 연호로 황제에 오르다

1

  만세산은 서화담(西華潭) 옆에 있던 조그만 흙동산에 불과했다. 그랬던 것이 호수를 넓히기 위해 파낸 흙이 조금씩 쌓이면서 더욱 커지며 후에 만세산이라는 이름까지 붙여졌다. 만세산은 대도성에서 가장 높은 곳으로, 정상에 올라서면 대도성의 모습을 굽어볼 수 있었다.
  기 황후는 그 만세산 중턱에 올라 대도성의 전경을 찬찬히 살피고 있었다. 붉은 그림자와 반사광 사이로 궁전의 황금 기둥과 안개에 쌓인 정원, 그리고 비취빛으로 물든 호수가 펼쳐져 있는 게 보였다. 오랫동안 공중에 떠 있던 누런 흙먼지가 걷히며 주위의 모습이 또렷하게 다가왔다. 그러자 대도성이 한눈에 들어왔다. 성의 전체 모양은 직사각형으로 그 내부는 바둑판처럼 동서남북이 교차하는 간선도로가 뻗어 있고, 간선도로로 구획된 작은 사각형 안에는 엄청나게 큰 건물들이 그 위용을 자랑하고 있었다. 대도성 외곽을 휘돌고 있는 외성의 길이는 육십 리에 달했다. 이번 반란을 진압하면서 성벽 곳곳이 무너지고, 화의문(和義門)을 비롯한 외성(外城)의 문들도 불에 타 검게 그을려 있었다.

대도성 정문으로 여정문(麗正門)이 서 있고, 그 뒤로 곧장 이어진 내성에도 불타고 파괴된 흔적이 역력했다. 성벽과 기와가 무너져 내렸고 건물이 흉물스럽게 불탄 흔적이 만세산 중턱에서도 한눈에 보일 정도였다. 기 황후는 자신이 거처하는 흥성궁 쪽을 아득한 시선으로 바라보았다.

"그 사람이 죽었던 곳이 바로 저기구나."

기 황후의 눈시울이 붉어졌다. 핏물이 고여 있던 최천수의 붉은 눈이 떠오르자 숨이 다 막혀왔다. 그녀는 흥성궁 옆 호수를 한참이나 바라보다가 시선을 옆으로 옮겼다.

"박불화가 죽은 곳은 저기 이문소(理問所)구나."

기 황후는 우울한 낯빛이었다.

"그 둘은 내가 죽인 것이나 다름없다."

그녀는 무연한 눈빛으로 말하다가 다시 소리를 낮추어 중얼거렸다.

"아니지. 그 둘을 죽인 사람은 따로 있어."

뒤에 시립한 채 묵묵히 듣고 있던 강순용이 그제야 고개를 들었다.

"그게 무슨 말씀이신지······."

하지만 기 황후는 긴 한숨만 내쉴 뿐 아무런 말도 하지 않았다. 조금 더 걸어 올라가자 만세산 정상에 나타났다. 정상에는 관묘정(觀妙亭)이라는 현판이 걸린 작은 정자가 있었다. 그녀는 정자 난간에 올라서며 호수 한가운데 떠 있는 섬을 가리켰다.

"저기 경화도가 보이느냐?"

강순용이 고개를 길게 빼고 섬을 주시하자 기 황후가 내처 말을 이어갔다.

"세조께서는 저곳 경화도에 게르를 짓고 사셨지. 그분은 태조가 했던 말씀을 게르에서 자주 입에 올리셨다고 한다. '내 자손들이 비단옷을 입고 벽돌집에서 사는 날, 내 제국은 망할 것'이라는 태조의 유언을 후세에 전하고 싶어 하셨다. 이 정신을 지키기 위해 세조께서는 안락한 궁궐 대신 게르에서 사셨던 게야. 그러나 오늘날 우리 원 제국을 한번 바라보게나. 중원을 평정하고 천하를 통일하면서 한족들의 안락한 생활을 배워가며 퇴폐와 향락에 젖어 안으로 곪아가고 있지 않은가."

기 황후는 멀리 아래를 내다보았다.

"이곳에 대도성을 건설하면서 통일된 중원의 출발점이 되었다. 이전의 중원은 여러 나라로 갈라져 있었고, 그 영역도 몇몇 고성(古城)과 강의 남북을 중심으로 국한되어 있었지. 하지만 세조께서는 이곳에 대도성을 건설하시면서 육지와 바다를 통해 천하 각지로 뻗어나가도록 천하를 통일하셨지. 온 천하를 원나라의 깃발 아래 통일시켰단 말이다. 그런데……."

기 황후는 감정이 복받치는지 길게 심호흡을 하며 어조를 높였다.

"태조께서 처음 길을 여시고 세조께서 어렵게 천하를 평정한 우리 원나라도 이제 서서히 국운이 다해가는 조짐이 보이고 있다. 남으로는 주원장과 장사성이 호시탐탐 중원을 노리고 있고, 우리에게 복속당했던 서역의 여러 나라들도 반란을 일으키고 있잖은가? 자칫하면 우리 제국이 몇 갈래로 찢어질 수도 있단 말이다."

기 황후는 발밑에 펼쳐진 대도성을 아득한 눈으로 바라보며 말을 이었다.

"이 모든 게 황상이 무능해서야. 간신들에게 휘둘리고, 변방의 장수들까지 황제를 발아래 굽어볼 만큼, 나약하고 심약해서야."

강순용이 난감한 얼굴로 주변을 급히 둘러보았다.

"마마, 그런 말씀은······."

말끝을 흐리며 몸을 떠는 강순용과는 달리 기 황후의 목소리는 오히려 차분했다.

"내가 어디 틀린 말을 했던 게야? 이번 일만 해도 그렇다. 황상께서 패라첩목아의 달콤한 말에 속지만 않았어도, 군사를 모아 당당히 그와 맞서기만 했어도, 충분히 이겨낼 수 있었단 말이다. 역적 패라첩목아를 몰아낸 것은 모두 황태자가 군사를 모아오고, 최천수가 목숨을 바쳐 황족들을 구해냈기 때문에 가능한 일이지 않느냐?"

기 황후는 결심을 굳힌 듯 분명한 어조로 말을 이어나갔다.

"무슨 일이 있어도 황위를 양위케 하여 황태자를 그 자리에 앉혀야 한다. 그렇지 않으면 우리 원 제국이 산산조각 나 흩어질지도 모른다."

기 황후는 관묘정에서 내려서며 발길을 돌렸다. 강순용이 그 뒤를 급히 따랐다.

"황상을 태상황으로 물러나게 하고 그 자리에 우리 황태자를 앉힐 것이야. 자넨 그에 합당한 묘수를 생각해보게나."

"지금은 황후 마마를 시기하던 무리들은 모두 제거되었습니다. 적어도 황태자 전하를 황제로 옹립하는 데 걸림돌이 되는 신하들은 아무도 없사옵니다. 허나 한 가지 문제가 있사온데······."

"무슨 문제가 있단 말이냐?"

"다름 아닌 황상 폐하께서 거부하실 듯합니다. 예전에는 계급무계궁에 출입하면서 정사를 멀리 하셨지만 지금은 정사를 직접 돌보시며 상소문까지 손수 볼만큼 의욕을 보이고 계십니다."

"황상을 다시 계급무계궁에 들게 하면 손쉽게 대권을 쥘 수 있단 말이지?"

강순용은 대답 대신 고개를 끄덕이며 기 황후의 안색을 슬쩍 살폈다. 하지만 기 황후는 고개를 내젓고 있었다.

"절대 계급무계궁은 다시 만들어져서는 안 된다. 선왕들이 남기신 말씀처럼 말 타고 초원을 내달렸던 기상을 잊고서는 다시 예전의 영화를 회복할 수 없다."

강순용도 고개를 끄덕이고 있었다. 그는 다른 방도를 기 황후에게 넌지시 말했다.

"차라리 마마께서 정후의 자리에 오르시는 게 더 낫지 않겠습니까?"

"그렇다면 백안홀도 황후는 어떡하란 말인가? 그녀가 엄연히 살아 있는 한 정후가 되기는 힘들다."

"그야 다른 방법을 쓰면 될 것 아닙니까?"

"방법이라······."

강순용이 의미심장한 표정으로 턱을 주억거렸으나 기 황후는 고개를 내저었다.

"난 그런 낮은 수는 쓰지 않는다. 이제는 황상과 정면으로 맞서 그 자리를 가져올 것이야."

기 황후는 결연한 표정으로 입술을 앙다물었다.

"세조께서 천하를 통일한지 이제 백 년 남짓 세월이 흘렀다. 내 반드시 황태자를 황제의 자리에 앉혀 우리 원나라를 천년 동안 이어질 제국으로 만들 것이야."

만세산에서 내려온 기 황후는 즉각 흥덕전(興德殿)을 찾았다. 흥덕전은 그녀가 예전 황후에 오르기 전에 거처했던 곳이다. 황후가 되어 흥성궁에서 살아 그동안 비어 있었는데, 황제의 애첩인 박불화의 사촌동생 박선지를 위해 이곳을 내주었다. 흥덕전에 가까이 다가가자 무장한 충익시위군이 앞을 지키고 서 있었다. 강순용이 주변을 살피더니 낮게 아뢰었다.

"마마, 황상 폐하께서 드신 듯하옵니다."

그녀는 발걸음을 돌리며 일렀다.

"황상께서 가시면 선지에게 흥성궁에 들라 전하라."

정오를 막 넘은 시각. 황제는 대낮부터 정사를 미뤄두고 박선지를 찾은 것이다.

"선지에게 완전히 빠지셨구나."

그녀는 무표정한 얼굴로 중얼거렸으나 눈빛은 얼음처럼 차가웠다. 입술 근육이 부자연스럽게 뒤틀리며 옅은 한숨을 내쉬었다. 황제를 묶어두기 위해 자신이 데리고 있던 아이를 주었으나 마음이 편할 리 없었다. 사사롭게는 그녀도 어엿한 한 남자의 아내였다. 예전에는 계급 무계궁에서 수많은 여자들에게, 지금은 박선지를 통해 황제를 묶어두어야만 하는 자신의 처지가 한스러웠다. 가슴 저 밑바닥에서 질투의 감정이 연기를 피우듯 가늘게 올라왔지만 꾹 참고는 발걸음을 돌렸다.

홍성궁에 들자 그동안 몸을 숨기고 있던 삭사감이 기다리고 있었다. 그는 기 황후를 보자마자 달려와 무릎을 꿇고 엎드렸다.
"황후 마마, 그동안 얼마나 심려가 크셨는지요."
삭사감은 어느새 문무백관의 궁중예복인 질손(質孫)을 입고 있었다.
"그동안 경은 어디에 있었던 게요?"
"소인 대도성을 빠져나가 근처에 몸을 숨기고 있다가 역적 패라첩목아가 자진했다는 소식을 듣고 즉시 달려왔사옵니다."
그를 바라보는 기 황후의 표정은 그리 밝지 않았다. 구겨진 양미간을 이따금 꿈틀거리며 눈을 들고 하늘을 올려다보았다.
패라첩목아가 처벌을 요구한 이는 박불화와 삭사감이었다. 그녀는 그 둘을 살리기 위해 몰래 피신을 시켰었다. 하지만 박불화는 기 황후가 염려되어 차마 몸을 숨기지 않고 나섰다가 목숨을 잃었다. 그런데 삭사감은 용케도 목숨을 부지하고 있다가 난이 평정되자 이렇게 다시 나타난 것이다. 그것이 고려인 박불화와 몽골인 삭사감의 차이였다. 그의 등장이 달가울 리 없었다.
차라리 그대 대신 박불화가 살았으면······.
그녀는 긴 한숨을 내쉬다가 대답을 기다리는 삭사감을 그대로 놔두고 홍성궁 안으로 들어가 버렸다. 한참동안 엎드려 있던 삭사감의 콧잔등에 땀방울이 맺혔다. 그는 얼굴이 벌겋게 상기된 채 일어나야만 했다.

2

 박선지는 한참이 지나서야 흥성궁을 찾았다. 기 황후는 먼저 그녀에게 위로의 말을 전하는 것을 잊지 않았다.
 "네 사촌오라비 박불화를 생각하면 내 가슴이 미어지는구나."
 박선지는 얼굴을 붉히며 고개를 숙였다. 그녀의 눈에는 어느새 물기가 맺혀 있었다. 그녀는 입술을 앙다물며 천천히 눈을 감았다. 기 황후는 죽은 박불화를 끌어안고 오열하던 박선지의 모습이 자꾸 떠올라 고개를 돌릴 수밖에 없었다. 하지만 이내 원래의 표정을 회복하고는 다부진 목소리로 일렀다.
 "네게 황상 폐하를 모시도록 한 이유를 잘 알고 있겠다?"
 박선지는 고개를 숙이며 정중하게 대답했다.
 "황상 폐하를 정성껏 모셔 다른 생각에 빠지지 못하게 하는 것이 소인의 일이옵니다."
 기 황후는 흡족한 표정으로 고개를 끄덕였다.
 "그것이 곧 네 오라비가 진정으로 바라던 것이야."
 기 황후는 박선지를 물끄러미 바라보다가 화제를 돌렸다.
 "요즘은 날이 무척 덥구나. 이곳에서 지내기 불편하지 않느냐?"
 "무슨 말씀이오신지……."
 "황상께서는 심신이 허하셔서 더위를 좀체 이기지 못하신다. 네가 황상 폐하의 옥체를 시원하게 보내실 수 있도록 청을 넣어야 할 게야."
 다음날, 황제가 다시 흥덕전을 찾자 박선지는 연신 부채질을 하며 짜증을 쏟아놓았다.

"소인, 날씨가 너무 더워 움직이기조차 힘이 드옵니다."

"어제까지는 아무 말이 없었지 않느냐?"

"오늘은 바람 한점 불지 않사옵니다. 이곳 대도성은 너무 더워 견디기가 힘듭니다."

1366년 그 해 여름은 일찍 찾아온 더위가 유난히 극성을 부리며 사람들을 괴롭혔다. 태양은 온 세상을 태울 기세로 이글이글 열기를 내뿜었고, 바람 한점 불지 않는 대기는 습한 기운을 머금고 있었다. 사람들은 쉽게 짜증을 부리며 그늘로 모여들곤 했다. 대도성은 분지로 둘러싸여 안에 모인 열기가 빠져나가지 못해 늦은 밤까지도 찜통더위가 이어졌다. 늘 두텁고 긴 황포를 입어야만 하는 황제도 더위를 이기긴 힘들었다. 박선지 또한 황제의 이마와 콧등에 맺힌 땀을 연신 비단 수건으로 닦아내기 바빴다.

"소인 시원한 곳에서 폐하의 옥체를 돌보고 싶어요, 네?"

황제는 박선지의 거듭된 재촉에 한동안 시달리다가 대도성을 떠나기로 결심했다. 더위를 피해 중도성(中都城)으로 옮길 채비를 명한 것이다. 대도성 북쪽에 위치한 중도성은 과거 원 제국의 수도였으며 얼마 전까지 황제의 피서지기도 했다.

집권 초기 세조 쿠빌라이는 초원에 자리 잡은 상도만으로는 마음에 차지 않았다. 비옥한 중원 남쪽을 차지하기 위해 금나라의 수도였던 중도성을 또 하나의 도읍으로 삼았다. 그래서 상도와 중도를 오가면서 유목사회와 농경사회를 동시에 통치하려 했다. 당시 세조는 여름은 주로 상도에서 보내고 겨울은 중도에서 지냈기 때문에 상도를 여름 수도, 중도를 겨울 수도로 불렀다. 그러던 것이 원나라가 장강(長

江) 남쪽의 남송(南宋)을 차지하면서 중도에 더 비중을 두기 시작했다. 세조는 상당 부분 파괴되고 소실된 금나라 수도인 중도를 새롭게 건설하고는 대도성이라고 칭했다. 그때부터 중도인 개평부(開平部)는 수도의 기능을 잃고 말았다. 대신 중도는 초원지대인 화림(和林)에서 가깝고 북쪽에 위치하여 역대 황제들의 여름 피서지로 주로 활용되곤 했다. 그랬던 것이 지금의 황제 순제가 등극한 후에는 남쪽 곳곳에서 반란이 일고 정국이 어수선해지면서 중도로의 행차도 뜸해졌다.

황제는 대도성을 떠나 중도로 가면서 그 행차 규모를 화려하게 갖추도록 명했다. 이는 남쪽에서 일고 있는 주원장과 장사성 등의 반란군에게 원 황실의 위엄과 권위를 과시하기 위해서였다. 기 황후는 황제가 지나갈 길을 닦는 일과 제단을 세우는 일, 호위할 군사의 복장과 황제를 맞이할 지방 관리의 역할 분담 등 모든 사항을 빈틈없이 손수 지시했다.

행렬의 맨 선두에는 붉은 바탕에 화려한 비단옷, 금줄이 달린 검은 갑옷과 투구를 쓴 충익시위군이 황실의 깃발을 들고 나아갔다. 그 뒤로 황색의 화려한 비단옷을 입은 환관들이 서고, 근위대의 호위를 받으며 황제가 탄 마차가 나아갔다. 박선지가 탄 마차는 그 뒤를 따르면서 일정한 간격을 유지했다. 혹시 있을지 모르는 사태를 대비하기 위해 1만이 넘는 군사가 황제의 마차를 호위했다. 장엄한 규모의 행렬이 대도성을 나서자 백성들이 구름같이 몰려나와 구경했다. 그 행렬은 끝도 없이 이어져 낮이면 화려한 물결이 일렁이는 힘찬 강처럼 나아갔고, 밤이면 거대한 야영지의 불빛이 검은 대지를 환하게 밝혔다.

중도에 도착한 황제 일행은 궁성에 들어가 피서를 즐겼다. 중도는 북쪽에 위치해 있는데다 금련천 초원이 가까워 늘 시원한 바람이 불어왔다. 기 황후는 오래 전에 이곳에 사람을 보내 궁궐을 대대적으로 수리하여 아름답고 화려하게 꾸며 놓도록 지시했다. 황궁 남쪽에 위치한 황실 침전 앞에 새로 호수를 만들었는데, 그때 파낸 흙으로 언덕을 쌓고 2층 누각을 지어 아름다운 정취를 자아냈다.

  박선지는 그 맑은 호수 한가운데 활짝 핀 연꽃과 수련 속에서 황제를 맞았다. 안개가 잔잔히 깔린 호수 위에 큰 배를 띄어 놓고 황제와 박선지가 나란히 올랐다. 뱃머리에서는 악사들이 부드러운 풍악을 연주했고, 건너편 다리에서는 무희들이 긴 소매를 빙글빙글 돌리며 춤을 추었다. 돛 꼭대기에서 곡예사들이 허공을 가로지르며 아슬아슬하고 멋들어진 곡예를 연출할 때마다 황제는 손뼉을 치며 탄성을 내질렀다. 그런 황제의 얼굴을 보며 박선지는 교태를 지으며 황제의 품에 파고들었다. 황제는 감미로운 음악과 박선지의 나른한 교태에 파묻혀 세상을 잊었다.

  황제가 중도성에 가 있는 동안 기 황후는 문무백관들을 모아 어전회의를 주재했다. 물론 어좌에 앉은 것은 황태자였다. 기 황후는 취렴(聚斂) 뒤에 앉아 회의를 친히 이끌었다. 황제가 계급무계궁에 있는 동안 황태자가 여러 번 회의를 소집했기 때문에 이번 회의는 그리 낯설진 않았다. 하지만 황제가 중도성에 가면서 전권을 황태자에게 준 것은 아니었다. 황제의 허락 없이 어전회의를 소집할 권한이 황태자에겐 없었다. 황제는 근래 들어 상소와 각종 문서를 친히 처리했다. 황제가 의욕적으로 국정을 주재하던 와중에 휴양지로 떠난 상태였기 때문에 황태자의 이번 어전회의 소집은 문무백관들에겐 놀라운 일이기도 했다.

하지만 신하들 중 이를 시비 거는 자는 없었다. 이제 조정에는 기황후에게 대적할 신하가 아무도 남아 있지 않았다. 마지막까지 그녀를 괴롭히던 노적사와 독견첩목아, 그리고 패라첩목아까지 모두 죽었다. 그녀는 황후가 되고 황태자를 전면에 세운 이후 정치적 반대자들을 냉정하게 제거해 왔다. 이를 잘 알고 있는 신하들은 그녀에게 맞서기 보다는 순순히 따르는 쪽을 택했다.

어좌에 앉은 황태자는 기 황후가 써서 건네준 두루마리를 펼쳐들었다. 그리고는 장중한 어조로 읽어나갔다.

"금번 역적의 반란을 평정한 공을 기리는 것과 동시에 새로이 관직을 임명하도록 하노라."

황태자의 선언에 엎드려 있던 신하들이 놀란 얼굴로 서로 쳐다보며 술렁거렸다. 황제는 중도성으로 가면서 관직을 임명한 사실이 없었다. 그런데 황제가 없는 사이에 기 황후가 관직을 새로이 발표한다니 놀라지 않을 수 없었다. 이는 황제의 윤허를 받지 않고 기 황후 단독으로 결정한 사항이 분명했다. 신하들은 우려 섞인 표정으로 옅은 한숨을 내쉬고 있었다.

이를 모를 리 없는 기 황후가 고개를 끄덕이며 황태자를 재촉했다. 황태자가 계속 읽어나갔다.

"이번 난을 진압하는 데 가장 큰 공을 세운 확곽첩목아에게 금보용호금부(金寶龍虎金府)의 관직을 내리고, 시옹방(時雍坊)에 봉하는 동시에 모든 군권을 맡겨 원 제국의 군대를 이끌게 할 것이다. 관례에 따라 중서령(中書令)은 황태자가 겸임하는 것과 동시에 정1품의 태사

(太師), 태부(太傅)의 자리까지 맡을 것이다. 또한 좌승상에는 실열문(失列門)을, 우승상에는 삭사감을 임명하노라."

황태자의 관직 발표는 계속 이어졌다. 그 내용을 들으며 신하들은 놀란 입을 다물지 못했다. 주요 관직을 기 황후의 측근들이 모두 차지한 것이다. 기 황후를 비롯한 자정원파에 속한 신하들과 고려출신의 관리들도 요직을 독식했다. 그리고 5대천왕의 일원 중 죽은 최천수를 제외한 나머지 천왕들도 모두 파격적으로 주요 관직을 맡게 되었다. 온전히 기 황후의 친정 체제를 구축한 것이다.

신하들은 낮게 속삭이며 불평을 쏟아 놓았지만 이를 내놓고 드러내진 못했다. 수군거리며 기 황후의 눈치만 살필 뿐이었다. 황태자는 헛기침과 함께 마지막 내용을 읽어나갔다.

"이번 난으로 사망한 영록대부 박불화와 전 태감 최천수에게는 명예직으로 각각 참지정사(參知政事)와 참의중서성사(參議中書省事)를 제수하는 바이다."

황태자의 마지막 발표에 낮게 수군거리던 신하들의 목소리가 커졌다. 도무지 이것만은 두고 볼 수 없다 여긴 한 신하가 자리에서 벌떡 일어섰다. 바로 평장정사(平章政事) 복소요(福蘇要)였다.

"황태자 전하, 박불화와 최천수는 환관 출신이온데, 어찌 그런 자들에게 최고 명예직인 참지정사와 참의중서성사를 내리시옵니까? 이는 원나라 황실에서 전례가 없었던 바, 영을 거두어 주옵소서."

취렴 뒤에 앉아 있던 기 황후가 얼굴이 붉히며 양 주먹을 꽉 움켜쥐었다. 그녀가 눈짓을 보내자 황태자가 얼른 두루마기를 다시 펼쳤다.

"복소요, 경은 이번 인사에서 평장정사를 맡으셨군요. 평장정사라

하면 정1품으로 참으로 중요한 자리이지요. 하지만 조정의 화합을 깨고, 공신을 시기하는 자에게는 과분한 자리기도 합니다. 경을 오늘로 삭탈관직 하니, 즉시 도성을 떠나도록 하시오"

황태자의 추상같은 영이 내려지자 대기하고 있던 시위군들이 복소요에게 달려갔다. 그들은 복소요의 겨드랑이를 맞잡아 끌어냈다.

"황태자 전하, 황후 마마, 소인이…… 소인이 잘못했사옵니다."

복소요는 몸부림을 치며 외쳤지만 이미 늦은 뒤였다. 그는 그 자리에서 끌려 나가 이문소에 갇혔다. 이 모습을 본 신하들은 몸을 벌벌 떨며 더욱 고개를 숙일 뿐이었다. 기 황후의 천거로 관직에 오른 자들은 기세 좋은 표정으로 그들을 돌아보며 웃고 있었다.

3

"그동안 얼마나 심려가 크셨습니까?"

"심려라니요? 오히려 기 황후께서 큰일을 당할 뻔 하시지 않았습니까?

"그렇게 염려해주시니 송구하옵니다."

기 황후는 의자에 앉은 채 맞은편에 앉은 정후 백안홀도를 물끄러미 바라보았다. 정후의 나이 이제 쉰을 넘어 흰머리가 가득했다. 복숭아꽃처럼 희고 발그레하던 피부도 어느새 거칠고 건조해졌다. 빗질을 할 때마다 머리카락은 한 움큼씩 빠졌고, 눈 밑에 검은 그늘이 드리워져 병자처럼 창백했다. 태황태후와 함께 자신을 몰아내려 했던 정후였지만 마지막으로 자정원까지 빼앗기고는 모든 의욕을 잃은 듯했다. 정후는 흥성궁 한쪽에 유폐되다시피 하며 대외활동을 일절 하지 않고 궁중의 중요한 행사가 있을 때만 겨우 모습을 보일 정도였다. 패라첩목아가 대도성을 장악하고서도 정후를 거들떠보지 않은 것은 그만큼 그녀의 세력이 약해졌다는 것을 의미했다.

"기 황후께서 황상 폐하를 잘 보필하여 주세요. 나는 이제 늙어 기운도 없습니다."

"무슨 말씀을 하시는 겁니까? 이 원나라의 어머니는 누가 뭐라 해도 황후 마마시옵니다. 제가 의지하고 조언을 구할 분도 마마밖에 없지 않습니까?"

"날 그렇게 생각해주다니 고맙기 그지없구려."

기 황후는 정후 백안홀도의 측은한 모습을 바라보다가 자리에서 일어났다. 그녀는 정후가 자신의 자리를 위협할 가능성은 이제 없다고 확신했다. 오직 황제만이 걸림돌로 남았다. 흥성궁을 나오는데 강순용이 급히 다가왔다.

"마마, 황상 폐하께서 개평부를 떠나셨다 하옵니다."

"황상께서 어디로 가셨다는 게냐?"

"바로 이곳 대도성으로 향하고 계신다 하옵니다."

"무엇이라? 황상께서는 가을까지 그곳에 계시기로 하지 않았느냐?"

"황상 폐하께서 이번 관직 임명을 들으시고 진노하신 것 같사옵니다."

"으음……."

기 황후는 잠시 멈추어 선 채 미간을 찌푸리며 눈을 감았다. 그러다가 무슨 결심이 섰는지 결연한 표정으로 입을 열었다.

"너는 속히 중신들을 모아 어전에 들게 하라."

"성문 밖에 나가셔서 황상 폐하를 맞이해야 하는 것이……."

"문무백관들이 모두 보는 앞에서 황상을 맞이할 것이다. 정면으로 치고 나갈 것이란 말이다."

황제가 여정문을 통해 대도성에 들어와 황궁으로 입궁하자 기 황후가 나가 맞이하였다. 황제는 진노한 표정으로 기 황후를 거들떠보지도 않고 곧장 안으로 들어갔다. 그녀는 황제와 나란히 걸어 어전으로 향했다. 어전에는 문무백관들이 엎드려 황제의 입궁을 맞이했다. 황제가 보좌에 앉자 기 황후가 그 옆에 나란히 앉고, 황태자는 그 보다 낮은 곳에 신하들을 마주보며 앉았다.

황제는 미간을 몹시 찌푸리며 옆의 기 황후를 돌아보았다.

"황후께서는 어찌 짐이 없는 동안에 함부로 관직을 임명했던 것이오?"

"역적 패라첩목아를 몰아낸 뒤에 비어 있는 관직이 너무 많아 급히 임명을 하였사옵니다. 시급을 다투는 일이라 미뤄둘 수 없었지요. 더구나 이번 난을 평정한 공신들에게 그 상급을 주고 그들로 하여금 두려움에 떨었던 백성들을 위무하게 할 생각이었습니다."

"신하들에게 관직을 내리는 것은 짐만이 할 수 있다는 걸 황후는 알지 못하는 게요?"

"황상 폐하께서 계급무계궁에 가 계시는 동안 여기 계신 황태자와 소인에게 조정의 모든 일을 맡기시지 않았습니까? 소인 이번에도 그 관례에 따랐을 뿐이옵니다."

"그거야······."

 기 황후는 새삼스럽게 계급무계궁의 이야기를 꺼내 황제를 난처하게 만들었다. 실제로 그는 환정법을 배워 혼음에 빠져 있는 동안 모든 조정의 일을 황태자와 기 황후에게 맡겨두지 않았던가? 기 황후는 과거의 일을 상기시키며 이번 일의 정당성을 설파했다.

 황제의 얼굴엔 한순간 곤혹스러운 표정이 스치고 지나갔다. 어금니를 꽉 깨물고 관자놀이를 씰룩이는 것이 무언가 깊은 생각에 빠져 있는 것 같았다. 잠시 말문이 막힌 황제는 화제를 다른 쪽으로 돌렸다.

"그건 그렇다 치고, 환관 출신인 박불화와 최천수에게도 공신의 직을 내린 것은 묵과할 수가 없소이다. 그들은 환관 출신이 아니오? 환관 출신들이 공신의 반열에 오른 것을 한번도 본 적이 없소이다."

 이번에도 기 황후는 물러서지 않았다. 그녀는 단호한 어조로 말했다.

"박불화는 제 목숨을 버리면서까지 손수 패라첩목아를 찾아가 그 화가 커지는 것을 막았습니다. 비록 환관이라고 하나, 난이 일어났을 때 어느 누가 그와 같은 의로움과 충성을 보였습니까? 그의 신분이 비록 미천하다 하나, 황족과 신하들을 대신하여 죽은 것이 아니고 무엇이겠습니까? 최천수는 목숨을 걸고 황상 폐하를 비롯한 황족들을 구해낸 자이옵니다. 만약 최천수가 없었다면 패라첩목아가 여전히 도성을 점령한 채 황실을 능멸했을 지도 모릅니다. 이런 자들이 공신이 되지 않으면 누가 공신의 반열에 오를 수 있고, 나라가 위기에 처했을 때 누가 스스로의 목숨을 버리면서까지 황상 폐하에게 충성하려 하겠습니까?"

 황제는 기 황후의 논리정연하고 당당한 목소리에 제대로 답하지 못하고 인상을 찌푸리기만 했다. 그는 무안한 표정으로 고개를 옆으로 돌리고 말았다. 이제 황제가 기댈 곳은 신하들밖에 없었다. 그는 근엄한 표정으로 부복한 신하들을 내려다보았다.

"경들은 어떻게 생각하시오? 환관 출신들이 공신의 반열에 오르는 것이 합당하다고 생각하시오?"

신하들은 저마다 눈치를 살필 뿐, 아무 말도 하지 않았다. 이번에 임명된 신하들은 대부분 기 황후파에 속한 인물들로 채워져 있었다. 그들은 황제보다는 기 황후의 눈치를 볼 수밖에 없었다. 이제 원나라의 실질적인 주인은 기 황후라는 것을 그들도 잘 알고 있었다. 패라첩목아가 대도성을 점령하면서 우유부단한 모습을 보였던 황제에게 실망한 대부분의 신하들이 기 황후의 위세에 기울었다. 황제의 어리석은 판단으로 대도성을 내주었지만, 이를 구해낸 것은 황태자와 기 황후가 거느린 수족들이었다. 황제의 무능함과 대비된 기 황후의 냉철하고 당당한 모습에 신하들의 마음은 이미 기 황후 쪽으로 향해 있었다. 황제가 신하들의 호응을 얻기 위해 다시 하문했다.

"경들의 생각은 어떠한가?"

황제의 거듭된 재촉에도 누구도 입을 열어 대답하지 않았다. 신하들이 아무 말이 없자 황제는 얼굴을 붉힌 채 자리에서 일어나고 말았다. 그는 눈에 경멸을 담고 엎드린 문무백관들을 노려보았다. 턱까지 올라오는 숨소리를 겨우 고를 뿐, 황제는 침통함과 분노가 뒤섞인 얼굴로 기 황후를 한번 쳐다보고는 편전으로 들어가 버렸다. 기 황후는 오히려 태연한 모습으로 자리에서 내려와서는 엎드려 있는 신하들을 한번 둘러보고는 흥성궁으로 향했다. 강순용이 불안한 얼굴로 다가왔다.

"마마, 황상 폐하께서 매우 진노하신 듯하옵니다."

"내가 옳은 말을 했으니 하실 말씀이 없었던 게야."

"허나 황상 폐하의 눈밖에 나서는……."

"이제 조정에선 날 거역할 자는 아무도 없다. 모두 제거해 버렸지 않았느냐? 이제는 어쩔 수 없이 황상과 맞서야 하느니라."

흥성궁으로 돌아온 기 황후는 본격적으로 황제를 태상황으로 물러나게 할 계책에 골몰했다. 속히 황태자를 황제의 자리에 앉혀 원나라의 기틀을 바로 잡고 싶었다.

"남쪽에서는 주원장과 장사성이 대군을 동원하여 전쟁을 벌이고 있다. 둘 중 이기는 자 하나가 남쪽의 세력을 기반으로 이곳 중원을 노릴 것이 분명하다. 지금 우리 원나라의 상황으로는 그들을 이길 수가 없다. 무능한 황제를 바꾸고 새롭게 나라의 기틀을 바로 잡아야만 저들을 대응할 수 있을 게야."

듣고 있던 강순용은 당황한 얼굴로 주위를 얼른 살폈다. 거침없이 황제의 무능을 입에 놀리는 기 황후의 과단성에 겁을 집어먹지 않을 수 없었다.

"마마…… 누가 듣사옵니다."

하지만 기 황후는 기왕 내친걸음이었다.

"예전 황상이 계급무계궁에 빠져 있을 때 황태자를 황제에 앉혔어야 했다. 그러지 못해 패라첩목아에게 능욕을 당하고 남쪽의 반란군들이 활개를 치고 있지 않느냐? 더 이상 미루어 둘 수가 없다."

그녀는 피붙이처럼 여겨온 박불화와 최천수가 죽은 것이 모두 황제 때문이라고 생각했다. 과거와는 달리 황제에 대해 실망감을 넘어 이제 경멸할 지경에 이른 것이다. 특히 최천수의 죽음은 그녀의 마음을 얼음장처럼 차갑게 만들고 있었다.

"그렇다면 생각해두신 계책이라도……."

"그런 건 없네. 황태자에게 양위를 하라고 직접 압박할 수밖에 없네."

"황후 마마께서 직접 나서실 수는 없지 않습니까?"

"그렇지. 조정에서 비중 있는 대신이 황제에게 상소를 올려 논란을 일으켜야 하네. 자넨 누가 적당하다고 보는가?"

"우승상 삭사감이 어떻겠습니까?"

기 황후가 고개를 내저었다.

"그는 몸만 사리는 소인배야. 패라첩목아가 쳐들어 왔을 때도 자기만 살겠다고 도망갔던 자가 아니냐? 그런 자가 목숨을 걸고 상소를 올릴 리가 없네. 오히려 내쳤으면 하는 인물이야."

"그러니까 더더욱 그에게 맡겨야 한다는 겁니다."

기 황후가 턱을 앞으로 내밀었다.

"그게 무슨 소린가?"

"삭사감을 불러 황상 폐하께 양위를 하라는 상소를 올리라 하십시오. 만약 그가 상소를 올린다면 마마님 계획대로 되는 것이고, 거절한다면 그걸 명분으로 내치면 되지 않사옵니까?"

"그래, 그게 낫겠네."

기 황후는 낮게 고개를 끄덕이며 속히 삭사감을 불러 오라 일렀다. 기 황후가 부른다는 소리에 삭사감은 반색을 하며 흥성궁으로 달려갔다. 그렇지 않아도 패라첩목아를 피해 숨어 있었던 그는 박불화가 죽은 소식을 듣고 기 황후를 볼 면목이 없던 터였다. 기 황후와 독대 하여 예전의 신뢰를 회복할 다시없는 기회로 삼으려 했다. 그는 기 황후 앞에 고개를 숙이고 떨리는 목소리로 입을 열었다.

"마마, 부르셨사옵니까?"

기 황후는 대꾸하지 않고 두루마리 하나를 그 앞에 툭 던졌다.

"그걸 한번 보세요."

두루마리를 읽어나가던 삭사감이 식은땀을 흘리며 옅은 신음을 흘렸다.

"마마, 이것은……."

기 황후는 냉정한 어투로 말했다.

"우승상께서 그 내용을 상소로 적어 황상께 올려주셔야겠습니다."

"소인이 어찌 이것을……."

"경도 우리 원나라가 크게 기울어 가고 있다는 걸 잘 알고 있지 않습니까? 지금 상황에서 황제를 바꾸지 않으면 이 위기를 헤쳐 나갈 수가 없소이다. 우승상께서 그 소임을 다해주셨으면 합니다."

기 황후는 태연한 얼굴로 넌지시 물었다.

"할 수 있겠습니까?"

삭사감은 온몸을 부들부들 떨며 고개를 더욱 숙였다. 기 황후가 재차 물었지만 그는 힘주어 입을 꽉 다문 채 대답을 회피했다. 한동안 그 모습을 지켜보던 기 황후가 차가운 어조로 말했다.

"경의 뜻을 알았으니 그만 물러가세요."

삭사감은 잠시 망설이는 얼굴이었으나 이내 물러가고 말았다.

"역시 그자는 배포가 너무 작다. 다른 자를 구해야겠어."

기 황후는 실망한 표정으로 중얼거렸다.

"조정에 누가 이 대임을 맡을 런지……."

강순용이 기 황후의 눈치를 살피더니 슬쩍 앞으로 다가왔다. 이어 주위를 휘둘러보고는 은밀히 아뢰었다.
"마마, 이렇게 한번 해보시는 게 어떠할 지요?"

4

응천 서오(西吳) 왕궁의 백호전(白虎殿)에는 금을 칠한 병풍이 걸려 있었다. 그 모습은 마치 거구의 백호가 당장이라도 한달음에 뛰어내리듯 생동감 있게 그려져 있었다. 바로 그 밑 왕좌에 주원장이 위엄 있는 얼굴로 앉아 있었다. 얼마 전 그는 응천에서 오나라를 세우고 스스로 오왕(吳王)의 권좌에 올랐다. 아울러 백관을 봉해 자신에게 충성했던 측근들에게 대거 관직을 내렸다. 이에 앞서 장사성(張士誠) 역시 원나라 조정과의 철저한 결별을 선언하고 소주(蘇州)에서 오(吳)나라를 세웠다. 후세의 사가들은 장사성의 오나라를 동오(東吳)라 하고, 주원장의 오나라를 서오(西吳)로 구분했다.

보좌에 앉은 주원장은 환관이 전해온 소식을 듣고는 미간을 찌푸리고 있었다.
"패라첩목아가 진압되고 기 황후가 다시 권력을 잡았단 말이지……."
그는 옆에 시립해 있는 서달에게 물었다.
"경은 이 상황을 어찌 보시오?"
"원은 이미 기울고 있는 나라이옵니다. 조만간 이 천하는 폐하께서 차지하실 것입니다."

하지만 주원장은 고개를 내젓고 있었다.

"그 무능한 황제가 계속 권좌에 앉아 있으면 모르되, 기 황후가 국정을 완전히 장악하고 황태자를 황제로 앉히면 여간 곤란한 일이 아닐 게야."

"그깟 고려 여자를 그리도 후하게 평하시다니요?"

"자고로 천자는 민심을 잘 다스리고 하늘의 이치에 순응해야 한다. 기 황후는 이미 민심을 얻어 백성들 사이에 신망이 두텁다고 들었다. 게다가 상권을 완전히 장악하여 천하 소식의 흐름을 한눈에 파악하고 있어 두렵다는 게야. 우리가 어디 애초부터 군사가 강해서 이렇게 나라를 세웠겠는가? 모두 원의 폭정에 못이긴 백성들 편에 서기 때문에 힘을 모을 수 있었던 것이지. 만약 기 황후가 전면에 나서며 백성들을 선동해 나라의 기반을 다시 세운다면 우리가 도모하려는 천하 제패의 꿈이 멀어질 수도 있단 말일세."

주원장은 서달 옆에서 고개를 끄덕이고 있던 상우춘에게 명을 내렸다.

"경은 간자(間者)를 보내 중원의 정세를 꾸준히 파악하는 것과 동시에 대도성의 허실을 상세히 조사하도록 하라."

"중원을 내치려 하십니까?"

"모름지기 천하를 온전히 제패하려면 중원으로 진격해야 하지 않겠나? 조만간 기 황후가 버티고 있는 대도성과 격돌을 해야 할 게야. 하지만 그전에……."

주원장은 마저 말을 맺지 않고 중서우상국(中書右相國) 이선장(李善

長)을 돌아보았다.

"현재 장사성의 형세는 어떠한가?"

"그동안 원나라에 빌붙어 매년 쌀 11만석을 조공으로 보내다가 작년부터 양곡 수송을 중단했다 합니다. 군사력이 강해져 더 이상 원나라에 머리를 숙일 수 없다고 판단한 것 같습니다."

"그의 군세가 그리 막강한가?"

"장사성이 장악한 영토는 남으로는 소흥(紹興), 북쪽은 서주(徐州)를 지나 제령(濟寧)까지 이르고 있습니다. 또 동으로는 황해, 서로는 우리 오나라와 맞닿아 있습니다. 영토는 오히려 우리보다 더 넓고 군사의 수도 훨씬 많사옵니다."

듣고 있던 서달이 주원장 앞으로 나서며 목소리를 높였다.

"허나 장사성이란 자는 원대한 계획 없이 사치와 향락에만 빠져 있사옵니다. 군사를 내어 짓쳐 들어가면 쉽게 무찌를 수 있사옵니다."

"경은 진정 장사성의 군을 격파할 자신이 있는 게요?"

"소신에게 맡겨만 주신다면 그자가 허투로 차지하고 있는 영토를 모조리 빼앗아 폐하께 바치겠나이다."

서달은 자신만만하게 대답했다. 이미 주원장의 군세는 실전을 바탕으로 한 전투력에 힘입어 그 용맹을 자랑하고 있었다. 진우량(陳友諒)을 무찌르고 그 군사를 온전히 흡수하여 군사의 수에서도 장사성에게 뒤지지 않았다. 장강 중하류의 광대한 지역을 통일시키고 난 주원장은 이제 남은 적은 장사성밖에 없다 여겼다. 그는 고심 끝에 중대한 결정을 내렸다.

"내 장사성을 오늘 정벌하여 천하 제패의 기틀로 삼을 것이다."

그러면서 맹수처럼 전의를 불태우고 있는 서달에게 명을 내렸다.
"그대는 20만 대군을 이끌고 가서 오를 정벌하여 장사성을 사로잡아 오너라."
"존명 받들겠나이다."

서달은 20만의 수륙군을 몰고 진격해나갔다. 수천 척의 거대한 누선이 꼬리에 꼬리를 물고 장강(長江)에 들어섰고, 등왕각 부근에서 10만의 대군이 정박하기를 기다렸다가 이들과 합세하여 순식간에 해안을 점령했다. 그 기세를 몰아 서달의 군은 태주성(台州城)을 공격할 태세였다. 서달이 대군을 끌고 온다는 첩보를 접한 장사성은 급히 장수들을 소집했다.
"태주는 우리의 북쪽 전략 지점이다. 만약 이곳을 잃는다면 장강 이북이 모두 무너지게 된다."
그의 양아들이기도 한 장수 장진보(張辰保)가 부복하며 대답했다.
"그들과 정면으로 맞서 싸우기보다는 수군을 보내어 측면에서 위협하면 그 병력이 분산될 것입니다. 이때를 노려 협공을 하면 능히 무찌를 수 있을 것이옵니다."
장사성은 그 의견을 받아들여 유인작전을 쓰기로 했다. 대군을 몰고 나아갔지만 전투는 하지 않고 적군을 꾀어내어 적세를 약화시키려는 계책이었다. 하지만 전장에서 잔뼈가 굵은 서달은 그런 장사성의 계책을 환히 꿰뚫고 있었다. 그는 요영충에게 약간의 수군을 주어 그들을 견제하게 하는 한편 나머지 20만 대군을 이끌고 곧장 태주성으로 나아갔다. 서달의 군은 장사성의 군사를 막는 것과 동시에 태주성을 온전히 포위하는 데 성공했다. 성을 지키고 있는 장수는 사언충이었다. 그는 20만 대군이 성 주위를 포위했지만 조금도 위축되지 않았다.

"우리 성벽은 단단하고 높은데다 군량 또한 넉넉하게 준비되어 있다. 여기서 굳건히 방비하다가 폐하의 군대가 지원해 온다면 저들을 삽시간에 섬멸할 수 있을 것이다."

사언충은 성벽 위에 모든 군사를 집결시켜 농성 준비에 들어갔다. 동시에 소주의 장사성에게 전령을 보내 원병을 청했다. 이 소식을 접한 서달은 다급해졌다. 장사성이 대군을 몰고 오면 성 안팎의 군사와 동시에 싸워야 하는 것이다. 패할 게 눈에 보이는 듯했다. 서달의 수하 장수들이 앞 다투어 계책을 내놓았다.

"성 네 개의 문을 동시에 공격하여 함락시켜야 합니다."

"망루와 사다리를 가져와 일시에 달려들면 무너질 것입니다."

하지만 서달은 고개를 젓기만 했다.

"태주성은 성벽이 견고하여 쉬이 무너지지 않을 것이다. 부질없이 성을 공격했다가는 우리 군사의 희생만 클 뿐이다. 반드시 저들을 밖으로 유인하여 싸워야 한다."

이리하여 서달은 군사를 끌고 가 매일 성 앞으로 나아가 싸움을 걸었다.

"사언충은 속히 나와 항복을 하라. 장사성의 개가 되기보다는 우리 오나라의 신하가 되어 천하를 제패하는 공을 함께 누리자."

그는 온갖 욕설과 감언이설로 적을 유인했고, 때로는 북과 징을 요란하게 울려 불안감을 조장하기도 했다. 하지만 사언충은 귀를 틀어막고 꿈쩍도 하지 않았다. 성을 포위한 지 사흘이 지났지만 아무런 반응이 없자 서달은 초조해졌다. 그는 최후의 방법을 사용하기로 했다. 진영을 흩뜨린 채 솥을 걸고 소를 잡아 잔치를 벌인 것이다. 서달의 군사들이 웃고 떠들며 춤추고 노래하는 소리가 얼마나 큰지 성안까지 귀가 먹먹할 정도였다. 이를 지켜보며 사언충이 크게 웃었다.

"우리가 오랫동안 버티자 적들도 이제 지친 것이야. 군율이 풀어지고 기강이 해이해졌으니 원군을 기다릴 것도 없을 것 같구나."

하지만 그 아들 사의는 신중한 표정이었다.

"서달은 계략에 능한 장수입니다. 속임수를 써서 우리를 유인하려는 것인지도 모릅니다."

이에 사언충은 첩자를 보내 적진을 살피기로 했다. 밖에서 성문을 유심히 지키던 서달의 군사가 급히 진영으로 달려왔다.

"적의 첩자가 이쪽으로 달려오고 있습니다."

서달은 즉시 영을 내려 그 첩자를 통과시키게 한 후에 흥청망청 술을 마시고 방만하게 노는 모습을 여과 없이 보여주었다. 첩자는 자신이 보고 들은 것을 사의에게 그대로 보고했다. 하지만 그는 아직도 의심을 풀지 않았다. 자신이 직접 살펴보아야만 믿을 수 있을 것 같았다. 그는 홀로 말 한 필에 몸을 싣고는 서달의 진영으로 달려갔다. 적진은 듣던 대로 엉망이었다. 군사들은 창과 칼을 내팽개치고 술에 취해 있었고, 어디서 데려왔는지 여자까지 취하며 밤새도록 주흥에 빠져 있었다. 사의는 마지막 시험을 한다는 마음으로 한 장수를 찾아가 자신의 신분을 밝히고는 거짓 항복을 했다. 그는 곧장 본진에 안내되어 서달 앞에 섰다. 서달은 술에 취한 게슴츠레한 눈으로 그를 맞이했다.

"항복문서를 가져왔다 했느냐? 탁월한 선택을 했느니라."

사의는 고개를 숙이며 말했다.

"내일 동이 틀 무렵 무장을 해제하고 성문을 열어놓겠나이다."

서달은 호탕하게 웃으며 좌우를 둘러보았다.

"내일이면 모든 전쟁이 끝나게 된다. 오늘밤 마음껏 즐기며 승전을 축하하리라."

사의는 속으로 비웃으며 적당한 기회를 틈타 성으로 다시 돌아왔다. 사의의 보고를 받은 사언충은 즉시 군사를 모아 야습을 준비했다. 하지만 사의는 여전히 반신반의했다.

"차라리 원군을 기다렸다가 확실한 승기를 잡는 게 낫지 않겠습니까?"

"폐하께서 이곳에 오시기 전에 승전고를 울릴 것이다."

사언충은 이번 전쟁으로 자신의 입지를 굳히고 싶었다. 승전을 기록하여 장사성의 눈에 띈다면 더 높은 명예를 취할 수 있으리라. 그는 적들이 완전히 곯아떨어질 동 트기 직전의 시간을 택해 군사를 몰아 뛰쳐나갔다. 성문을 열자마자 2만의 군사가 흙먼지를 날리며 질주했으나 척후병이나 감시병조차 보이지 않았다.

"이상하다. 적진이 왜 이렇게 조용한 게냐?"

"아마도 모두 술에 곯아떨어져 자고 있는 듯하옵니다."

사언충은 고개를 끄덕이며 자신이 손수 군사 5천을 끌고 서달의 본영 깊숙이 달려갔다. 앞에는 불이 켜져 있는 장막이 여러 채 있었지만 움직이는 군사는 보이지 않았다.

"돌격하라, 적장 서달의 목을 베어 오라!"

서언충의 군사들이 함성을 내지르며 장막을 향해 돌진해나갔다. 한참 달려가는데 무언가 이상했다. 근처 숲에 숨은 살기가 너무도 강렬했다. 사언충이 급히 말을 멈추게 했지만 이미 늦은 뒤였다. 갑자기 땅이 갈라지며 군사와 말들이 모두 구덩이에 빠져버린 것이다. 엄청난 넓이의 함정이었다. 구덩이는 매우 깊었고, 바닥에 창칼을 심어놓아 앞서 달리던 기병 태반이 말과 함께 처참하게 죽어갔다. 함정에 빠져 잃은 군사만 해도 수백이 넘었다.

사언충은 겨우 몸을 빼내 서둘러 말머리를 돌렸다. 주위를 둘러보니 뒤따라오던 자신의 군사들이 후퇴하고 있는 게 보였다. 사언충은 급히 말을 몰아 그 후퇴 대열에 끼어들었다. 성을 향해 달려가는데 이번에는 양옆에서 요란한 함성이 일며 서달의 군사들이 득달같이 달려들었다. 대군이 한꺼번에 양쪽에서 달려드니 정신이 없었다. 사언충의 군사들이 우왕좌왕하며 각지로 흩어졌다. 사언충은 목이 터져라 소리쳐 군사를 한데 모으고 퇴로를 찾기에 바빴다.

"서쪽이다, 서쪽에 적군이 없으니 속히 그쪽으로 빠져나가라!"

하지만 서쪽에는 깊은 여울목이 자리하고 있었다. 자신의 진영이라 주변 지형을 손금보듯 환히 알고 있었지만, 아직 날이 밝기 전이었고 수세에 몰린 탓에 그는 잘못된 명령을 내리고 말았다. 수심이 깊고 급류인 여울을 건너는 동안 반수 이상이 익사하거나 떠내려갔다. 사언충은 그 시체들을 징검다리 삼아 가까스로 여울을 건넜다. 겨우 숨을 돌리며 인마를 점검해보니 군사는 채 5백도 남아 있지 않았다. 그는 남은 군사를 데리고 태주성에 당도했다.

"속히 문을 열어라!"

사언충이 바싹 마른 입술을 축이며 소리쳤지만 문은 꿈쩍도 하지 않았다. 대신 성벽 위에 서달이 홀로 서 있는 게 보였다.

"성은 이미 우리가 점령했다. 속히 무기를 버리고 항복하라."

사언충은 마지막으로 의지할 곳인 태주성마저 빼앗기자 그만 투지가 꺾이고 말았다. 부끄러움과 분함을 못 이겨 검을 뽑았다.

"진작 내 아들의 말을 들었어야 했는데……."

사언충은 검을 거꾸로 세워 자신의 목을 찔렀다.

태주성을 점령한 서달은 즉시 군사를 나누어 고우성(高郵城)으로 향했다. 고우성은 장사성이 농성을 펼치다가 탈탈이 실각을 하는 바람에 원나라로부터 끝까지 지켜낼 수 있었던 주요 요충지였다. 하지만 그 고우성마저 쉽게 점령해버린 서달은 내처 호주성(豪州城)까지 노렸다. 응천에서 이 소식을 들은 주원장은 크게 기뻐했다.

"호주는 짐의 고향이 아니던가? 어릴 적 오랫동안 지냈던 황각사(皇覺寺)도 그곳에 있다. 반드시 장사성으로부터 호주성을 빼앗아 오라."

주원장의 명을 받은 서달은 여간 부담이 되는 게 아니었다. 호주성을 지키는 장수는 이제(李濟)라는 자인데 지략과 용맹이 탁월했다. 적장이 결코 호락호락한 상대가 아니라 여긴 서달은 전투보다는 교섭으로 성을 접수하리라 마음먹었다. 그래서 사신을 보내 항복을 권했지만, 이제는 사신의 목을 베 돌려보내는 것으로 항전 의사를 분명히 했다.

"할 수 없다. 큰 희생을 치르더라도 내 반드시 호주를 점령하리라."

서달의 진두지휘 아래 수십만의 병력이 성을 포위하고 연일 공격을 퍼부어댔지만 번번이 실패하고 말았다. 저항이 워낙 완강하여 군사들의 피해만 늘어갔다. 할 수 없이 서달은 전령을 보내 응천의 주원장에게 운제(雲梯)를 요청했다. 운제란 높은 사다리로 밑 부분에 바퀴가 달려 있어 이동하기도 쉽고 성 안쪽으로 군사를 들여보내기에도 용이했다. 주원장은 장강의 수로를 통해 운제를 급히 보내왔다.

　수십 대의 운제가 도착하자 전열을 재정비한 서달이 일제히 공격 명령을 내렸다. 바퀴를 밀어 운제를 성벽에 밀어 붙이고는 군사들을 독려했다. 이 작전이 성공하여 서달의 수많은 군사들이 순식간에 성 안으로 뛰어 들어갔다. 그리고 얼마 후 안에서 성문을 열어 협공하니 곧 호주는 무너졌다.

　호주가 함락되자 남은 군현들도 속속 주원장 밑으로 들어왔다. 회하(淮河) 유역의 회안(淮安), 안풍(安豊), 통주(通州), 숙주(宿州), 서주(徐州) 등이 장사성을 배신하고 항복해왔다.

　이 소식을 들은 주원장은 크게 기뻐하며 몸소 호주를 찾았다. 그는 맨 먼저 부모형제의 묘소에 성묘를 하고, 그곳을 새로 단장토록 했다. 또한 고향 사람들에게 피륙과 곡식을 나누어주며 성대한 잔치를 베풀기도 했다.

　잔치가 끝나자 주원장은 예전에 머물던 황각사를 찾았다. 그곳은 어렸을 때부터 탁발승이 되어 오랫동안 머물던 곳이었다. 음식을 구걸하고, 주지승에게 야단맞던 일들이 주마등처럼 스쳐지나갔다. 예전에 원군에 의해 불에 탔던 것이 아직도 복구되지 않아 불에 그을린 흔적이 곳곳에 남아 있었다. 주원장은 황각사에 시주를 넉넉히 하고 휘하 장수를 불러 복구를 명했다. 그는 과거 자신이 거처했던 가림전과 조사전을 둘러보며 나직이 중얼거렸다.

　"내 반드시 천하를 제패하여 이 절에서 품었던 큰 꿈을 이루리라."

5

　덕영유(德煐瑜)는 참담한 표정으로 어사대(御史臺)를 나왔다. 차마 떨어지지 않는 발걸음을 겨우 움직여 집으로 향했다. 밤새 조사를 받아 피곤한 몸이었지만 잠이 올 리 없었다. 어사중승(御史中丞)은 내일 당장 조서를 작성하여 어사대를 거쳐 중서령에 올린다고 했다. 황태자가 겸임하고 있는 중서령(中書令)까지 조서가 넘어간다면 곧 파직을 당하거나 변방으로 귀양을 가야 할 것이다.
　덕영유는 별 생각 없이 받은 사소한 뇌물이 이렇게 큰 화를 불러올 줄은 몰랐다. 그의 관직은 권농사(勸農使)로 농사에 관련된 서책을 편찬하는 것을 비롯하여 농정 전체를 관리하는 일이었다. 각 지역을 돌아다니며 농업 현황을 점검하고, 그에 맞는 공출의 양을 작성했다. 그런데 이번에 대도성 밖 고을을 찾아갔을 때 그곳 지주들이 쌀 몇 가마니를 가마에 실어주었다. 소출량을 적게 보고하여 공출을 줄여달라는 뜻이었다. 이는 관례적으로 있던 일이라 덕영유는 못이긴 척 받아들고 왔다. 그런데 누가 투서를 했는지 어사대에서 불러 그를 조사했다. 쌀을 받은 사실과 증인이 워낙 명백하여 그는 자백하지 않을 수 없었다.
　"내일이면 중서령에서 대인을 부르실 거요. 관직을 박탈당하던지, 운이 좋다면 외지로 발령 받을 수도 있을 거외다."
　덕영유는 어사중승에게 사정하며 매달려 보았지만 소용없었다. 이미 조서가 중서령에 올라가 처결을 기다리고 있다는 것이다.
　덕영유는 낙담한 채 잠을 이루지 못했다. 한번 벽지로 추방되면 이

변이 일어나지 않는 한 다시 대도성으로 돌아온다는 것은 불가능한 일이었다. 외진 시골의 관리가 겪는 어려움을 여실히 알고 있는 그로서는 오랫동안 익숙해진 대도성의 화려함이나 대신으로서의 호화로운 생활을 갑자기 잃어버린다는 것은 생각만 해도 끔찍한 일이었다.

약관의 나이에 청운의 뜻을 품고 상경한 이래, 그동안 견뎌온 숱한 고생들이 하루아침에 모두 수포로 돌아가게 된다고 생각하니 미칠 것만 같았다. 그는 전전긍긍한 채 한잠도 못 자고 그날 밤을 뜬눈으로 지새웠다.

이튿날 조아에 참석한 그를 향해 소영휘(素營揮)가 빙그레 웃으며 다가왔다. 소영휘는 덕영유와 함께 과거를 본 자로 관직도 비슷하여 같은 정3품의 참의중서성사(參議中書省事)로 있었다. 그는 덕영유의 얼굴을 살피며 물었다.

"무슨 일이 있는 건가? 안색이 너무 좋지 않네."

쓸데없는 한탄인 줄 알면서도 그는 소영휘에게 고민을 털어놓았다. 듣고 있던 소영휘가 심각한 표정으로 수염을 매만졌다. 그리고는 턱을 앞으로 내밀며 주위를 둘러보았다.

"지금이라도 손을 쓸 방법이 전혀 없는 건 아닐세. 뭐든 자네가 해보겠다는 오기만 있다면 말일세. 방법은 오직 한 가지뿐이네. 이 방법 외에는 자네 말대로 만사가 끝난 걸세."

"무엇이든 말해보게나. 부탁이네. 자네의 그 유일한 타개책이라는 걸 가르쳐 주면 내 평생 그 은혜를 잊지 않음세."

그는 울 듯한 얼굴로 서영휘의 손을 덥석 잡고 애원했다.

"자, 진정하시게."

소영휘는 덕영유를 부축하여 다시 의자에 앉히고는 조용히 말을 꺼냈다.

"지금부터 내가 하는 말을 잘 듣게나. 이 방법은 절대로 쉽지 않네. 만의 하나라도 실수하면 그 결과는 좌천 정도로는 끝나지 않을 걸세. 그래도 좋은가?"

"좋고말고. 다시 시골로 좌천되어 가느니 차라리 죽는 게 낫네. 만약 실패하게 되어 어떤 결과가 닥쳐온다 해도 자네한테 원망은 안 할 것이니 제발 그 방법을 일러주게나."

덕영유의 진지한 눈빛을 가만히 주시하더니 소영휘가 한 번 크게 고개를 끄덕인 뒤, 목소리를 낮추어 속삭였다. 그 말을 들으며 덕영유의 눈빛이 몹시 흔들렸지만, 그것도 잠시, 그는 이내 결심을 굳힌 듯 비장한 표정으로 고개를 끄덕였다.

"한번 해보겠네. 어차피 한번 죽는 인생, 여기서 승부를 걸어 볼 테야."

소영휘는 덕영유의 의사를 재차 확인했다.

"정녕 그리할 수 있다고 약속할 수 있는가?"

"물론이네. 내가 다시 한번 확답을 받아 주겠네."

황제는 얼굴을 붉힌 채 눈을 부릅떴다. 미간 사이에는 굵은 주름이 패어 있었다.

"이것을 감히 상소라고 올린 것이냐?"

황제는 그 자리에서 상소문을 내던졌다. 그리고는 자리에서 벌떡 일어나 부복해 있는 덕영유를 노려보았다.

"참의중서성사(參議中書省事)!"

덕영유는 어깨를 떨며 슬쩍 고개를 들었다. 황제의 날카로운 질문이 이어졌다.

"이 상소를 경이 올린 게 분명하오?"

"그러하옵니다, 폐하."

황제는 미간을 심하게 찌푸리며 주먹을 부들부들 떨었다. 그의 눈은 당혹감과 분노로 가득했다.

"짐의 나이 이제 갓 쉰을 넘었는데 어찌 황태자에게 양위를 하고 태상황으로 물러가라는 게요?"

"주원장이라는 자는 반란을 일으켜 남쪽을 온전히 제패하였습니다. 조만간 그 군사를 움직여 중원을 공격할 게 분명합니다. 주원장의 나이 이제 마흔. 우리 원나라가 그에 맞서 싸우기 위해서는 전장을 누비며 군사를 지휘할 젊은 천자가 필요하다 사료되었사옵니다. 폐하, 오직 나라를 위한 마음에 신 죽을 각오로 상소를 올린 것이옵니다."

"짐이 늙어서 주원장과 맞서 싸울 수 없단 말이오?"

덕영유는 심호흡을 하며 마음을 가다듬었다. 이왕 내친걸음이었다. 여기서 물러나면 자신의 목숨뿐 아니라 집안이 멸문지화를 당할 것까지 각오해야 한다는 것을 덕영유는 잘 알았다. 마지막 희망은 기 황후에게 강렬한 인상을 주면서 황태자 측에 운명을 맡길 수밖에 없다. 그야말로 황제를 능멸한 대역무도한 죄로 목숨을 잃느냐, 새 황제를 추대한 일등공신으로 인정받느냐의 갈림길에 서 있는 것이다.

"황태자 전하께서는 일찍이 전장을 누비시며 군사를 통솔하셨고, 이번 패라첩목아의 반란을 진압하시는데도 큰 공을 세우셨습니다. 마땅히 우리 원군을 이끄실만한 능력을 갖추었다 여겨집니다."

덕영유는 문약하고 소심한 황제와 전장을 호령하는 용맹하고 정열적인 황태자를 비교하면서 황제의 양위 이유를 조목조목 밝히고 있었다. 덕영유의 말이 길어질수록 황제의 눈빛은 점점 탁해지며 번들거렸다. 황제는 덕영유의 말에 대꾸할 말을 찾지 못해 머뭇거리다가 문득 이렇게 물었다.

"이 상소가 진정 경의 생각만으로, 경의 소신을 적은 것이오?"

"무슨 말씀이온 지……."

황제는 차가운 눈빛으로 기 황후를 슬쩍 쳐다보면서 다시 물었다.

"누가 시켜서 이 같은 상소를 올리지 않았냐는 말이오?"

덕영유는 깊이 고개를 숙였다.

"소신, 그간 문무대신들 사이에서 오간 공론을 바탕으로 상소를 올린 것이옵니다."

"그렇다면 경의 뜻만은 아니란 말이오?"

"많은 대신들이 소신과 뜻을 같이 하고 있사옵니다."

황제는 무슨 말을 하려고 입을 들썩이다가 이내 다물고 말았다. 신하들의 뜻을 확인하려다가 지난번처럼 또 당할까 두려웠다. 많은 신하들이 덕영유와 뜻을 함께 하며 양위를 요구한다면 꼼짝없이 당할 수밖에. 이는 기 황후가 애초에 의도했던 바이기도 했다. 그걸 모를 리 없는 황제는 한발 물러날 수밖에 없었다. 황제는 한동안 낭패한 얼굴로 서성이더니 어전회의를 서둘러 끝내버렸다.

완전한 목적을 달성하진 못했지만 기 황후로선 어느 정도 성과는 이룬 셈이었다. 양위에 관한 논란에 불을 지피며 먼저 치고 나간 것이다. 그녀는 상소를 올린 덕영유를 크게 칭찬하며 품계를 한 단계 올려 정2품에 봉했다.

이를 지켜보며 얼굴을 붉힌 자는 바로 삭사감이었다. 목숨을 걸고 상소를 올렸던 덕영유가 높은 자리에 오르자 그는 땅을 치며 후회했다. 상소를 올리라는 기 황후의 명을 거절하면서 신임을 잃은 데다 더 높은 관직에 오를 기회마저 잃어버리고 말았다. 게다가 기 황후의 눈 밖에 났으니 지금의 자리마저 위태로울 수 있었다.

이대로 있을 순 없다. 큰 건을 터뜨려 황후의 신임을 다시 얻어야 한다.

삭사감은 그렇게 마음을 다잡으며 어디론가 급히 달려갔다.

6

백단향(白檀香)이 침소 가득 퍼지며 주위가 아득하게 느껴졌다. 무녀가 눈을 감은 채 주문을 외고 있는 동안 정후 백안홀도는 연신 두 손을 비비며 무어라 중얼거렸다. 실질적으로 유폐된 거나 다름없이 적막한 생활을 오랫동안 해오던 정후였다. 그녀는 요 며칠 동안 무녀를 불러들여 치성을 드렸다. 몸이 부쩍 약해지며 원인을 알 수 없는 병까지 걸린 그녀는 어의가 진료를 해도 차도가 없자 최후의 방법을 사용하기로 했다. 무녀의 신기로 병을 치료코자 한 것이다.

무녀가 자주 드나들자 궁에서는 이상한 소문이 나돌기 시작했다. 남몰래 늙은 무녀를 끌어들이며 사술에 빠져 있다는 소문이었다. 보통 무녀들은 주술(呪術)을 자주 사용하기도 했다. 민간에 유포되었던 이 주술은 사람의 힘으로 어떻게 할 수 없는 것을 귀신이나 동식물 등의 영력(靈力)에 의지하여 실현하고자 하는 요법으로, 인간의 약점이나 또 그로 인해 생기는 망령스런 고집에 뿌리박은 샤머니즘에 기인하고 있었다. 이것이 좀더 발전해 사람을 저주하는 데 사용되어 종종 말썽을 빚기도 했다. 무술자(巫術子)가 동목인(棟木人 ; 오동나무로 만든 인형)을 만들어 증오하는 사람의 이름이나 성(姓)을 적어 넣고 가슴이나 머리, 다리 등에 못을 박아 놓은 채 정성 들여 빌면 언젠가는 그 상대가 죽게 된다고 믿고 있었다.

　조정에서는 이를 사법(邪法)이라 하여 금지하고 있었다. 그런 사실이 발견되면 주법(呪法)을 한 무술자와 이를 청탁한 사람까지도 형벌을 내렸다. 정후는 이러한 사법에까지 이르진 않았지만 가끔 무녀를 불러들여 이상한 주문을 외우곤 했다. 이 또한 라마교를 숭상하는 원의 조정에서는 있을 수 없는 일이었다. 하지만 그 대상이 정후이고, 오랫동안 유폐되어 온 지라 아무도 이를 거론하는 자가 없었다. 그런데 삭사감은 이를 걸고넘어지기로 했다.

　"기 황후에게 잘 보이기 위해선 이 방법밖엔 없다."

　백안홀도의 약점을 들추어 폐위시키고 기 황후를 정후의 자리에 앉히려는 음모였다. 그러면 자신에게 떠났던 기 황후의 관심이 다시 돌아올 것이란 게 삭사감의 생각이었다. 그는 즉시 어사대의 군사를 움직여 정후의 거처로 달려가게 했다. 군사들이 정후의 침전까지 뒤지는 것은 관례에 비추어 한번도 없던 일이었다. 하지만 삭사감은 정후의 세력이 약하다는 걸 알고 과감하게 밀고 나갔다. 그것도 어사대부를 통하지 않고, 어사대에 속해 있는 일개 부장과 한 무리의 군사들만을 동원했다. 당연히 백안홀도는 거세게 반발했다.

"이게 무슨 짓들이냐? 여기가 감히 어디라고 함부로 들어오는 게냐?"

"저희는 어사대의 명을 받아 온 것입니다. 잠시만 무례를 용서하소서."

삭사감에게 매수된 부장은 망설임 없이 수하들에게 눈짓을 보냈다. 환관과 궁녀 몇이 몸으로 막아섰지만, 군사들의 완력에 곧장 옆으로 밀려났다. 밀명을 받은 군사들은 황후의 처소, 특히 황후의 침실을 샅샅이 수색했다. 침실 안 휘장 뒤에는 말쑥한 발이 걸려 있고, 깨끗한 탁자가 놓여 있었으며, 그 위에 놓인 백자 향로에서는 아직까지도 백단의 향연이 그윽하게 피어오르고 있었다. 부장은 이를 이상하게 여겼다. 탁자 위에는 방금 전까지 맑은 물과 술, 그리고 신상(神像) 따위가 놓여 있었던 것이 분명했다. 부장은 매섭게 몰아세우며 정후를 다그쳤다.

"여기에 대체 뭐가 놓여 있었던 것입니까?"

정후 대신 수행 궁녀가 급히 나서며 대답했다.

"황실과 조상님의 영(靈)을 모셨던 것입니다. 요즘 들어 마마의 옥체가 좋지 않아 조상님의 공덕으로 속히 쾌유해 달라 빌었을 뿐입니다."

부장은 일단 그 정도에서 그치고 물러서려 했다. 그때 군사들 가운데 한 사람이 무심코 침대 밑에 고개를 밀어 넣었다가 침대 구석에서 동목인 하나를 발견했다.

"아니, 이것은······."

순간 긴장한 군사들이 몰려들었다. 부장이 확인한 결과 동목인에는 검은 먹 자국도 선명하게 '기(奇)'라는 한 글자가 씌어 있었고, 가슴과 배에는 커다란 못이 박혀 있었다. 그들은 동목인에 대해 엄하게 심문했다. 그러자 정후가 몸을 부들부들 떨며 소리쳤다.

"그런 것은 전혀 알지도 못할뿐더러 본 적조차 없느니라."

정후가 눈자위를 하얗게 치뜨며 재차 부르짖었다.

"그것은 틀림없이 나를 시기하는 자가 누군가를 시켜서 몰래 이 방에 숨겨 놓은 것이야."

정후는 끝내 의자에 주저앉아 통곡하더니 이내 실신한 듯 뒤로 쓰려졌다. 환관이 놀란 얼굴로 손짓을 하자 수행 궁녀가 달려 나갔다. 곧 어의가 달려왔고 정후의 몸은 침대에 눕혀졌다. 분노한 궁녀들이 울먹이며 어사대 군사들에게 욕지거리를 퍼부어 댔다.

"이는 필시 기 황후가 우리 마마를 모함하기 위해 수작을 부린 것이야."

궁녀들은 정후가 누운 침대 주변에 얼굴을 묻으며 흐느꼈다. 이제는 어사대 군사들도 어떻게 수습할 도리가 없었다. 어사대 부장은 난감한 얼굴로 군사들을 이끌고 서둘러 그 자리를 떠났다. 이 소식은 조정을 술렁거리게 했고 기 황후에게도 전해졌다.

"정후의 침소가 수색을 당해?"

"그러하옵니다. 군사들이 침소를 뒤졌는데 거기서 동목인이 나왔다고 합니다."

"동목인이라니…… 그게 무슨 말인가?"

"그 동목인에 기(奇)라는 황후 마마의 성이 적혀 있고, 게다가 그 가슴과 배에는 커다란 못이 박혀 있었다 하옵니다."

"날 저주하였다는 게냐? 설마 정후께서 그럴 리가 없다. 도대체 누가 군사를 풀어 감히 정후의 침소를 뒤지게 했단 말이냐?"
 "우승상 삭사감이라 하옵니다."
 "삭사감이 어찌 감히……."
 기 황후는 그제야 집히는 게 있어 자신의 무릎을 쳤다.
 "삭사감이 나에게 잘 보이려고 정후를 모함한 것이야. 그녀를 몰아내고 나를 정후에 앉혀 환심을 사려한 것이지."
 한동안 골똘한 얼굴로 생각에 잠겨 있던 강순용이 고개를 들며 입을 열었다.
 "오히려 잘 된 일이 아닙니까? 이번 기회에 정후에 오르셔서 조정의 실질적인 주인이 되시지요."
 기 황후는 눈을 부릅뜬 채 고개를 내저었다.
 "그건 하나만 알고 둘은 모르는 소리야. 예전에 태황태후와 정후가 나를 모함했던 것과 똑같은 방법이 아니더냐? 그때도 나의 방에 태황태후가 인형을 몰래 놓아두어 날 모함했다. 그런데 이번엔 반대로 정후의 침소에 동목인을 놓아두었으니 사람들이 뭐라 생각하겠느냐? 내가 정후에게 복수하기 위해 모함한 것이라 생각하지 않겠느냐?"
 강순용도 심각한 표정으로 고개를 끄덕였다.
 "오히려 황상과 정후로부터 더 미움만 사게 되었구나. 삭사감이 무리수를 쓴 것이야."
 기 황후는 긴 한숨을 내쉬며 강순용에게 명했다.
 "자네는 속히 어사대에 영을 내려 삭사감을 체포하도록 하라. 또한 삭사감에게 동조해 움직인 어사대 수하들까지 모조리 잡아들이라고 하라. 정후의 침실을 함부로 뒤진 불경죄를 엄히 묻도록 하란 말이다.

이번 일은 기 황후가 나서서 모든 진상을 조사했다. 그녀가 손수 조서를 작성하여 황제에게 보고했다. 삭사감의 죄를 상세히 적은 내용이었지만, 황제는 그것을 믿지 않고 기 황후를 의심하고 있었다. 더구나 이번 일로 정후가 충격을 받아 몸져눕게 되자 황제의 마음은 정후 쪽으로 급격히 기울고 말았다. 기 황후는 이맛살을 찌푸리며 낮게 중얼거렸다.

"삭사감이 일을 더 어렵게 만들고 말았구나."

하지만 후회해도 소용없었다. 중신들 사이에서도 이번 일을 기 황후가 꾸민 것으로 여기는 자가 많을 정도였다. 화가 난 그녀는 당장 삭사감을 우승상의 관직에서 박탈하여 멀리 하남 땅으로 유배를 보냈다.

7

평소 갖은 병치레에 시달리고 있던 정후 백안홀도는 어사대 군사들이 침소에 난입하여 쓰러진 후 자리에서 쉽게 일어나지 못했다. 그때의 충격으로 의식을 차리지 못하고 있다가 며칠이 지나서야 의식을 되찾았다. 병의 고통에 시달리며 사위어 가는 정후의 모습은 차마 눈뜨고 볼 수 없을 정도였다. 매일 한 움큼이나 되는 머리칼이 빠졌고, 얼굴은 광대뼈가 다 드러날 정도로 야위어갔다. 피부는 누렇게 뜬 상태로 거칠고 건조하여 손을 대면 그대로 바스라질 것만 같았다.

매일 쓰디쓴 탕제를 올리고 침을 놓고 뜸을 들였으나 차도가 없었다. 천하의 귀하다는 약초를 모두 모아 달였지만 이번엔 정후가 그것을 거부했다.

"나는 이제 그만 천명에 따르련다."

백안홀도는 자신의 생명이 꺼져간다는 걸 잘 알고 있었다. 그녀는 체념한 얼굴로 조용히 죽음을 기다릴 뿐이었다.

정후의 병색이 깊어가면서 조정 대신들의 관심은 단연 다음 정후의 자리에 모아졌다. 그들은 삼삼오오 모여 다음 정후 자리에 대한 이야기를 주고받았다. 정후 백안홀도의 병세는 안중이 없었다. 병이 워낙 깊어 오래 살기 힘들 것이라 판단하고는 조정의 판세를 저울질 하는 것이다. 하지만 그 논의는 치열하게 진행되지는 않았다. 이미 예측과 답은 나와 있었다. 아무도 기 황후가 정후에 올라서는 걸 의심하지 않았다. 예전에는 그녀의 등극을 반대하는 신하가 있어 번번이 막히고 말았다. 하지만 지금은 이를 비판하는 신하는 아무도 없었다. 조정 대신들 대부분이 기 황후가 임명한 자들이 아닌가? 기 황후가 실질적으로 조정을 이끌어 가고 있고, 그녀의 아들 황태자가 건재해 있으니 기 황후가 정후에 오를 것은 의심할 여지가 없었다.

이런 조정의 분위기를 파악한 기 황후는 다음 정후 자리에 관해 일절 언급을 삼갔다. 신하들이 이를 논할라치면 크게 야단치며 정후의 병세부터 걱정했다.

"지금은 정후의 병을 완치하는 게 우선이다."

그녀가 신하들의 논의에 민감하게 반응하는 데는 이유가 있었다. 정후의 병색이 깊어진 직접적인 원인을 제공한 자는 바로 삭사감이었다. 물론 오해이긴 하지만 사람들은 기 황후가 삭사감에게 그런 지시를 한 것으로 알고 있었다. 이런 상황에서 다음 정후 자리를 공론화 한다는 것은 일부러 정후를 죽게 한 것으로 오해받기 딱 십상이었다.

삭사감의 일과 자신은 무관하다고 호소할 수도 없는 노릇이었다. 하여 다음 정후에 관한 논의는 일절 못하게 입막음을 했다. 그러던 차에 어의가 급히 기 황후를 찾아왔다.

"황후 마마, 속히 정후 마마의 침소로 납시어야겠습니다."

기 황후는 짐작한 바가 있어 물었다.

"마마의 병세가 그리 위급하단 말이냐?"

"아무래도 오늘밤을 넘기기 어려울 듯하옵니다."

기 황후는 만감이 교차하는 표정으로 긴 한숨을 내쉬었다. 이마엔 선뜻한 그림자가 짙게 드리워지고 두 눈엔 파란 인광이 번득였다. 옆에 시립해 있던 강순용이 얼른 다가왔다.

"이제는 준비를 하셔야 되지 않겠습니까?

그를 돌아보는 기 황후의 표정이 싸늘하게 굳어 있었다.

"일절 그에 대한 말은 꺼내지 말게나."

기 황후는 싸늘하게 말을 내뱉고는 급히 흥성궁을 나섰다. 가마도 타지 않고 빠른 걸음으로 정후 백안홀도의 침소로 향했다. 침대에는 정후 백안홀도가 꺼져가는 의식을 간신히 붙들고 누워 있었고, 그 주위에 궁녀와 환관들이 엎드려 훌쩍이고 있었다. 정후의 침대 머리맡에는 황제가 안타까운 표정으로 앉아 있었다. 그는 정후의 손을 꼭 잡은 채 연신 고개를 주억거렸다. 안으로 들어섰지만 기 황후는 침대 가까이에는 가지 않았다. 멀찍이 비켜 선 채 가만히 그 광경을 바라보았다.

정후는 숨을 헐떡이며 혼수상태에서 깨어났다 쓰러지기를 반복했다. 그녀는 이미 시체처럼 창백한 얼굴로 생의 강을 반쯤 넘어서고 있었다. 정후는 간신히 눈을 떠 황제의 얼굴을 확인하고는 황제의 손을 힘주어 맞잡았다.

　부르르 떨리는 손 위로 황제의 뜨거운 한숨이 쏟아졌다. 그도 후회하고 있으리라. 모나지 않게, 검소하고 소박하게 지내왔던 자신의 정부인이 세상을 떠나려는 순간이었다. 황제도 만감이 교차하여 회한의 속울음을 흘리고 있을 것이다.

　임종을 눈앞에 둔 백안홀도의 표정은 생의 마지막 순간을 맞이한 이들의 얼굴이 대체로 그렇듯 평온해 보였다. 병상에 누워 고통으로 일그러져 있던 얼굴이 환하게 빛을 발하고 있었다. 모든 고통에서 해방되는 찰나에 멈춘 그 표정에는 희열이 불그레하게 떠올랐다. 살짝 벌어진 그녀의 두 눈은 보이지 않는 저승사자의 행렬을 살피는 듯했다. 양끝으로 당겨진 입술에서부터 얼굴에 떠올랐던 황홀감이 점차 사라져가고 있었다. 기 황후는 그 모습을 끝까지 지켜보지 못하고 등을 돌리고 말았다. 순간 그녀의 눈에서 눈물이 솟아났다. 그것은 연민이요, 동질감의 눈물이었다.

　다나실리에 이어 정후에 오른 백안홀도는 굴곡이 많은 삶을 살아왔다. 기 황후는 눈물을 흘리지 않기 위해 눈을 감았다. 자신보다 기 황후를 더 사랑했던 황제를 평생 지켜봐야 했던 그녀의 마음은 어떠했을까? 검소하며 소박했던 백안홀도, 질투하는 법 없이 묵묵히 정후의 자리를 지켜냈던 그녀도 마침내 기 황후가 제2황후에 올라서면서부터 변하기 시작했다. 간신 합마의 꾐에 빠져 태황태후와 손을 잡고 무리하게 기 황후를 몰아내려 했던 것. 하지만 오히려 그것은 화가 되고 말았다. 기 황후의 역습에 밀려 모반의 혐의를 받고 정후의 자존심이랄 수 있는 자정원까지 빼앗기고 말았다. 그렇게 황제의 눈에서 아예 멀어지면서 그녀는 유폐되다시피 했다. 그동안 그녀가 겪어야 했던 마음의 고통은 어떠했을까?

기 황후는 같은 여자로서 그 아픔을 충분히 느낄 수 있었다. 자신 또한 황비였을 적 다나실리의 횡포에 시달리며 오지 않는 황제를 오랫동안 기다리지 않았던가? 그녀의 임종을 지켜보며 기 황후는 새삼 자신의 부덕을 탓하며 아랫입술을 아프게 깨물었다. 좀더 백안홀도에게 관심을 쏟지 못했던 것이 이제와 후회스러웠다. 공녀 출신의 한계를 극복하기 위해 너무 예민하게 반응하지 않았던가? 밀려나지 않기 위해 오히려 백안홀도를 궁지에 몰아넣어야만 했던 과거의 일들이 기 황후를 괴롭혔다. 그녀는 때늦은 후회와 안타까운 마음에 가쁘게 숨을 몰아쉬었다.

다음 생에서는 부디 평범한 집안의 여식으로 태어나 좋은 배필을 만나소서!

간절한 마음으로 염원을 끝낸 기 황후가 막 돌아서 나가려는데 등 뒤에서 거센 오열이 터져 나왔다.

"황후 마마!"

마침내 정후 백안홀도가 돌아오지 못할 생의 강을 건너갔다. 순간 기 황후의 얼굴이 백지장처럼 창백해지며 술 취한 사람처럼 걸음이 비틀거렸다. 마치 싸늘한 칼날이 가슴을 파고드는 듯한 이물감에 그녀는 명치끝을 꽉 누르고 있어야 했다. 오랫동안.

대도성의 백성들은 모두 흰 상복을 꺼내 입었다. 성안에서는 연회와 악기소리가 사라졌다. 곡소리와 기도소리, 라마승들의 염불이 대도성 전체에 울려 퍼졌다. 성 곳곳에 놓인 향로에서 잿빛 연기의 기둥이 하늘을 향해 피어올랐다.

얼마 후 대도성에서 얼마 떨어지지 않은 곳에 황후릉을 세워 백안홀도를 안장했다. 황후릉 주위에 성벽이 세워졌고, 그 안에 제사를 모시는 성스러운 제단이 설치되었다. 능 앞에는 거대한 화강암 비석을 세웠다. 그녀의 장례식은 황후 등극식 때보다 더 장엄하고 화려했다.

그로부터 몇 달 후, 조정에서는 다시 어전회의가 열렸다. 기 황후는 이 회의에 참석하지 않았다. 정후 책봉이 거론될 것을 짐작하고 일부러 자리를 피한 것이다. 황제는 그동안 황후의 장례식 때문에 미루어두었던 서류를 살피고 각지에서 올라온 상소도 일일이 읽었다. 황제와 문무백관 사이에 관례적인 보고와 황제의 답변이 끝나자, 참의중서상사 소영휘가 기다렸다는 듯 황제 앞으로 나섰다.

"황상 폐하, 백안홀도 황후 마마의 국상이 있은 지도 꽤 시간이 흘렀습니다. 속히 정후를 책봉해야 할 것이옵니다."

황제는 심드렁한 어조로 그 말을 받았다.

"짐이 판단하기엔 그리 서둘 일이 아닌 듯하오."

"지금 각지에서는 폭도들이 일어나 망령되게 황제를 칭하며 난을 일으키고 있사옵니다. 이럴 때일수록 속히 황후를 책봉하시어 황실의 지엄함을 만방에 과시해야 하옵니다."

황제는 턱을 앞으로 내밀며 물었다.

"그렇다면 경은 누가 황후가 되었으면 하시오?"

소영휘는 기다렸다는 듯이 대답했다.

"그야 제2황후이신 기 황후 마마께서 마땅히 정후의 자리에 오르셔야 합니다. 기 황후 마마께선 이미 황태자를 생산하셨고, 또한 그간 여러 역모를 평정하고 백성들의 곤궁함까지 잘 보살피시어 천하의 어머니가 되기에 손색이 없는 면모를 갖추었사옵니다."

"으음!"

황제는 무표정한 얼굴로 고개를 끄덕일 뿐 아무런 대답이 없었다. 그러자 이번에는 좌승상 실연문(悉然文)이 나섰다.

"속히 정후를 책봉하셔야 합니다. 황실의 반석을 바로 세우신 후 남쪽의 주원장을 치기 위해 전열을 가다듬어야 하옵니다."

신하들이 거듭 정후 책봉을 청하자 황제도 어쩔 수 없이 대답해야만 했다.

"경들은 들으시오. 정후 책봉 문제는 중대한 사안으로 설불리 판단할 수 없다. 좀 더 진중히 생각한 후에 논의하는 게 좋을 것 같으니, 더는 거론하지 말라."

황제는 매서운 눈으로 문무백관들을 휘둘러보며 영을 내리고는 자리에서 벌떡 일어났다. 황제가 나가버리자 대신들은 저마다 낮은 목소리로 속삭였다. 그들은 황제가 기꺼이 기 황후를 정후로 책봉할 줄 알았다. 그런데 분명한 대답을 하지 않고 슬쩍 비켜 가는 게 아닌가? 이를 놓고 대신들 사이에서 온갖 추측들이 오갔다.

하지만 정작 당사자인 기 황후는 태연했다. 그녀는 황제의 마음을 잘 알고 있기에 그런 반응을 대수롭지 않게 여겼다. 그간 황태자에게 양위를 하라는 기 황후의 압박에 대한 무언의 시위를 하는 것이라 여겼다. 황제는 자신의 힘을 과시하며 그 건재함을 나타내려는 것이다. 기 황후는 그런 황제의 마음을 읽고는 대외 활동을 중단한 채 당분간

근신하기로 했다. 강순용이 재촉하고 주변의 고려인 수하들이 분주히 움직이자, 기 황후는 무심한 얼굴로 그들을 만류하기까지 했다.
"그리 서둘 것 없다. 어차피 나에게 돌아올 자리가 아니더냐? 어떤 방법으로 그 자리에 오르느냐 또한 중요한 법이니라."
며칠 후 어전회의가 다시 열렸다. 기 황후는 이번에도 참석하지 않았다. 분명 신하들이 황제에게 거듭 청하여 정후 책봉 문제를 매듭지을 것으로 여겼다. 부러 여유를 부렸지만 그녀는 초조한 기색을 온전히 감출 순 없었다. 홍성궁에서 회의 결과를 기다리며 내실을 서성였다. 한참이 지나서야 강순용이 달려왔다. 그는 급히 달려오느라 숨이 턱에까지 차 있었다.
"마마, 황후 마마……."
그는 기 황후 앞에 이르렀지만 말문을 열지 못했다.
"마마, 큰일 났습니다. 황상께서…… 황상께서……."

8

8월의 혹서(酷暑)는 차양 안에서도 숨이 막힐 지경이었다. 전고(戰鼓)를 잡은 병사는 새카맣게 그을렸고 온몸이 땀에 절어 보기에도 안쓰러웠다. 물을 통째로 들이부어도 갈증은 해소되지 않았으니 그대로 강물에 빠져 죽는 것도 나쁠 것 같지 않았다.
정오가 가까워 해는 더욱 혹독하게 폭염을 퍼부었고, 햇빛이 워낙 강렬하여 눈도 뜨기 어려웠다. 대지는 떡시루였고 화로가 따로 없었다. 덥고 숨이 차 비틀거리는 걸음으로 망루에서 내려간 장사성은 서늘한 굴속을 찾고서야 겨우 숨을 돌렸다. 거기서 성밖을 바라보니 수십만 대군이 개미떼처럼 몰려와 성을 포진하고 있는 게 보였다.

붉은 깃발과 기치창검이 대지를 뒤덮었고, 먼지와 연기가 하늘을 삼킬 듯 치솟고 있었다. 그야말로 사람들의 바다가 끝없이 펼쳐져 있는데, 휘날리는 붉고 푸른 기치들과 정렬해 있는 군사들의 모습은 보는 이를 숨 막히게 했다.

1366년 8월. 주원장은 장사성에 대한 2차 공격을 명했다. 이번에도 서달이 대원수에 임명되어 20만 대군을 이끌고 출전했다. 이에 동오(東吳)의 승상 장사신(張士信)이 정병 10만을 이끌고 와 구관에 진을 치고 그들과 맞섰다. 서달은 병력을 크게 둘로 나누어 좌우 측방에 진출시키고, 주력으로 흙을 파서 퇴로를 끊어버렸다. 장사신은 대부분의 군사를 잃고 물러났다. 그러자 영체를 사수하고 있던 장사성 휘하의 영주들이 군사를 몰고 달려와 주원장에게 항복했다. 주변을 완전히 제압하자 이제 남은 곳은 장사성이 거점으로 삼고 있는 소주성뿐이었다.

주원장의 군사들은 소주성을 겹겹이 포위하고 일제히 함성을 내지르며 내달렸다. 수만의 돌격대가 대나무로 엮어 만든 방패를 들고 적진에서 날아오는 화살을 쳐내며 앞으로 나아갔다. 그 뒤를 20만의 군사들이 사다리와 투석기를 몰며 따랐다. 성 안팎 하늘이 투석과 화살로 새까맣게 뒤덮였다. 투석과 화살에 맞아 고통스럽게 내지르는 군사들의 비명소리에 요란하게 울리던 전고(戰鼓)소리도 묻혔다. 연일 계속되는 폭염과 가뭄에 쩍쩍 갈라져 있던 대지는 양측 군사들의 땀과 피를 걸신들인 듯 빨아들였다.

수십 개의 적루가 하늘사다리를 올려 성벽에 바짝 붙으면서 서달의 선두 부대가 신속히 성두(城頭)에 올라서는 데 성공했다. 높은 성벽에 의지해 완강하게 저항을 하던 소주성의 방어막이 조금씩 무너지고 있었다.
　오랜 격전 끝에 성문이 뚫리자 서달은 대군을 이끌고 들어가 곧 성을 함락할 것이라 믿었다. 그러나 성문을 뚫었지만 그 앞 봉문교에 설치된 목책(木柵)에 가로막혀 더는 나아갈 수 없었다. 목책 반대편에서 동오군의 참정 사절(謝節)과 주인(周仁)이 수천의 병마를 이끌고 와 맹렬한 화살 공세를 퍼부었던 것이다. 이를 예견하지 못했던 주원장의 서오군은 막대한 피해를 입었다.
　"속히 군사를 뒤로 물려라!"
　성문에서 물러나 진지를 구축하고 인마를 점검해보니 화살에 맞아 죽거나 다친 병사가 태반이었다. 흥분한 장수 남옥(藍玉)이 충혈된 눈으로 서달에게 말했다.
　"상장군, 화포를 발사하여 성벽을 박살내야 합니다."
　하지만 서달은 고개를 내저었다.
　"화남성은 백성들이 밀집해 있는 곳이다. 무고한 사상자를 내면 저들의 저항이 더욱 거세지지 않겠는가?"
　"허나 겁을 줄 필요는 있습니다. 성벽 한쪽을 완전히 박살내버리면 저들의 기세가 꺾일 것입니다."
　서달은 그 말을 옳다 여겨 화포 사용을 허가했다. 남옥의 명에 군사들이 수십 문의 화포에 쇠구슬을 밀어 넣고 심지에 불을 붙였다. 꽝! 하는 소리와 함께 수십 문의 화포가 발사되는 소리가 공기를 찢었고, 성벽 한쪽이 완전히 박살났다. 연이어 화포를 쏘아대자 성벽 곳곳이 무너지며 적진의 상황이 확연히 보였다. 서달은 손을 들어 화포 사용을 중단시켰다. 그리고는 홀로 말을 몰아 목책 앞으로 나아갔다.

"이보시오. 사절과 주인 형제. 견고하기 이를 데 없는 성벽이 저렇게 박살이 났는데 그깟 목책이 무슨 구실을 한다고 그 앞을 지키고 섰단 말이오? 무고한 백성들이 해를 입기 전에 이쯤하고 항복하시오!"

잠시 후, 쿵! 소리와 함께 동오군의 깃발이 땅바닥에 떨어지며 책문이 활짝 열렸다. 이어 사절과 주인이 백기를 들고 나와 항복을 청했다. 서달은 부장 왕필에게 투항자들을 맡겨 놓고 성밖의 군사를 다시 배치시켰다. 적의 반격에 미리 대비를 해놓은 것이다. 그리고 서달 자신은 20만 대군을 거느리고 만수사(萬壽寺) 일대로 진군했다.

장사성은 이를 막기 위해 친히 하형(何衡)과 유의(劉毅) 두 장수를 거느리고 진두에 섰다. 하지만 선봉 장수들이 화살 공세에 모두 쓰러지자 장사성이 직접 달려 나가 남옥과 한차례 사투를 벌였다. 장사성은 접전에서 필사적으로 장검을 휘둘러대는 남옥을 당할 수 없었다. 힘이 부쳐 슬슬 뒤로 물러서려는데 서오군이 일시에 달려들어 장사성을 에워싸 버렸다. 그러자 장사성의 제장들이 목숨을 버릴 것을 각오하고 무섭게 포위를 뚫고 들어왔다.

"속히 이곳을 빠져나가소서."

장사성은 그들 덕택에 겨우 포위를 뚫고 나가 패잔병들과 함께 동가(東街)로 물러났다. 사태를 수습하며 인마를 점검해보니 1만이 채 되지 않았다. 낙담한 장사성은 장수들을 모아 놓고 진심 어린 어조로 일렀다.

"이제 저들과 맞서 이길 가능성이 없구려. 각자 흩어져 살길을 찾아 떠나시오."

그러자 장수 하형이 말에서 뛰어내려 무릎을 꿇었다.

"소장은 폐하와 생사를 같이 하기로 맹세한 몸입니다. 죽기를 각오하고 폐하를 지켜 드릴 것입니다."

그 사이 서오군이 벌떼같이 밀려들고 있었다. 장사성은 맞서 싸울 엄두도 내지 못하고 황급히 후퇴하는 수밖에 없었다. 그 바람에 얼마 남지 않은 군사들이 다시 뿔뿔이 흩어졌다. 경황없이 뒷걸음쳐 겨우 몇 기의 수행 장수들을 대동하고 강변으로 퇴각했으나, 갑자기 갈대숲에 은패하고 있던 수십 척의 배에서 복병들이 새까맣게 몰려나왔다.

"장사성은 속히 무릎을 꿇어라. 네놈의 목을 우리 폐하께 바쳐 큰 벼슬을 얻으리라."

장사성이 낙담하여 칼을 내려놓으려는데 하형이 급히 달려 나왔다. 그는 홀로 앞으로 나서며 수십 명의 군사들과 접전을 벌였다. 칼과 칼이 맞부딪치며 불꽃이 튀었다. 하형이 바람을 가르며 칼을 휘두르는 소리가 어찌나 매섭던지 홀로 수십의 적을 상대하면서도 전혀 위축되지 않았다. 하지만 하형이 아무리 맹장이라지만 홀로 수십의 군사와 맞설 수는 없었다.

"윽!"

비명소리와 함께 하형의 목에 칼이 스쳐가자 핏줄기가 분수처럼 솟아올랐다. 장사성은 그 틈을 이용하여 호위 장수들과 함께 포위를 뚫고 말을 내몰았다. 장사성을 뒤쫓는 군사들의 말발굽이 숨이 끊어진 하형의 몸을 짓이겼다.

그때 명궁으로 알려진 남옥이 말 위에서 활시위를 당겨 장사성을 겨냥하자 서달이 이를 막았다.

"그를 죽이기보단 생포해서 폐하께 바치면 더 큰상을 내릴 것이다."

그들은 장사성이 황궁으로 급히 말머리를 몰아가는 것을 방치했다.

황궁으로 쫓겨 들어간 장사성은 주위를 둘러보고는 아연실색했다. 황궁 곳곳이 불길에 휩싸여 있었고, 그나마 성한 곳은 약탈을 당해 난장판이 되어 있었다. 예전의 화려하고 장엄한 영화는 어디에서도 그 흔적을 찾을 수 없었다. 수행 장수들이 비분을 토하는 것을 뒤로하고 발걸음을 옮기려는 순간 장사성의 눈에서 왈칵 눈물이 솟구쳤다. 침전에 들어서자 오랫동안 함께 해왔던 부인 류씨가 여러 희첩들을 거느리고 입구에 주저앉아 훌쩍이고 있었다.

"이 못난 군주 때문에 꽃다운 그대들이 인생을 망치고 말았구나. 속히 흩어져 살길을 찾아보시오."

류씨 부인이 결연한 표정으로 대답했다.

"필시 주원장이 우리를 후궁으로 끌고 가거나 유곽에 넘길 것입니다. 살아서 수모를 당하느니 차라리 죽음을 택하겠나이다."

그녀는 눈물을 훔치고 일어나 하얀 천을 꼬아 만든 줄에 목을 감았다. 장사성이 이를 말리려 했으나 그녀는 완고하게 고개를 내저었다.

"소인을 욕되게 하지 마소서."

장사성은 망연한 얼굴로 고개를 끄덕였다. 그는 눈물을 훔치며 침전에서 나왔다. 제운루(齊雲樓)에서 굽이치며 뿜어 나오는 시커먼 연기와 불꽃이 치솟는 가운데 간간이 들려오는 간담 찢기는 비명소리를 들으며 장사성은 귀를 막고 머리를 흔들었다. 그는 너무 지쳐 그 자리에 푹 고꾸라지고 말았다. 잠시 후 겨우 정신을 차렸을 때 제운루는 이미 거대한 불더미가 되어 무섭게 타오르고 있었다. 피를 토하듯 붉게 타오르는 제운루 주변은 아비규환이 따로 없었다. 천만 근이나 되는 듯 무겁게 느껴지는 몸을 일으켜 장사성은 침궁으로 들어갔다. 안에서 문을 닫아걸고 그는 긴 한숨을 내쉬었다. 그리고는 하얀 띠를 대들보에 매고 서둘러 목을 들이밀었다. 하지만 그는 그렇게 죽을 운명은 아닌 모양이었다. 그가 막 발의 버팀목을 내찼을 때 침궁의 문이 박살나며 붉은 옷을 입은 한 무리의 군사들이 뛰어 들어왔다. 군사들은 아직 몸이 그네 타듯 흔들리고 있는 장사성을 급히 안아 목을 옥죈 매듭을 풀어냈다.

"아직 숨이 붙어 있다."

서달의 휘하 군사인 이백승이 급히 장사성의 입을 크게 벌리고 공기를 불어넣었다. 동시에 반원소가 장사성의 복부와 가슴을 거칠게 문질렀다. 잠깐 동안의 소란 끝에 장사성은 천천히 의식을 되찾았다. 둘은 다시 살아난 장사성을 방패 위에 눕혀 밖으로 내갔다. 그렇게 생포된 장사성은 응천부로 압송되었다.

황포를 입은 주원장이 밧줄에 묶인 장사성 앞으로 걸어왔다.

"짐은 그대의 용맹과 지략을 오래전부터 흠모하고 있었다."

주원장이 부드러운 목소리로 말을 붙였지만 장사성은 고개를 빳빳이 든 채 아무 말이 없었다. 다만 불처럼 이글이글 타오르는 눈을 들어 주원장을 노려보았다.

"허나 하늘에 두 개의 태양이 있을 수 없듯, 이 천하에도 두 황제가 존재할 수 없다."

"너는 그 태양이 될 자격이 없는 놈이다."

주원장은 그 말에는 대꾸하지 않고 마저 말을 이어나갔다.
"이곳 남쪽을 완전히 평정했으니 이제 남은 것은 북으로 진격하여 오랑캐에게 빼앗겼던 중원을 되찾아 한족의 나라를 다시 건설하는 것이다. 그 거룩한 일을 함께 하려 하는데, 그대의 뜻은 어떠한가?"
그때 장사성이 사자가 포효하듯 처참한 얼굴로 크게 웃었다.
"네놈같이 비열한 소인배가 이 천하의 주인이 되겠다? 차라리 저 고려의 공녀 출신 기 황후가 네놈보다는 백 배 나을 것이다."
장사성은 말을 마치고는 길게 숨을 들이쉬었다가 힘차게 침을 내뱉었다. 핏물이 섞인 끈끈한 침이 주원장의 얼굴에 철썩 달라붙었다. 그 예상치 못한 수모에 당황한 주원장이 얼굴을 붉히며 험악하게 이마를 찌푸렸다.
"이놈이 뒤지려고 환장했구나."
주원장의 뒤에 서 있던 이선장이 보다 못해 발을 들어 그대로 장사성의 가슴을 걷어 차버렸다. 그리고는 슬쩍 눈을 돌려 주원장의 기색을 살폈다. 주원장이 고개를 끄덕이자 이선장은 바닥에 놓아둔 육모방망이를 들었다. 방망이를 사정없이 내려치자 장사성은 비명을 내지르며 몸부림을 쳤다. 그는 눈을 부릅뜨고 연신 주원장을 저주하는 말을 쏟아냈다. 이선장이 다시 그런 장사성의 머리를 방망이로 후려갈겼다. 퍽! 뼈마디가 터져나가는 소리와 함께 장사성의 몸이 축 늘어져 더는 움직이지 않았다. 이때 장사성의 나이 47살이었다.
장사성. 소금판매상 출신인 그는 홍건군이 전국을 휩쓸 때 난을 일으켜 태주와 고우를 점령하고 그곳을 근거지로 하여 '성왕(誠王)'의 자리에 올랐다. 한때 원나라 군대와의 전쟁에서 몇 번 패한 적도 있었으나, 1356년 양자강(揚子江) 하류 삼각주지대의 중심지인 강소성(江蘇省)과 소주(蘇州)를 함락시키고 국호를 '오국(吳國)'으로 칭하며 스스로 황제에 올랐다. 그가 세운 나라는 염전과 물자가 풍부하여 지상천국이라고 불리었고, 군사력도 반원의 기치를 내걸고 거병했던 한족 군웅들 중 가장 막강했다.

역사는 가정을 불허한다. 하지만 만약 주원장이 진우량과 파양호(鄱陽湖)에서 결전을 벌이고 있을 때 장사성이 군사를 몰아 주원장의 배후를 쳤다면, 역사는 어떻게 바뀌었을지 장담할 수 없다. 주원장이 총력전으로 나선 진우량의 60만 대군과 전투를 힘겹게 벌이고 있을 때 무주공산(無主空山)이나 다름없는 주원장의 근거지를 쳤다면 주원장은 몰락의 길을 걸었을 것이다.

장사성의 가장 큰 실책은 주원장을 과소평가했다는 데 있다. 그는 병력이 우세한 진우량이 가볍게 승리할 줄 알았다. 그런데 주원장이 승리하면서 진우량이 거느린 잔존 병력을 온전히 흡수하면서부터 승패는 이미 정해진 것이나 다름없었다.

주원장은 소주 백성들이 장사성을 도와 일 년을 넘게 항전한 것을 놓고 잔인하게 복수했다. 장사성과 조금이라도 관련된 사람들을 모조리 찾아내어 죽이고 세금도 가혹하게 징수했다. 소주를 함락시킨 주원장은 내처 군사를 몰아 복주와 장주를 비롯하여 근처 군현을 완전히 평정했다. 이로서 남쪽을 완전히 제패한 주원장은 호탕하게 웃으며 고개를 돌렸다. 물안개에 휩싸인 강 건너편에 그가 갈구하는 땅이 있었다.

9

"어찌 황상께서 그런 말씀을 하셨다는 게냐?"

"소인도 믿기지 않사오나, 들은 바에 의하면 분명 그리 말씀하셨다 하옵니다."

기 황후는 얼굴 한쪽에 짙은 음영을 드리운 채 아랫입술을 아프게 깨물었다. 그녀는 뒤통수를 얻어맞은 듯 멍한 표정으로 미간을 찌푸렸다. 아무리 생각해도 지금의 현실이 믿기지 않아 고개를 내저을 뿐이었다. 기 황후는 두 손으로 미농지빛 얼굴을 매만지다가 턱을 곧추세우고 나섰다.

"마마, 어디로 가시려는 지……."

"그 아이를 직접 만날 것이다. 만나서 다시는 그런 말이 나오지 못하게 기를 꺾어 놓을 것이야."

강순용이 얼른 기 황후 앞으로 달려갔다.

"마마, 이번 일은 마마께서 직접 나서는 건 보기 좋지 않을 듯하옵니다. 한 발 물러서신 후에 다른 대신들을 시켜 일을 진행하는 게 나을 듯하옵니다."

바늘에 걸린 물고기처럼 흥분하고 있던 기 황후는 강순용의 말에 퍼뜩 정신을 차렸다. 그녀는 걸음을 멈추고 길게 한숨을 내쉬었다. 하지만 표정은 여전히 굳어 있었다. 창백한 얼굴이 침통함을 숨김없이 드러내고 있었다.

어찌하여, 어찌 그 아이가 감히 나의 자리를 넘본단 말인가…….

황제는 어전회의에서 정후 책봉을 전격적으로 발표했다. 그런데 그

대상은 기 황후가 아니라 박불화의 사촌동생이자 황제의 애첩인 박선지였다. 황제의 계급무계궁 출입을 막기 위해 기 황후가 의도적으로 보냈던 궁녀를 정후로 책봉한다는 것이다. 기 황후는 그야말로 믿는 도끼에 발등이 찍힌 셈이었다. 처참하게 죽어간 박불화와 박선지의 얼굴이 겹치며 그녀를 괴롭혔다.

"아무리 생각해도 이해가 되지 않아. 어찌하여 황상께서 황비에 불과한 선지에게 정후의 자리를 준다고 한 것이냐?"

"아뢰옵기 황공하오나 소인이 생각하기엔……."

강순용은 말꼬리를 흐리며 슬쩍 기 황후의 눈치를 살폈다.

"머뭇거리지 말고 말해보라."

"마마께서 무리하게 양위를 요구하시어 황상 폐하께서 크게 상심한 것으로 보입니다. 아마도 그 마음을 표하려 그런 말씀을 하시지 않았나, 그리 짐작됩니다."

"그럼 자네는 황상께서 마음에도 없는 말로 나를 떠본다는 게냐?"

"이번 기회에 마마께서 황상 폐하께 몸을 낮추는 모습을 보이시면 정후 자리를 주실 지도 모르옵니다."

기 황후는 단호한 표정으로 고개를 내저었다.

"난 절대 그럴 의향이 없다. 내가 그깟 황비 따위에게 밀려 정후의 자리에 오르지 못할 성 싶으냐? 더구나 선지는 박불화의 동생이자 나의 사람이 아니더냐? 우리 자정원에서 오랫동안 길러온 아이야. 그 아이 때문에 황상께 밀리고 나면 정후가 되어서도 제대로 기를 펴지 못할 것이야."

"하오면 따로 계책이라도 가지고 계신 지요?"

"조금만 기다려 보거라······ 내 호락호락 밀리진 않을 것이야."

다음날 황제는 다시 어전회의를 소집했다. 전날 정후 책봉에 관해 언급을 한 그는 이번에 신하들의 확답을 듣고자 했다. 기 황후는 이번에도 어전회의에 참석하지 않았다. 대신 신하들에게 단단히 일러 황제의 명을 꺾어놓으라 명했다. 회의가 시작되자 황제는 다시 박선지를 황후로 책봉하라고 고집을 부렸다. 그러자 좌승상 실연문이 나서며 즉각 반박하고 나섰다.

"현재 기 황후 마마께오서 제2황후의 책무를 잘 해나가고 계시온데 굳이 다른 곳에서 정후를 찾을 필요가 없다 여겨지옵니다."

참의중서상사 소영휘도 거들었다.

"더구나 기 황후 마마께오선 황태자 전하의 모후이시니 마땅히 기 황후 마마께서 정후의 자리에 오르셔야 합니다."

이에 황제가 오히려 되물었다.

"황태자의 모후이기 때문에 정후에 올라야 된단 말인가?"

"그러하옵니다."

"그렇다면 황비가 만약 태자를 생산하면 어찌 되는 것인가?"

"그게 무슨 말씀이온 지······."

"경의 말대로라면 우리 황비가 수태하여 태자를 생산하면 정후에 오를 수 있단 말이 아닌가?"

"이미 애유식리답리 황태자로 후위를 정해 놓으시지 않았사옵니까? 설령 그러하다 할지라도 기 황후 마마 외에는 정후가 될 순 없사옵니다."

황제가 벌떡 일어나며 언성을 높였다.

"경들의 말은 앞뒤가 맞지 않다. 기 황후가 내 대를 이을 황자를 낳았기 때문에 정후가 되어야 한다면 황비 또한 황태자를 생산하면 황후가 될 수 있는 게 아닌가?"

황제는 아예 소리를 버럭 지르더니, 퍼뜩 놀라 잠시 숨을 고르고는 다시 차근차근 말이 이어갔다.

"금번 황비가 수태를 했다 하니, 몇 달만 더 기다려보자. 내 대를 이을 황태자를 생산한다면 짐은 지체 없이 그녀를 정후로 봉할 것이다."

황제는 그 말을 끝으로 더는 말하기 싫다는 듯 자리에서 일어나 나가버렸다. 내전은 대신들의 웅성거림으로 가득했다. 그들의 관심은 박선지가 정말 수태했느냐에 모아졌다. 만일 수태하여 정말로 황자를 생산한다면 기 황후의 정후 책봉 또한 장담할 수 없게 되는 것이다. 이 소식은 즉각 기 황후에게도 전해졌다. 그녀는 믿을 수 없다는 듯 고개를 흔들었다.

"아니야. 그럴 리가 없어. 분명 그녀에게 약을 먹여 태문을 완전히 닫아버리지 않았던가? 수태를 했다는 건 모두 거짓이야."

그녀는 무기력한 얼굴로 중얼거렸다. 사람의 인체와 약은 제각각 그 반응이 다를 수도 있으니, 태문을 닫았다는 것을 자신할 수도 없었다. 그녀는 어의를 즉시 불러들였다.

"전에 태문을 닫게 하는 약을 먹이지 않았는가? 그런데도 수태가 가능하단 말인가?"

"황후 마마, 약은 꼭 장담할 수 없는 성질의 것이옵니다. 사람을 해하는 독약이 어떤 이에게는 병을 고치는 해약이 되는 일도 왕왕 있는 일이옵니다. 그때 처방했던 약은 열에 아홉은 태문을 닫게 하는 효과가 있으나, 열에 하나의 경우에 그 효과를 발휘하지 못할 때도 가끔 있사옵니다."

"그렇다면 진정 선지가 수태를 했다는 것인가?"

"그게 저……."

어의는 곤혹스러운 표정으로 고개를 숙였다.

"수태를 한 게 사실이냐고 물었소이다."

"맥을 짚어보거나 혈맥을 보아서는 수태인 것 같사오나 그것만 가지고는 확답을 드릴 수 없사옵니다. 수태 중에 피가 조금씩 나오는 것을 태루라 하고 피가 나오며 복통이 있는 것을 태동이라고 하온데, 그 태루와 태동을 확인하면 수태 여부를 확실히 알 수 있사옵니다. 허나 소인은 남자이기에 감히 그것을 볼 수가 없었사옵니다."

"그래? 그것만 확인하면 된다는 말인가?"

기 황후는 차가운 표정으로 고개를 끄덕였다. 그녀는 즉시 사람을 보내 박선지를 시중드는 고려인 궁녀를 불러들였다.

"너는 박 황비의 몸 상태를 잘 관찰하고 있다가 수시로 알려야 한다."

그렇게 일러놓고는 얼마동안 기다리기로 했다. 그동안 조정은 발칵 뒤집어져 난리가 났다. 기 황후 대신 박선지가 정후의 자리에 오를지 모른다는 소문이 돌며 일대 격랑이 일었다. 신하들은 기 황후와 박선지를 저울질하며 눈치 보기에 바빴다. 그런 가운데 황제의 영향력이 조금씩 커지면서 국정을 주도하기 시작했다. 정후 선택권이 최종적으로 자신에게 있음을 과시하며 황제는 그 영향력을 행사하려 했다. 신하들이 다시 황제의 눈치를 살피기 시작한 것이다.

시간이 흐르자 박선지의 배가 조금씩 불러왔다. 이제 아무도 그녀의 수태를 의심하는 자가 없었다. 그녀가 만약 남자를 낳게 된다면 기 황후보다 오히려 박선지가 정후로 간택될 가능성이 많을 것이라고 신하들은 삼삼오오 모여서 입을 모았다.

그러던 중에 박선지의 침소에 있던 궁녀가 기 황후에게 급히 사람을 보내왔다. 그 전갈을 전해들은 기 황후는 회심의 미소를 지으며 눈을 차갑게 치떴다.

"어서 나를 따르라!"

기 황후는 강순용과 수행 궁녀들을 이끌고 박선지가 거처하는 흥덕전으로 향했다.

"어서 오시옵소서, 황후 마마."

박선지는 머리를 조아리며 공손하게 기 황후를 맞이했다. 자리에서 일어나 깊이 고개를 숙이며 무릎을 꿇을 때 그녀의 불룩한 아랫배가 눈에 띄었다.

"그만 일어나거라."

기 황후는 가만히 박선지의 얼굴을 주시했다. 그 눈이 서릿발처럼 차가웠다. 기 황후가 아무 말 없이 물끄러미 쳐다보자 어색한 침묵이 내실에 감돌았다. 박선지는 조마조마한 얼굴로 침을 꿀꺽 삼켰다. 기 황후가 갑자기 빠른 걸음으로 몇 걸음 다가갔다. 그리고는 옅은 심호흡과 함께 박선지에게 달려들며 두 손으로 거칠게 겉옷을 벗겨냈다. 박선지의 헤쳐진 옷 사이로 아랫배를 불룩하게 했던 솜뭉치가 드러났다. 모든 것이 순식간에 일어났다.

박선지는 너무 당황하여 한동안 멍한 눈으로 기 황후를 올려다보았다. 그러다가 사태를 파악하고는 풀썩 그 자리에 주저앉으며 오열하기 시작했다. 박선지의 두 볼을 타고 눈물이 뚝뚝 떨어져 내렸다.

"이것이 모두 네가 계획한 것이더냐?"

하지만 박선지는 대답하지 않았다. 그녀는 울음소리를 더 높이며 통곡했다.

"황후 마마, 소인이…… 소인이 죽을죄를 지었사옵니다. 용서해주시옵소서."

기 황후는 말없이 자리에서 일어났다. 그리고는 박선지의 아랫배에 묶여 있던 솜뭉치를 들고 밖으로 나왔다. 그 뒤를 따르던 강순용이 물었다.

"마마, 이것은 필시 황상께서 지시하신 게 분명 합니다. 마마의 등극을 최대한 지연시켜 다른 계책을 꾸미려 하셨던 겁니다."

기 황후는 묵묵히 그 말을 듣기만 했다. 그녀가 향한 곳은 황제가 거처하는 연춘각이었다. 황제는 평소 편전에서 각종 상소문을 받아서 처리하고 있었다. 그는 느닷없이 찾아온 기 황후의 출현에 의아해 했다. 기 황후는 당황한 얼굴로 바라보는 황제 앞으로 솜뭉치를 툭 던져 놓았다. 황제의 미간이 일시에 좁아지며 입가의 근육이 뒤틀렸다. 일순 그의 얼굴에 낭패감이 스쳐갔다.

기 황후는 솜뭉치와 황제의 표정을 번갈아 살피며 차갑게 웃었다. 그녀는 한동안 황제를 물끄러미 내려다보다 등을 돌려 나가버렸다.

며칠 후, 황제는 어전회의에서 황후 책봉에 관한 영을 내렸다.

"기 황후는 공경스럽고도 만 백성의 모범이 되는 바 마땅히 천하의 어머니로 추앙 받을 만하다. 오랫동안 제2황후로 있으며 천하를 이끌고 황실의 위엄을 공고히 하였으니, 이에 옥책옥보(玉册玉寶)를 내려

제1황후로 삼으려 하노라."

황명이 내려지자 정후 책봉 준비가 시작되었다. 신하들은 무슨 영문인지도 모른 채 황제의 명을 따랐다. 기 황후는 이미 박선지를 멀리 하남으로 유배를 보내고 거짓 수태사건에 대해서는 함구령을 내렸다. 황제와 무언의 협약을 한 것이다. 배후를 조사하지 않는 대신 기 황후에게 정후의 자리를 주기로 한 것. 책봉식 준비는 일사천리로 진행되었다.

황후 책립(冊立)일은 선정원(宣政院)에 길일(吉日)을 점치게 한 결과 12월 1일로 정해졌다. 아직 백안홀도의 상(喪)중인데다 남쪽의 정황이 심상치 않아 모든 절차가 간소하게 거행되었다. 격식을 간소하게 했다하나 그 규모는 여전히 엄청났다. 천하를 제패한 원나라 정후의 책봉식이 아닌가?

궁성 정각인 융복궁(隆福宮) 앞에는 제탁(祭卓)이 마련되었고, 탁자 위 순금 향로에는 향연(香煙)이 완만한 곡선을 그리며 피어올랐다. 그 앞에는 황금으로 장식된 봉황 옥좌가 놓여 있었다.

대도성 입구인 려정문(麗正門) 앞에는 예장(禮裝) 차림으로 의관을 갖춘 9품 이상의 문무백관과 천하 각국에서 찾아온 외국의 사신들이 북쪽을 향해 길게 늘어서 있었다. 이윽고 새벽녘의 희미한 어둠을 밀어내며 겨울의 눈부신 아침 해가 솟아올랐다. 그때 황제가 탄 마차가 천천히 모습을 드러냈다. 곤룡포를 입고 면류관을 쓴 예장 차림의 황제는 마차에서 내려 근엄한 얼굴로 옥좌에 앉았다. 기 황후는 금빛 섬세한 고리가 달린 가죽혁대에 옥 장식을 달고, 권력과 다산의 상징인 꿩이 그려진 풍성하고 짙은 대홍직금(大紅織金)의 화려한 차림으로 황제에게 천천히 걸어가 인장과 금검을 받았다.

황제가 일어나 기 황후와 마주 보자 태사(太師)가 엄숙한 목소리로 크게 외쳤다.

"재배(再拜)"

그 소리에 맞추어 문무백관을 비롯한 각국의 사신들이 두 번 연거푸 절을 올렸다. 태사가 기 황후의 입후를 정식으로 선포했다.

"재배!"

태사의 목소리가 크게 울리자 모두들 다시 두 차례 절을 올렸고, 이어 태부(太傅)가 소리쳤다.

"종례(終禮)!"

이 말을 신호로 황제가 먼저 안으로 들고, 기 황후가 그 뒤를 따랐다. 황제 내외가 나가자 모든 문무백관들이 질서정연하게 문(文)과 무(武), 두 줄로 나뉘어 려정문을 통해 빠져나갔다. 황금 봉화와 오색 무늬 꿩의 꼬리 깃털로 장식된 마차에 오르면서 기 황후는 벅찬 가슴을 가누지 못했다. 공녀의 몸으로 이곳 대도성으로 끌려온 지 35년 만에 드디어 정후의 자리에 오른 것이다. 여인의 몸으로 오를 수 있는 최고의 권좌.

중국 4천 년 역사상 한(韓)민족 핏줄을 받은 여인이 정후 자리에 오른 것은 기 황후가 처음이자 마지막이다. 몇몇 여인들이 황비나 제2황후에 오른 적은 있지만 정후로서는 오직 기 황후뿐이었다. 더구나 기 황후가 가진 권세는 황후의 지위에만 머물러 있지 않았다. 황제보다 더 큰 권능을 가지고 있었고, 원의 실질적인 주인이나 다름없었다. 그녀는 이제 더 이상 두려울 게 없었다.

내 품에 들어온 이 천하를 온전히 바로 세우리라!

10

 소요건(逍遙巾)을 머리에 두르고, 용을 수놓은 장포(長袍)를 입은 장년의 사내가 골똘한 얼굴로 앉아 있었다. 그는 한 손을 허리춤의 장검 손잡이에 얹고 다른 한 손으로 턱수염을 쓸어내리고 있었다. 범 눈에 뭉텅한 코, 주걱턱을 한 얼굴은 웃음을 자아내게 할 만큼 우스꽝스러웠다.
 "하하하."
 주원장은 민간에 유포되고 있다는 자화상(自畵像)을 물끄러미 바라보다가 끝내 웃음을 터뜨리고 말았다. 남쪽을 온전히 장악하면서 이제 그는 명실상부한 천하의 반쪽 주인이었다. 하지만 백성들은 그의 얼굴을 잘 몰랐다. 사람들의 궁금증은 이렇게 출처가 확인되지 않은 초상화를 통해 해소되곤 했다. 그만큼 백성들 사이에서 주원장에 대한 관심이 높았다.
 하지만 주원장이 지금 들고 있는 초상화는 자신의 실제 모습과는 너무나 달랐다. 이마가 지나치게 돌출했고, 코도 기형적으로 컸으며, 검은깨 같은 열두 개의 주근깨는 붓을 내리며 한숨 쉬어간 것 같이 크고 무거워 보였다.
 "나를 못생긴 사람의 대명사인 추팔괴(醜八怪)로 만들어 버렸구나."
 옆에 시립해 있던 이선장이 주원장의 눈치를 살피며 물었다.
 "명만 내리신다면 당장 응천의 환쟁이들을 모두 불러들여 장본인을 색출하겠습니다"
 "그 작자도 짐을 직접 보고 그린 것은 아닐 터, 악의 없이 그려진 초상화 때문에 환쟁이를 추궁하고 싶진 않다."

그러자 이선장이 염탐하듯 물었다.

"이 참에 제대로 된 진용(眞容)을 후세에 남기시는 게 어떻습니까?"

주원장이 고개를 끄덕이자 이선장은 방방곡곡에 방을 붙였고 얼마 후 초상화로 명성이 자자한 원일정(院一丁)을 데려왔다. 원일정은 받침대를 펴놓고 한쪽에서 무릎을 꿇고 기다렸다. 주원장이 한참 후 명했다.

"아무쪼록 그대의 그림 솜씨를 발휘하여 있는 그대로를 그려야 한다. 짐의 마음을 흡족하게 하면 큰 상을 내릴 것이니라."

주원장이 교의(交椅)에 다리를 포개고 앉았다. 원일정은 주원장의 모습을 세세히 살핀 후 그림을 그리기 시작했다. 한식경이 지난 후 원일정이 붓을 거두며 아뢰었다.

"소인 황제 폐하의 진용을 졸렬한 솜씨로 그려 보았사옵니다."

곁에 있던 이선장이 그림을 바라보며 감탄사를 연발했다.

"실로 대단한 솜씨요. 어디에 내걸어도 손색이 없을 것이오."

하지만 주원장은 고개를 내젓고 있었다.

"짐을 너무 똑같이 그려내면 그 진용이 백성에게 알려져 큰 불편을 겪을 것이야."

주원장은 그림이 실제 얼굴과 너무 똑같은 것이 내키지 않았다. 첩자나 자객들의 피습을 염려하고 있었던 것이다. 그의 목을 노리는 것은 원나라뿐만이 아니라 장사성이나 진우량의 가신들도 있었다. 벌써 몇 차례 궁궐에 침입해 난동을 부린 자들은 몽골족이 아니라 옛 주인의 원수를 갚고자 하는 그들 한족들의 잔당이라는 점도 주원장의 심기를 불편하게 했다.

"이 그림은 밖으로 돌려선 아니 되겠네."

이선장을 바라보는 주원장의 눈빛은 얼음처럼 차가웠다. 주원장이 고개를 끄덕이자 이선장이 즉시 화가 원일정을 끌고나갔다. 원일정은 영문도 모른 채 그날 이선장의 칼에 죽었다. 이 소문이 퍼지자 주원장에게 불려가게 될지도 모른다는 두려움에 궁내의 다른 화가들은 저마다 불안에 떨었다. 며칠 뒤 주원장은 다른 화가를 다시 불렀다.

우씨 성을 가진 화가는 주원장을 알현하며 몸을 부들부들 떨었다. 이빨이 부딪히는 소리가 너무 크게 들려 곁에 있던 이선장의 가슴이 뛸 정도였다. 이를 지켜 본 주원장이 묘하게 웃으며 말했다.

"소문을 들어 알겠지만 원일정은 비명에 갔네. 물론 짐이 그를 죽인 이유는 따로 있으니 그리 두려워할 필요는 없네. 짐을 잘 그리면 큰 상을 내릴 것이야."

화가 우씨는 떨리는 손을 들어 붓을 잡았다. 그는 한참동안 주원장의 얼굴을 살피다 길게 심호흡을 하고는 고개를 끄덕였다. 간신히 마음을 가다듬고 그림을 그리기 시작했다. 한참이 지나 우씨는 붓을 놓고 그 자리에서 엎드렸다. 주원장이 다가가 그림을 살폈다. 하지만 그 모습은 자신과 전혀 닮지 않았다. 마치 엄숙하면서도 인자한 부처를 닮은 모습이었다.

주원장이 웃으면서 말했다.

"짐과 하나도 닮지 않았구나. 모름지기 화상이라면 똑같이 그려야 하는 게 아닌가?"

그 말에 우씨는 그만 바닥에 허물어지듯 주저앉고 말았다.

"소인, 목숨만 살려주십시오."

"이 사람 보게나, 짐이 언제 그대를 죽인다 했는가? 그대에게 은자

50냥을 상으로 내리겠다."

주원장은 그 그림을 매우 흡족히 여겨 여러 장 더 그리게 했다. 이를 자식들에게 나누어 주고 자신의 침전에도 내다 걸었다.

이때 그려진 우씨의 초상화는 이선장에게 죽은 원일정의 초상화와 함께 오늘날까지 전해오고 있다. 두 장의 초상화는 너무나 대조적으로 주원장을 묘사하고 있다. 하지만 진짜 주원장의 모습은 원일정이 그린 그림에서 잘 나타나 있다. 주원장은 일면(一面) 고집스럽고 일면 잔혹하게도 보이는 자신의 못생긴 외모에 심한 열등감을 갖고 있었다. 때문에 자신은 그림으로나마 인자하고 덕 있는 자로 묘사되길 원했다.

우씨가 그려준 자화상을 흡족한 표정으로 바라보던 주원장은 발길을 옮겨 왕궁으로 향했다. 장사성을 제압하면서 칠성산 자락에 새로이 왕궁을 건설하고 있었다. 그는 책사 유기와 함께 완공을 앞두고 있는 공사현장을 둘러보았다.

새로 짓고 있는 왕궁은 화려하고 장엄한 모습으로 보는 사람들마다 탄성을 내지를 정도였다. 장정 세 사람이 팔을 뻗어야 겨우 안을 듯한 굵기에 붉은 주칠(朱漆)을 한 커다란 기둥이며, 붉은 기와에 유리 창문, 금방이라도 푸드득거리며 날아갈 것 같은 비첨(飛襜)이며 각종 전설 속의 용(龍)이 그려진 사방의 벽면을 둘러보니 과연 전보다 훨씬 웅장하고 장엄해 보였다. 주원장은 바로 이곳에 앉아 수많은 신하들의 조배(朝拜)를 받고 구중궁궐에 군림하여 백성들을 굽어볼 것을 생각하니 긍지와 희열이 가슴 벅차게 차올랐다. 온몸이 더워지고 발밑이 솜털을 밟은 듯 금방이라도 날아오를 것만 같았다.

주원장은 흡족한 표정으로 고개를 끄덕였다. 그는 정원의 석탁(石

卓)에 유기와 마주하고 앉았다.

"짐이 입국(立國)하여 조정을 세우는 데 있어 어떤 국호(國號)를 세우는 게 좋을 것 같나?"

"글쎄요. 폐하께서 따로 생각하신 게 있는 지요?"

주원장은 기다렸다는 듯이 대답했다.

"오라는 국호는 삼국시대 때 손권도 사용했고, 덩달아 장사성도 오를 국호로 삼아 후세 사람들이 혼동하기 쉬울 것 같다. 하여 짐은 대명(大明)을 국호로 정하려고 하는데 경의 생각은 어떠한가?"

"일찍이 홍건군을 일으킨 한림아가 소명왕이라 일컫지 않았사옵니까?"

"그러니 내가 대명왕이 되는 게 좋지 않겠나?"

"하오나……."

유기가 용기를 내어 대답했다.

"그리되면 홍건군을 비하하는 무리들이 대왕께서 난당요군(亂黨妖軍)을 계승했다고 수군거리는 것과 동시에 홍건군을 도외시하는 천하 문사들의 지지도 받기 어려울 것입니다."

"내 휘하의 대부분의 제장들은 홍건군의 장수 출신들이네. 우리도 그 근본을 캐보면 홍건군에서 파생된 것이 아닌가? 대명(大明), 자고로 세상을 밝힌다는 뜻을 품었으니 백성들도 쉬이 따를 것일세."

유기는 더 이상 자신의 견해를 고집하지 않았다.

"국호를 대명으로 정하시고 폐하께서 개국지주(開國之主)가 되시어 정식으로 황제의 자리에 오르소서."

"황제의 자리에 오르는 것은 북벌하여 대도성을 점령한 후에 해도 늦지 않을 것이네."

"그렇지 않사옵니다. 국호를 정하시고 황제의 자리에 오르셔야 북벌의 명분을 내세울 수 있습니다. 반란이 아니라 엄연한 황제의 국가로서 자웅을 겨루는 것이지요."

"그 전에 대도성에 관한 정보를 세세하게 분석해야 할 것이네."

"이미 대도성은 기 황후 일파가 완전히 장악하고 있습니다. 얼마 전엔 정후의 자리에 올랐다 들었습니다. 황태자를 앞세워 그 기세가 더욱 커져가고 있습니다. 지금의 황제는 허수아비나 다름없지요."

"조만간 그 황태자가 황제의 자리에 오른단 말인가?"

"당장 황제가 되긴 힘들 것이옵니다. 황제의 나이 이제 쉰에 불과합니다. 쉽게 물러나려 하지 않고 끝까지 버틸 것 같습니다."

"그렇다면 조만간 그 황제와 황태자를 끼고 있는 기 황후 사이에 내분이 일어날 수도 있지 않겠나?"

"이미 조정 내에서 내분이 진행 중에 있는 것으로 알고 있사옵니다. 기 황후가 황제를 윽박지르다시피 하여 정후 자리를 빼앗았다 들었습니다. 우린 그들이 내분에 휩싸여 혼란한 틈을 이용하여 군사를 일으키면 될 것입니다."

"경은 지속적으로 중원의 소식을 접할 수 있도록 부지런히 사람을 보내야 될 것이네."

"분부 받들겠나이다."

유기와의 대화가 있은 지 몇 달 후 문무백관들은 새로 지은 궁궐에 모여 한소리로 주원장에게 읍소를 올렸다.

"마땅히 폐하께서 황제의 자리에 올라야하고 그것을 천하 만방에 선포하셔야 합니다."

주원장은 그 건의를 사양했다. 아직 원나라의 수도인 대도성을 정벌하지 못했다는 이유를 내세웠다.

"기 황후와 겨루어 그녀를 꺾은 후에 황제에 오를 것이다."

주원장은 말은 그렇게 했지만 신하들의 주청이 싫진 않았다. 그 표정을 살핀 이선장이 발기인이 되어 주원장에게 정식으로 연명상소를 올렸다. 몇 번 형식적인 거절을 하던 주원장은 하늘에 제사를 올리고 나서 정식으로 황제에 오를 뜻을 밝혔다.

"천하의 땅에 두고 백성과 군웅들이 다투고 있을 때 상제(上帝)께서 영현(英賢)을 내려 주셔 짐을 돕게 하시고, 군웅을 남김없이 평정하게 하시고 백성을 전야에서 쉬게 하였다. 그 땅이 장장 2만 리가 되었다. 이제 온전히 남쪽을 통일하기에 이르렀고 숱한 신하와 백성들이 군주가 없이는 안 된다 하며 짐에게 황제의 존호(尊號)를 쓰라고 천거해 마지않는다. 이에 짐은 더 이상 사양하는 것은 하늘이 내려주신 뜻을 저버릴까 염려되어 그 자리에 오르려 하노라."

1368년 주원장은 드디어 남쪽 교외에서 천지신명께 제사를 지내고 황제에 즉위했다. 이날을 기해 국호를 대명(大明)으로, 연호를 홍무로, 응천을 도읍지로 선언했다. 이때 주원장의 나이는 불혹을 막 넘긴 마흔 하나였다. 이로서 천하에는 두 명의 황제가 남쪽과 북쪽에 각각 존재하게 되었다. 바야흐로 강을 사이에 둔 두 땅이 격돌할 날이 점차 가까워지고 있었다. 피구름을 잔뜩 머금고.

2장

아, 대도성이여!

1367년 10월 고려에서 김원명(金元命), 경천흥(慶千興),
오인택(吳仁澤) 등이 신돈을 제거하기 위해
모의하다가 발각되어 유배당하다

1

고려 개경의 송악산은 밤바람이 제법 차가웠다. 계절이 바뀌어 가을로 접어든 지도 오래였다. 새가 둥지를 트느라 근처에서 푸드득거리는 소리가 들렸지만 주위는 다시 고요 속에 묻혔다. 낮에는 그토록 소란스럽다가 밤이 되자 주위는 고요한 정적에 빠졌다. 그 고요를 조용히 무너트리며 사람들이 속속 대저택으로 몰려들었다. 삼사좌사(三司左使) 김원명(金元命)을 찾은 그들은 주위를 단단히 단속하고는 목소리를 낮추어 거사를 논의했다.

"김삼사 대감, 어찌 이럴 수가 있습니까? 신돈의 오만방자함이 극에 달해 조정의 풍기를 문란 시키고 있습니다."

신돈이 권력의 핵심으로 떠오르면서 다른 중신들의 불만이 극에 달해 있었다. 공민왕의 전폭적인 신뢰를 받은 신돈은 인사권을 비롯한 내외의 모든 권력을 장악한 후에 승복을 벗고 '돈'이라는 속명을 사용했다. 그리고는 강력한 개혁 작업을 추진해나갔다. 토지를 개혁하여 권문세족들의 경제적 힘을 약화시키는가 하면, 노비를 양민으로 환원시켜 백성들의 큰 신임을 얻어갔다. 백성들에게는 성인으로 추앙 받기에 이르렀지만 권문세족들이 그를 좋게 볼 리 없었다. 또한 천도를 내세워 개경에서 충주로 수도를 옮길 것을 주장하여 여러 중신들의 반발을 샀다. 한 해 전에는 사택을 얻어 독립하면서 타락한 모습까지 보여 신하들의 불만은 극에 달했다. 많은 첩을 거느려 아이를 얻는가 하면, 주색에 빠져 풍기를 문란하게 했다.

"땡추들의 행패도 더 이상 두고 볼 수 없을 지경입니다. 그들에게 피해를 입은 백성들의 원성이 자자합니다."

땡추의 어원은 당취(黨聚)에서 따온 것으로 신돈이 결성한 승려 단체였다. 공민왕이 막 왕의 자리에 올랐을 때는 고려 전체를 친원파가 장악하고 있었기 때문에, 이들은 신변의 안전을 위해 술 마시고 고기를 먹는 등 승려가 하지 않는 행동으로 서로를 확인하는 신표로 삼았다. 이 땡추들은 신돈을 중심으로 전민변정도감(田民辨整都監)을 설치하여 부호들이 권세로 빼앗은 토지를 몰수해 예전 소유자에게 돌려주고, 자유민이 되려는 노비들을 해방시켰으며, 국가 재정을 정리하여 처음에는 민심을 많이 얻었다. 그러나 땡추들이 서서히 권력을 취해가면서 그들도 부패하고 타락하기 시작했다. 토색질은 말할 것도 없고, 수많은 토지를 점유한 채 인근 백성들을 괴롭혔다. 그들은 수많은 종과 사병을 거느리고 반항하거나 불만을 품은 사람들을 끝없이 징치했다. 백성들의 원성이 자자해지며 불만이 극에 달했다.

"대감, 속히 대책을 세워야 합니다. 예전엔 기 황후의 오라비인 기철이 횡포를 부리더니 이제는 땡추들이 나와서 온 나라를 어지럽히고 있습니다."

김원명은 안타까운 표정으로 입을 열었다.

"신돈의 전횡을 모르는 자가 여기 어디 있단 말이오? 허나 그가 조정의 모든 실권을 쥐고 있으니 섣불리 나섰다간 오히려 우리가 당할 수 있어요."

"그자의 약점을 찾아 공략하면 꼼짝하지 못할 겁니다."

"그럴만한 허점이 그 요승에게 있을까요?"

여태 듣고만 있던 좌시중(左侍仲) 경천흥(慶復興)이 말했다.

"하나 있긴 하지요."

사람들의 시선이 일제히 그쪽으로 향했다.

"얼마 전 신돈이 천도(遷都)를 주장한 적이 있습니다. 개경을 버리고 충주(忠州)로 수도를 옮겨야 된다고 했지요."

"그야 다 아는 사실 아닙니까? 그게 약점이 될 수 있는지요?"

"지금 신돈이 거처하고 있는 곳은 송강궁(松江宮)인데 이는 예전부터 오명계(五鳴鷄) 터로 알려져 있습니다. 오경을 어기지 않고 다섯 번을 더 운다는 닭의 터이죠. 그런데 천도를 하려는 충주의 진산(鎭山)이 바로 계명산(鷄鳴山)입니다. 둘의 공통점을 아시겠소?"

"모두 닭이 아니오?"

"그렇소이다."

"그것만 가지고 죄가 되겠습니까?"

"헌데 신돈 그자는 부모의 장지를 오공혈에 묻었습니다. 이곳은 풍수상으로 볼 때 제왕의 혈자리죠."

"그 요승이 감히 제왕의 자리에 장지를 마련하다니······."

"자신이 거하는 곳도 닭의 자리고, 천도를 하려는 곳도 닭의 풍수, 게다가 부모의 장지를 미리 제왕의 풍수에 마련해놓았으니 왕이 되려는 게 아니고 무엇이겠소?"

"역모를 꾀하는 거군요."

"자신이 왕이 되겠다는 겁니다."

사람들은 이구동성으로 성토하며 고개를 끄덕였다.

"그렇다면 거사를 일으켜 봅시다."

다음날 김원명은 상소를 써 공민왕에게 올렸다. 하지만 그 상소는 공민왕에게 전달되지 못했다. 궁의 환관들을 포섭해 놓았던 신돈이 그 내용을 미리 알고는 중간에서 가로챈 것이다.

"이런 늙은 것들이……."

신돈은 심복들을 불러들였다. 이원구(李元具)와 이인(李仁)이 급히 달려왔다. 그들에게 김원명의 상소를 보여주자 크게 흥분하며 이를 갈았다.

"이대로 당할 순 없습니다."

"우리를 역적으로 몰아 모조리 죽이려는 계획이 분명합니다."

신돈도 고개를 끄덕이며 말했다.

"저들이 먼저 공격해왔으니 나는 오히려 역습을 할 것이다."

신돈은 심복들에게 미리 지시를 내려놓고 어전으로 달려갔다. 그는 일부러 다급한 표정을 지어 보이면서 외쳤다.

"전하, 역모이옵니다. 신하들 몇몇이 덕흥군을 옹립하기 위해 김원명의 집에 모여 있다 하옵니다. 서둘러 피해야 하옵니다."

겁을 잔뜩 집어먹은 공민왕은 평복으로 갈아입고 신돈의 사저인 송강궁으로 피했다. 왕을 멀찍이 떨어지게 해놓고, 자신의 계획을 일사천리로 진행하기 위해서였다.

같은 시각. 김원명의 집에는 조정의 중신들이 모여 왕의 결정을 기다리고 있었다. 논리적인 내용으로 신돈의 역모를 조목조목 적어놓아 필시 왕의 마음을 움직일 것으로 여겼다. 그들은 왕의 재가가 떨어지면 즉시 산돈을 내칠 계책을 세우고 있었다. 그때 밖이 수런거리더니 이내 문이 열리는 소리가 들렸다.

"역적들은 속히 나와 어명을 받아라!"

중신들이 깜짝 놀라 나와 보니 관병들이 집 주위를 에워싸고 있었다. 그들은 칼과 창끝을 겨눈 채 금방이라도 달려들 기세였다. 김원명이 밑으로 내려오자 관군들이 그를 포박해버렸다.

"이놈들아! 내가 누군 줄 알고 이러는 것이냐?"

"누군 누구야? 바로 역적의 우두머리가 아니더냐?"

그러자 김원명 측근의 장수 경천흥(慶天興)이 칼을 빼들고 내려왔다.

"전하를 위해 수많은 홍건적을 물리친 우리 어르신이 어찌 역모를 일으킨단 말이냐?"

경천흥은 분노한 얼굴로 칼을 마구 휘둘렀다. 관군들이 움찔하여 뒤로 물러섰지만 이원구의 명에 다시 창칼을 곧추 세우고 경천흥을 압박해 들어갔다. 맹장 경천흥이라지만 수백의 관군을 혼자서 상대할 순 없었다. 칼끝이 수십 번 부딪치다가 결국 한쪽 팔에 상처를 입고 쓰러졌다. 그러자 관군들이 우르르 몰려와 김원명의 집에 있던 신하들을 모두 오랏줄에 묶어 순금옥으로 끌고 갔다.

그들은 순금옥에서 모진 고문을 받았다. 힘깨나 쓴다는 옥졸들이 중신들을 묶어 거칠게 채찍을 휘둘렀다. 특히 주모자로 낙인찍힌 김원명에게는 더 가혹하게 매질을 가했다.

"어서 역모의 진상을 실토하라!"

"역모라니 당치도 않은 말이다. 오히려 역모를 꾀한 것은 요승 신돈이 아니더냐?"

"이놈이 아직도 정신을 못 차렸구나. 매우 쳐라!"

옥졸들은 형틀에 묶인 김원명에게 물을 끼얹었다. 옷이 몸에 달라붙은 가운데 옥졸들이 곤장을 힘껏 내리쳤다. 수십 대를 내리치자 엉덩이 살이 찢어지고 뼈가 드러났다. 김원명이 몇 번 까무러치면서도 끝내 실토하지 않자 취조를 맡은 이원구가 버럭 소리를 내질렀다.

"이놈들을 모조리 끌고 가 관노로 삼아라!"

김원명을 비롯한 중신들은 수레에 갇혀 멀리 변방으로 실려 갔고 그의 식솔들도 모두 관노로 끌려갔다.

일이 마무리되자 신돈은 자신의 거처에 숨어 있는 공민왕을 찾아갔다.

"역모의 진상을 모두 밝혔나이다. 김원명과 경천홍을 비롯한 역적들이 전하를 내몰고 덕흥군을 옹립하려 했나이다."

공민왕은 가슴을 쓸어내리며 신돈의 노고를 거듭 치하했다.

"경이 아니었으면 끝일 날 뻔 했구려."

"조정에 역심을 품은 신하가 많아 큰일이옵니다. 전하께서는 각별히 옥체를 잘 보존하셔야 하옵니다."

"경이 과인을 잘 지켜주구려. 이제 믿을 사람은 편조밖에 없다는 걸

기억해주구려."

공민왕의 신임을 거듭 확인한 신돈은 내처 의견을 내놓았다.

"노국대장공주께오서 세상을 떠나신지 3년이 되었습니다. 이를 기리기 위해 정릉의 재실(齋室)을 영건(營建)하려 하나이다."

"오, 고맙구려! 왕비를 생각해주는 건 경밖에 없구려."

신돈은 그 즉시 영을 내려 신하들의 재물을 모으고 백성들의 노역을 동원해 노국공주를 위한 능을 건축케 했다. 능의 건축이 마무리 되어가자 공민왕은 기쁜 마음에 향각(香閣)에서 신돈과 함께 술을 들었다. 이번 능의 건축으로 신돈에 대한 공민왕의 신뢰는 더욱 두터워졌다. 둘은 술을 마시면서도 국사를 함께 의논했다. 공민왕에게 술을 따르며 신돈이 문득 이런 말을 던졌다.

"혹, 원나라에 대한 소식은 들어 보셨는지요?"

"원이라면 이제 관계가 회복되어 사신을 주고받고 있지 않소이까?"

기 황후가 고려 정벌을 시도하자 두 나라는 한동안 냉각기를 거쳐야만 했다. 하지만 그 기간도 오래가지 못했다. 기 황후가 준엄하고 신랄하게 고려왕을 꾸짖는 외교문서를 전달하고 최유를 즉시 처형하는 것으로 불편한 관계는 일단락되었던 것이다. 기 황후로서는 명분을 세우는 것과 동시에 고려의 반발을 무마시킨 것이다. 기 황후의 노련한 정치 감각으로 두 나라의 외교관계는 다시 회복되었다. 예전처럼 양국 사이를 활동적으로 오가며 문물을 교류했던 관계는 아니었지만 정기적으로 사신을 교환하며 형식적인 친분 관계를 유지해갔다. 그동안 고려 조정에서는 다시 친원파가 세력을 넓히며 상당 부분 권력을 장악해가고 있었다.

"사신을 통해서는 별다른 내용을 들은 바가 없었소이다."

"지금 남쪽에는 주원장이라는 자가 크게 위세를 떨치고 있다 하옵니다."

"주원장이라면 홍건적 분파의 한 우두머리가 아니오?"

"그건 예전의 일이옵죠. 군사를 크게 키워 진우량과 장사성을 연이어 격파하여 남쪽 패권을 완전히 장악했다 하옵니다. 얼마 전에는 명(明)이라는 국호를 내세워 황제의 자리에까지 올랐다 합니다."

"황제라? 그렇다면 지금 중원엔 두 명의 황제가 존재하는 게 아니오?"

"그러하옵니다. 허나 원의 황제는 지금 허수아비나 다름없고 그 대신 기 황후가 조정을 완전히 장악하고 있습죠. 하늘에 두 개의 태양이 존재할 수 없듯이 기 황후와 주원장의 대결이 조만간 있을 것이옵니다."

"경은 그 둘이 맞붙으면 누가 이길 것으로 보오?"

"원나라가 지는 노을이라면 명은 떠오르는 태양입니다."

"그렇다면 주원장이 중원을 제패할 것으로 보는 게요?"

"허나 지는 노을이라 할지라도 그 붉기와 뜨거움이 만만치 않을 것입니다. 원나라는 한때 천하를 벌벌 떨게 했던 강병을 보유한 나라가 아니옵니까? 그렇게 쉬이 무너지지는 않을 것입니다. 더구나 기 황후에 대한 백성들의 신망이 두터워 주원장 또한 쉽게 북벌을 단행하긴 힘들 것이옵니다."

"그럼 우리 고려는 어떻게 해야 한단 말이오?"

"우선 명에 사신을 보내 주원장의 낙점을 받아놓아야 합니다."

"이를 원에서 알면 우릴 가만 두지 않을 게 아니오?"

"그러니 은밀히 사신을 보내야지요. 주원장도 우리의 곤란한 처지를 잘 알고 있으니 이를 만방에 알리지는 않을 겁니다."

"실리를 차리자는 말이구려."

"그러하옵니다. 원과 명에 둘 다 사신을 보내 적당히 눈치를 보다가 둘이 맞붙어 어느 한쪽이 이기게 되면 그곳에 붙으면 되는 것이옵니다."

공민왕은 진중한 표정으로 고개를 끄덕였다. 그 즉시 신돈은 신하 중에서 유능한 자를 뽑아 명나라에 사신을 보냈다.

2

"고려의 왕이 명나라에 사신을 파견했단 말이지?"

"그들 딴에는 황후 마마의 눈을 피하고자 은밀히 보낸 것 같사오나, 고려를 오가는 상인들을 통해 어렵지 않게 알아냈사옵니다."

"고려왕이 지시한 것이렸다?"

"고려왕은 모든 정사를 던져 놓고 칩거해 있다 한데, 지금 그곳에서는 신돈이라는 요승이 정사를 쥐락펴락 하고 있어 대신들 사이에 불만이 팽배해 있다는 소문도 들립니다."

"그자가 우리와 주원장을 오가며 양쪽에 다리를 놓고 있단 말이냐?"

강순용이 고개를 끄덕이며 자신의 의견을 내놓았다.

"이대로 두고 보실 런지요? 속히 고려에 사신을 보내 이를 엄중히 따져 물어야 하옵니다. 이는 우리 원을 능멸하는 것과 다름없지 않사옵니까?"

기 황후는 무표정한 얼굴로 고개를 내저었다.

"약소국 고려 또한 강한 곳의 눈치를 보지 않을 수 없을 게야. 살아남기 위한 몸부림이지. 지금은 고려에까지 신경 쓸 여유가 없다. 그보다 산적한 현안이 더 많지 않느냐? 속히 황태자를 황제에 앉혀야 하고, 아울러 주원장의 세력도 진압해서 원 제국을 다시 회복시켜야 한다."

그러면서 강순용을 돌아보았다.

"폐하는 요즘 어떻게 지내고 있다 하던가?"

"침전에서 거의 나오시지 않고 있습니다. 어전회의를 할 때만 가끔 모습을 보이신다 하옵니다."

얼마 전 황제는 기 황후에게 매달리다 시피하며 박선지를 자신의 곁에 놔두라고 애원했다. 하지만 기 황후는 매섭게 그 부탁을 거절했다.

"황실을 능멸하고 만조백관을 속인 아이입니다. 결코 이대로 놔둬서는 안 됩니다."

기 황후는 목숨만은 살려주는 조건으로 박선지를 멀리 하남으로 보내 유폐시켰다. 기 황후는 이 사건의 배후에 황제가 있다는 것을 잘 알고 있었다. 박선지 혼자서 모든 걸 꾸몄을 리가 없었다. 황제는 달콤한 말로 그녀를 꾀었으리라. 진정 정후의 자리를 준다는 말로 희대의 사기극을 꾸몄으리라. 황제는 정후 책봉을 최대한 연기하며 자신의 힘을 과시하려 했다. 신하들에게 그 권능을 보여주며 다시 조정을 장악하려 했을 것이다. 하지만 기 황후가 모든 진상을 밝혀내면서 황제는 오히려 큰 망신과 함께 그 권위가 더없이 추락해버렸다. 기 황후가 사건의 전말을 일절 비밀에 부칠 것을 약속했지만, 이 일은 결국 조정 전체에 퍼져나가고 말았다.

대신들은 더 이상 황제를 찾지 않았다. 주기적으로 열리는 어전회의는 형식에 그칠 뿐이었다. 국정의 중요한 일은 모두 기 황후나 황태자를 거쳐야만 처리가 되었다.

기 황후의 하루는 이른 새벽부터 시작되었다. 그녀는 자신의 거처에서 책상 위에 수북히 쌓인 문서들을 읽거나 민감한 현안을 놓고 승상들과 토론을 벌이곤 했다. 오후에는 환관과 대신들이 그녀의 방을 찾았다. 그들은 회계장부와 청구서, 각종 행사 계획표, 승진과 처벌 탄원서 따위를 들고 와 승인을 받았다.

그동안 황제는 연춘각에서만 지냈다. 박선지를 잃고 나서 그에게 더 이상 애첩이 없었다. 황제에게는 이미 유명무실한 존재가 되고 만 비빈(妃嬪)의 명칭이 모두 변경되어 이제 그들에게는 '비첩(妃妾)'으로서가 아니라 단순한 궁인으로서의 임무만을 행하도록 했다. 기 황후가 내건 표면상의 이유는 '여색(女色)에 빠지는 것은 생명을 단축하는 일이므로 병약한 황제의 옥체의 보존과 만수무강을 위해서'라는 것이었다. 그러나 이번 처사는 황제에 대한 기 황후의 매서운 보복임과 동시에 그 권위를 완전히 무력화시키는 조치였다. 모든 실권이 기 황후의 손에 들어갔다는 사실을 깨닫게 된 황제는 온종일 책에만 매달려 울적한 나날을 잊으려 했다. 하지만 이대로 물러설 황제가 아니었다. 그에게는 아직도 자신을 따르는 충신 몇이 있었다.

침전에서 나오지 않고 며칠 동안 두문불출하던 황제가 어느 날 자신을 따르던 신하 답나불화(答羅不化)와 공수찬(孔收贊)을 불렀다. 두 신하는 초췌하고 수척한 황제를 보며 한동안 울먹이기만 했다. 그의 얼굴에는 천하를 호령하던 예전의 영화는 어디에도 남아 있지 않았다. 다만 심약하고 우울한 표정만 얼굴에 가득했다. 하지만 마지막 독기를 품은 듯 형형하게 빛나는 황제의 두 눈만은 살아 있었다. 그는 두 신하가 울음을 그치고 평상심을 되찾을 때까지 기다렸다가 자신이 준비한 계책을 은밀히 일렀다. 듣고 있던 두 사람은 어금니를 세게 깨물면서 고개를 숙였다.

"일을 반드시 성사시켜 황상 폐하의 권능을 다시 회복시키겠사옵니다."

그 다짐과 함께 그들은 물러갔다.

한편 흥성궁의 기 황후는 여러 시녀들의 시중을 받으며 화려한 옷과 보석들을 고르고 있었다. 그것들로 자신의 모습을 화려하게 치장했다. 그녀는 거울을 볼 때마다 지나간 세월이 원망스럽기만 했다. 빼어난 미모는 여전해서 고귀하고 신비한 기품이 얼굴에 서려 있었지만, 그녀는 이제 이미 쉰을 바라보는 나이였다. 새벽이슬을 머금은 꽃처럼 싱싱하고 생기발랄하던 과거의 야생적인 아름다움은 무심한 세월의 흔적들이 엷은 주름을 남기며 지워가고 있었다. 피부가 생기를 잃고 말라갔으며 투명하게 빛나던 이마의 광채도 사라졌다. 흰머리가 늘어나면서 머리카락도 조금씩 빠지고 있었다.

그러나 아직은 해야 할 일이 너무 많았다. 먼저 황태자를 황제의 자리에 앉히는 게 급했다. 문약하고 소심한 지금의 황제 대신 용맹하고 능력 있는 황태자를 황제의 자리에 앉혀 정국을 새롭게 재편해야 했다. 남쪽의 주원장을 제압하고 다시 무너져가는 제국의 기틀을 새로이 하려면 힘을 한데 모아야 한다!

"확곽첩목아는 지금 어디에 있느냐?"

강순용이 부복하며 대답했다.

"근거지인 태원에서 군사를 새로 정비하고 있다 하옵니다. 각지에 흩어진 군사를 모아 주원장과 새롭게 결전을 치를 준비를 하고 있습니다. 남쪽의 민심은 이미 주원장에게 기울었습니다. 가서 싸우기보단 기다리면서 맞이하는 게 훨씬 승산이 있다 여겨집니다."

"그렇다면 방비를 철저히 해야 할 게야. 확곽첩목아는 천하제일의 장수이다. 군권을 그에게 맡겨 주원장과 대적할 준비를 하라 일러라."

그 시각. 연춘각에 있는 황제는 은밀히 어사중승(御史中丞) 이목희(李穆熙)를 불렀다. 황제가 어사중승(御史中丞)을 부른 것은 신하 가운데 그를 제일 만만한 상대로 여기고 있었기 때문이었다.

"근자에 황후는 너무나도 거만해져서 제멋대로 행동하고 있소. 게다가 남쪽에서 큰 반란이 일어나 우리 군사가 그들과 맞서 싸우고 있는 이때에 짐을 능욕하고 사치에 빠져 있는 그런 아녀자를 그대로 황후의 지위에 두는 것은 짐으로서는 단 하루도 참을 수 없는 일이오."

황제는 그 자리에서 기 황후를 폐후 시킨다는 조칙의 초안을 작성하라고 명했다. 이에 어사중승 이목희의 안색이 새파랗게 질렸다.

"폐하, 이 일은 실로 막중한 일이옵니다. 과연 진심으로 하시는 말씀이옵니까?"

황제는 이목희 옆에 나란히 서 있는 답나불화와 공수찬을 바라보았다.

"이미 다른 신하들도 여기에 뜻을 같이 하였소이다."

"더는 재고할 여지가 없는 하교이온지요?"

평장정사 이목희가 재차 묻자 답나불화가 대신 대답했다.

"이건 황상 폐하의 확고한 뜻이오. 폐후의 이유를 담은 조칙을 신속히 작성하시오. 즉시 어전회의를 열어 문무백관에게 알린 뒤에 집행할 것이오. 이 조칙 한 장만으로 즉각 궁에서 쫓아낼 것이란 말이오."

이목희는 벌벌 떨며 겨우 폐후 조칙을 작성했다. 완성된 초안을 읽으며 황제는 비장한 표정으로 고개를 끄덕였다. 지금 당장 어전회의를 소집하여 일방적으로 이 조칙을 발표하면 기 황후는 그 자리에서 폐후가 되고 마는 것이다.

하지만 기 황후의 정보망인 환관과 궁녀들은 제각기 앞을 다투어 그녀에게 이런 비상사태를 알리기에 바빴고, 그 소식을 들은 기 황후는 차가운 얼굴로 황제를 즉시 찾았다.

탁상 위에는 방금 붓을 놓은 것이 분명한 폐후 조칙의 초고가 먹물이 채 마르지 않은 상태로 놓여 있었다. 기 황후는 황제와 그 두 신하를 거들떠보지도 않은 채 다짜고짜 그 조칙을 움켜쥐고 읽어 내려갔다. 그리고는 그걸 갈기갈기 찢어 바닥에 흩뿌렸다.

"이것이 어찌된 일이옵니까? 진정 폐하의 뜻이옵니까? 자세히 설명해 주시지요."

기 황후는 그 큰 눈을 부릅뜨고 매섭게 다그쳤다. 격한 노여움으로 입술을 부들부들 떨면서 내는 당장이라도 불을 뿜을 듯 카랑카랑한 목소리는 마치 성난 암호랑이가 포효하는 것처럼 편전을 울렸.

겁에 질린 황제와 두 신하는 몸을 움츠리고 고개를 푹 숙인 채 한 마디 대꾸도 못했다.

"소인 폐하의 옥체가 편안치 못한 때인지라 미흡하나마 성심성의껏 심신을 다해 대정(大政)을 보좌하고 있사온데 무엇이 부족하여 이와 같은 일을 벌이시는 것이옵니까? 소인이 왜 이런 대접을 받아야 하는지 당장 설명해 주시지요."

기 황후는 발을 동동 구르며 황제를 향해 눈을 부릅떴다. 원망과 질책을 담은 그녀의 눈은 눈물을 참느라 붉어졌다. 생전 처음 느끼는 두려움과 부끄러움에 황제는 기어 들어가는 소리로 더듬거렸다.

"짐은, 짐은 이런 일을 하고 싶지 않았소이다. 여기 있는 두 신하가 부추기는 바람에……."

황제는 그렇게 책임을 전가시키며 당장의 위기를 모면코자 했다. 그 갑작스런 사태에 놀란 두 신하는 말없이 황제의 얼굴만 바라보았다. 둘의 얼굴은 백짓장같이 하얗게 변하며 일순 눈이 뒤집히고 말았다.

기 황후가 시선을 돌려 그들에게 바짝 다가갔다. 그녀는 황제가 이번 일을 꾸몄다는 걸 잘 알고 있었다. 하지만 황제를 상대로 그 책임을 추궁할 수 없는 노릇. 그 두 신하를 제물로 황제를 압박할 수밖에 없었다.

기 황후는 눈을 부릅뜬 채 그들에게 다가갔다. 답나불화와 공수찬은 기 황후의 칼날 같은 시선에 튕겨나듯 편전 한구석으로 물러나더니 그만 마룻바닥에 코를 박고 납작 엎드렸다. 그들은 숨을 멈췄고 어깨를 사시나무처럼 떨었다.

"밖에 아무도 없느냐?"

기 황후는 대동하고 온 군사들을 불러 그들을 어사대로 끌고 가게 했다. 답나불화와 공수찬은 역모의 죄로 그날 참수형에 처해졌다. 이 소문은 삽시간에 조정 전체에 퍼졌다. 무력한 황제에게 힘을 주려는 신하 둘이 본보기로 비명에 가자, 아무도 기 황후의 권위에 도전할 마음을 먹지 못했다.

3

기 황후는 가슴을 쓸어내리며 긴 한숨을 내쉬었다. 그녀는 이미 황실과 조정을 완전히 손아귀에 쥐고 있다고 믿었다. 황제를 뒤로 물러앉게 하고 자신이 모든 정사를 처리할 정도였다. 그러다가 난데없이 기습을 가한 황제의 공격은 다행히 불발로 그치긴 했지만, 기 황후에게는 커다란 충격이 아닐 수 없었다.

내 실수였다. 여태 너무 안일하게 생각해왔던 것이야.

그녀는 자신의 지위에 한계를 느끼고 있었다. 폐후를 명하는 황제의 조칙이 만일 발표됐다면 황후라는 높은 지위도 방패막이 될 수 없었고, 목숨마저 장담할 수 없었을 것이다.

"안되겠다. 더 이상 미루어 둘 순 없다. 서둘러 황태자를 황제의 자리에 앉혀야겠다."

그녀는 마침내 결론을 내렸지만 묘안이 떠오르지 않았다. 오랫동안 황제에게 양위하라고 압박했지만 별다른 효과를 거두지 못했다. 황제는 고집을 부리며 끝까지 버티고 있었다. 기 황후의 그런 고민을 잘 알고 있는 강순용이 고개를 갸웃하다가 입을 열었다.

"황상 폐하께서 끝까지 양위를 거부하시는 건 아직 믿을 만한 구석이 있기 때문이옵니다."

"믿을 만한 구석이라니?"

"조정의 대신들이 대부분 황후 마마를 따르고 있긴 하오나 폐하의 양위에 대해서는 생각을 달리하는 자들이 많을 것이옵니다. 그들 대부분은 몽골 사람들로 황후 마마의 출신을 못마땅하게 여기고 있는 것도 사실이옵니다."

그것은 기 황후도 짐작하고 있는 바였다. 권력의 정점에 서 있는 기 황후의 눈치를 보고 있을 뿐, 지금의 황제 대신 고려인의 피를 이어받은 황태자가 황제의 자리에 오르는 걸 대부분의 신하들은 원하지 않고 있었다. 강순용은 그 사실을 토대로 계책을 내놓았다.

"조정에서 가장 힘이 크고 신망 받는 대신을 내세워 황상을 압박하면 혹 양위를 선선히 하실 지도 모르옵니다."

"그렇게 압박할 적임자로 누구를 보고 있느냐?"

"확곽첩목아가 어떠할 지요?"

"확곽첩목아라?"

"그는 이미 하남왕에 봉해진데다 금보용호금부(金寶龍虎金府)로서 군권을 완전히 장악하고 있습니다. 황상 폐하의 신뢰 또한 매우 큰 편이지요. 그런 확곽첩목아가 황위를 양보하라 압박하면 황상 폐하께서도 그만 두 손을 들고 마실 겁니다."

강순용은 기 황후의 턱이 완강하게 다물어지는 것을 지켜보았다. 그녀의 눈이 탁한 빛으로 번들거리는가 싶더니 이내 급히 물었다.

"확곽첩목아는 아직도 태원에 있느냐?"

"그러하옵니다. 그곳에서 군사를 정비하여 주원장과 맞서 싸울 준비를 하고 있습니다. 각지의 군사들이 속속 그 밑으로 몰려오고 있다

하옵니다."

"옳거니. 자네는 흠차대신(欽差大臣)을 보내어 확곽첩목아를 불러오라."

"흠차대신을 보내시라 하오면……."

"흠차대신을 통해 확곽첩목아에게 휘하의 모든 군사를 거느리고 대도성에 입경하라 전하라. 수십만 대군을 몰고 시위를 하며 황상을 압박하면 양위하지 않고는 못 배길 것이다."

"무력시위를 하자는 말씀이십니까?"

"전군을 몰고 와서 압박을 가하면 황상도 순순히 양위할 것이다."

강순용은 즉시 확곽첩목아에게 보낼 흠차대신을 선발했다. 선위사(宣慰司)로 있는 화고(華高)를 급히 태원으로 보냈다. 화고는 기 황후가 작성한 친서를 확곽첩목아에게 전했다. 그것을 읽고 난 확곽첩목아는 굳은 표정으로 고개를 주억거렸다. 그의 휘하 장수 장사도가 물었다.

"장군, 무슨 내용입니까?"

"나더러 여기 있는 대군을 모두 몰아 대도성에 가서 무력시위를 하라고 하네. 황상 폐하를 뵙고 황태자에게 양위를 청하라는 것이다."

"황후 마마의 청이라면 거절하기 어렵지 않사옵니까?"

"나도 어찌해야 할지 모르겠구나. 황후 마마의 청을 거절할 수도 없고, 그렇다고 신하된 도리로 양위를 청할 수도 없지 않은가?"

그러자 장사도가 진중한 목소리로 말했다.

"혹 탈탈 장군께서 어떻게 버림을 당하셨는지 기억하시는 지요?"

확곽첩목아는 짐작되는 게 있어 묵묵히 고개를 끄덕였다.

"탈탈 장군 또한 황후 마마의 청을 거절했다가 끝내 억울한 누명을 쓰고 목숨까지 잃지 않았사옵니까? 굳이 황후 마마의 청을 거역할 필요는 없다 여겨집니다."

"허나 지금은 남쪽의 주원장이 호시탐탐 이곳 중원을 노리고 있는 상황이 아닌가? 대군을 몰고 대도성에 갔다가는 그 간사한 놈이 그 틈을 노릴지도 모른단 말이다."

"그렇다고 여기서 버티고 있다가는 장군의 지위가 위태로울 것입니다."

확곽첩목아는 깊은 고민에 빠졌다. 이러지도 저러지도 못한 낭패한 상황에 빠져 머릿속이 뒤엉킨 실타래처럼 복잡해졌다. 하지만 언제까지 고민하고 있을 수만은 없었다. 속히 어느 쪽이든 선택해야만 했다. 확곽첩목아는 팔짱을 낀 채 한참동안 생각에 빠져 있다가 벌떡 자리에서 일어섰다.

"우선 대도성으로 가자."

장사도가 함께 일어나며 물었다.

"휘하의 군사들은 어찌 할까요?"

"우리 군사가 모두 얼마나 되느냐?"

"족히 20만은 될 것이옵니다."

"그중 10만을 거느리고 대도성으로 갈 것이다. 나머지 10만은 대동과 태원에 분산 배치하여 주원장의 군사들이 올라오는 걸 막아야 한다. 그들이 최종적으로 노리는 것은 바로 대도성이다. 그곳에 군사를 모아 놓으면 섣불리 올라오진 못할 것이야."

확곽첩목아는 10만 대군을 거느리고 대도성으로 향했다. 흠차대신 화고는 그들보다 먼저 출발하여 이 소식을 기 황후에게 알렸다.

"확곽첩목아가 10만 대군을 거느리고 대도성으로 향하고 있단 말이지?"

"그러하옵니다. 황후 마마의 명을 받들고 있는 것입니다."

기 황후는 눈을 빛내며 고개를 무겁게 끄덕였다. 원 제국의 군권을 한 손에 틀어쥐고 있는 확곽첩목아가 무력시위를 하며 황제를 압박하면 양위는 어렵지 않을 것으로 예측했다. 그녀는 이 사실을 조정에 널리 알리고는 황제의 양위를 기정사실화 시켰다. 신하들도 확곽첩목아가 거느린 엄청난 대군의 위엄을 잘 알고 있었다. 조정을 장악한 기 황후와 군권을 한 손에 틀어쥐고 있는 확곽첩목아가 손을 잡았으니 황제의 자리도 양위될 것이라고 수군거렸다.

이틀 후, 강순용이 흥성궁으로 급히 달려왔다.

"황후 마마, 확곽첩목아가 대도성에 들었다 하옵니다."

"지금 어디 있다 하느냐?"

"연춘각에 들어 황상 폐하를 알현하고 있다 하옵니다."

드디어 올 것이 왔구나!

기 황후는 가마를 대도성 성곽으로 향하게 했다. 성곽에 다다르자 성벽 위 망루에 올라선 그녀는 주위를 둘러보며 물었다.

"그의 군사들이 모두 어디로 갔단 말이냐?"

강순용도 놀라며 성 아래를 휘둘러보았다.

"대군은 어디에도 보이지 않사옵니다."

"흠차대신의 말과 다르지 않느냐? 분명 10만의 군사를 거느리고 왔다고 전하였거늘…… 그 많은 군사가 어디에 있는 게냐?"

그때 환관 하나가 급히 성벽 위로 올라왔다.

"황후 마마, 확곽첩목아가 황상 폐하를 알현하고 돌아갔다 하옵니다."

"양위에 관해서는 아무 말이 없었단 말이냐?"

"남쪽의 주원장을 칠 계책만 논하고는 그냥 물러갔다 하옵니다. 군사들 또한 도성에서 30리 떨어진 곳에 주둔시키고 몇 백의 군사만 거느리고 왔다 하옵니다."

순간 그녀의 입술 사이에서 무겁고 깊은 탄식이 흘러나왔다. 가슴 한가운데가 뻥 뚫리는 느낌이었다.

"확곽첩목아가 내 명을 거역했단 말인가?"

그러면서 아랫입술을 깨문 채 성벽 아래로 내려왔다. 그녀는 곧장 황제가 있는 연춘각으로 향했다.

"확곽첩목아를 보셨는지요?"

"그가 직접 나를 찾아와 주원장을 물리칠 방안을 논하고 갔소이다."

"혹 다른 말은 하지 않았사옵니까?"

"다른 말이라니요?"

황제는 영문을 모르겠다는 얼굴로 반문했다. 역시 확곽첩목아는 양위에 대한 이야기는 꺼내지 않은 것 같았다. 분노한 기 황후는 확곽첩목아를 용서하지 않기로 했다. 자신의 명을 거역한 대가를 보여주어야만 했다.

"폐하, 지금 확곽첩목아 밑에 군사가 얼마나 있는 지 아시옵니까?"

문득 황제에게 이런 질문을 던지며 관심을 유도했다.

"얼마나 되는데 그러시오?"

"현재 거느리고 있는 군사만 20만, 거기다 주원장을 치기 위해 각지에서 속속 군사들이 몰려들고 있어 도합 40만이 넘을 것이옵니다."
 황제는 기 황후의 말을 묵묵히 듣기만 했다.
 "그가 자칫 딴 마음을 품었다가는 이 원 제국이 단번에 무너질 수도 있사옵니다. 천하 각지에서 역도들이 반란을 일으키고 있는데 그라고 딴마음을 품지 말란 법이 있겠사옵니까?"
 "그래서 짐더러 어찌 하란 말이오?"
 "군사를 그에게 집중시키기보단 나누는 게 좋을 듯하옵니다. 우선 황태자에게 중서령 추밀사의 관직을 주어 천하의 병마를 함께 다스리게 해야 합니다."
 간곡한 부탁의 형식을 띠고 있었지만 그 말은 협박이나 다름없었다. 이미 황태자는 대도성을 지키는 군사들의 지휘를 맡고 있었다. 패라첩목아의 군사와 대응하기 위해 그가 모아놓았던 군사만 해도 족히 10만은 넘고 있었다. 여차하면 확곽첩목아가 하지 못한 무력시위를 황태자가 할 수도 있다는 투였다. 이를 잘 알고 있는 황제는 기 황후의 말에 따를 수밖에 없었다. 대신 확곽첩목아에게는 군 통수권을 박탈하고 하남군만 통솔케 했다. 생각 같아서는 그를 당장에 내치고 싶었으나 지금은 전시 상황이라 당분간은 그에게 군사지휘권을 그대로 주기로 했다. 이로서 실질적인 군 통수권은 황태자에게 맡겨졌다. 이제 천하를 놓고 원의 황태자와 명의 주원장이 실질적으로 대결을 벌이는 형국이 되어가고 있었다.

4

　주원장은 황궁에서 성대한 연회를 베풀었다. 장사성을 물리치면서 남쪽을 온전히 통일하고 북쪽으로까지 조금씩 영토를 넓혀가면서 한번도 신하들의 노고를 치하하지 못한 그였다. 북벌에 대한 자신감을 얻은 주원장은 문무백관을 모아 놓고 그동안의 노고를 치하했다. 새로 지은 궁궐에서 수많은 무희와 악공을 불러들여 주흥을 한껏 살렸다. 신하들은 숱한 전쟁터를 누빈 무장들인지라 술이라면 사족을 못 쓰는 족속들이기도 했다. 그들은 흥겨운 얼굴로 연신 "주령(酒令)!"을 외쳤다.

　연회가 끝나고 백관들이 물러가자 주원장은 이선장(李善長), 유기(劉基), 서달(徐達), 상우춘(常遇春) 등 주요 신하들을 남게 해 북벌대계(北伐大計)를 논의했다. 서달은 자리에 앉자마자 자신감 있는 어조로 말문을 열었다.

　"폐하의 기반은 날로 탄탄해져 가고 처마 밑으로 들어오는 백성들은 날로 늘어가니 폐하께서 천하를 휩쓸 그날은 멀지 않았습니다. 북벌을 단행하기만 하면 곧 천하가 폐하의 품으로 안겨올 것입니다."

　"강토가 넓어지고 사람이 많다하여 자만해서는 아니 되네. 중원은 비록 난파선같이 불안하지만 가볍게 보고 덤벼선 아니 될 것이야. 특히 원나라를 장악한 기 황후는 계략이 뛰어나고 천하의 상권을 틀어쥐고 있어 가벼이 볼 인물이 아니야."

　"폐하께서 어찌 한낱 고려 출신의 여인을 그리 두려워하시는 지요?"

　"나 역시 미천한 신분으로 태어나 탁발승에서 지금 이 자리까지 올라왔다. 모름지기 밑바닥부터 올라온 자들은 시류를 파악하여 대응하는 방법과 계책에 능한 법이다. 기 황후 또한 공녀 신분으로 원에 끌려왔다가 지금은 최고의 권력을 휘두르고 있지 않느냐? 태어나면서부터 호의호식하고 자란 원의 유약한 황제들과는 근본적으로 다르단 말이다."

이에 유기가 답답한 얼굴로 입을 열었다.

"폐하의 말씀도 일리가 있으나, 그렇다고 언제까지 기회를 엿볼 수만은 없는 듯하옵니다."

서달도 유기의 말을 거들며 맞장구쳤다.

"사기가 충전한 우리 대명군은 거대한 폭풍우와 같습니다. 거센 바람과 함께 밀고 올라가 오랑캐 놈들을 몰아내고 폐하의 성덕으로 바짝 말라붙은 중원을 단비로 적셔야 합니다."

여러 장수들이 흥분된 어조로 거듭 북벌을 주창했다. 주원장이 손을 흔들어 신하들의 들뜬 기분을 가라앉히고는 말했다.

"하늘은 우리에게 그 소임을 다하라 명하고 계시네. 나 또한 천명을 거슬릴 생각은 없다. 다만 그 기회를 기다리고 있었던 바, 경들이 지금이 그때라 청하니 따를 수밖에 없구나. 이미 북벌을 결심하고 있으니 경들은 묘책을 내놓도록 하라."

상우춘이 기다렸다는 듯이 대답했다.

"기 황후가 장악하고 있는 원나라는 크게 기울어가고 있습니다. 따라서 그 중심을 먼저 찌르는 게 가장 효과적입니다. 대도성을 공격하면 다소 희생은 따르겠으나 적은 구심점을 잃고 단숨에 무너지고 말 것입니다."

상우춘의 의견은 굳건하게 닫아건 대도성을 먼저 정면 돌파하자는 전술이었다. 수도를 함락시킨 뒤 파죽지세로 군사를 나누어 변방의 잔적을 소탕하면 성들은 싸우지 않고도 얻을 수 있다는 것이었다.

하지만 주원장의 생각은 달랐다. 그는 묵묵히 상우춘의 의견을 경청하다가 고개를 내저었다.

"그렇다고 해도 원나라가 대도성에 도읍을 정한 세월이 1백 년을 넘기고 있네. 그들은 한때 천하를 제패하여 서역에까지 용맹을 떨쳤던 강병을 길렀던 전력이 있다. 허투루 보아서는 아니 되네. 더구나 대도성은 풍풍우우(風風雨雨)에도 끄떡없을 정도로 단단한 견성(堅城)이라고 들었다. 군사를 몰아가 벼락 치듯 일시에 성을 함락하지 못한다면 그동안 변방에 있는 원나라 군사들이 몰려와 협공을 가하겠지."

주원장이 좌중을 둘러보며 말을 이어나갔다.

"차라리 먼저 산동(山東)을 쳐서 그 울타리를 부순 후에 다시 확곽첩목아가 있는 태원을 쳐서 그 날개를 꺾어버리는 건 어떤가? 이어 동관을 공략하여 그 문호를 장악해버린다면 천하는 내 품에 들어올 것이다."

주원장이 밝힌 전술은 먼저 발과 날개를 부러트리고 맨 나중에 머리를 부러트린다는 것이다. 차츰 접전지역을 확대시켜 점령 지역과 후방을 하나로 묶고 인마와 군량의 보급선을 확보한 다음, 총력을 집중해 분산된 원군을 치는 작전이었다.

듣고 있던 제장들이 환호성을 지르며 그 작전에 적극 찬성했다. 주원장이 좌중을 둘러보며 말했다.

"북벌의 선두엔 누가 서겠는가?"

그러자 저마다 선두에 나서겠다고 서로 목소리를 높였다. 주원장은 옆에 앉은 유기에게 물었다.

"선생 생각엔 누굴 파견하는 게 좋을 것 같소이까?"

책사 유기가 오래 고민하지 않고 대답했다.

"마땅히 신국공(信國公)과 악국공(鄂國公)이 이 중임을 떠맡아야 한다고 생각합니다."

주원장이 고개를 끄덕이는 것과 동시에 좌중을 둘러보았다.

"이 자리에서 중서성(中書省) 좌승상(左丞相)인 신국공(信國公) 서달(徐達)을 중원 토벌의 대장군으로 임명하노라. 악국공(鄂國公) 상우춘(常遇春)은 부장군(部將軍)으로 군사 30만을 거느리고 화북에서 황하로 들어가 중원 토벌을 지원토록 하라."

통천관(通天冠)을 쓰고 무사복(武士服)을 입은 주원장이 사건을 두르고 배장대에 올랐다. 배장대에서는 홍촉(紅燭)이 높이 타오르고 있었다. 주원장은 향불을 피워 향대에 꽂았다. 그 아래 수십 명의 장수들이 융장(戎裝)을 입고 명령을 기다리는 가운데 30만이 넘는 보병(步兵)·기병(騎兵)들이 위풍당당하게 대기하고 있었다. 천궁(天宮) 어딘가에서 들려오는 웅장한 호각소리와 함께 서달이 모습을 드러냈다. 붉은 투구에 갑옷을 걸쳐 입은 그의 모습은 눈이 부시게 화려하여 단숨에 사람들의 이목을 사로잡았다. 한동안 그 모습을 바라보던 주원장이 일어서며 길게 호흡을 한 후 칙령을 낭독했다.

"1백 년이 넘는 장구한 세월 동안 오랑캐의 횡포가 극에 달해 천하는 병란에 휩싸이고 중원의 백성들은 오랫동안 주인을 잃었도다. 우리의 북벌 목적은 세상을 다스리고 백성을 편안케 하기 위해서이며 천하의 근본을 바로 잡기 위해서이니, 그대들은 혼신의 힘을 다해 이

대업을 완수할 지니라."

 30만이 넘는 대군이 일제히 환호성을 내질렀다, 웅장한 호각소리와 함성이 귀를 먹먹하게 했다. 그 소리가 어찌나 컸던지 천지가 뒤흔들리고 건물이 울리는 듯했다. 환호성이 그치자 서달이 가슴을 쭉 펴고 보무도 당당하게 배장대에 올라가 주원장에게 무릎을 꿇고 출전을 고했다. 주원장은 믿음과 기대에 찬 눈빛으로 서달을 응시하며 힘주어 머리를 끄덕여 보였다. 이어 웅장한 북소리가 울리는 가운데 상아로 만든 깃발이 우뚝 서고 절월(節鉞)을 받쳐 든 서달이 표표히 나부끼는 깃발 아래서 출전명령을 내렸다.

 요란한 예포소리 속에서 주원장과 서달은 각각 말에 올라탔다. 상아 깃발이 천천히 따라 움직이고 절월을 높이 받쳐 든 서달이 첫걸음을 내디뎠다. 주원장이 그 말을 타고 백보까지 배웅하자 서달이 말에서 내려 마지막으로 작별을 고했다. 주원장은 그의 손을 꽉 잡아주었다.

 "그대 어깨에 명나라의 국운이 달려 있도다. 우리가 천하를 제패하려면 반드시 중원을 정벌해야 한다. 부디 대도성을 함락하여 원주(元主)와 기씨 여인으로부터 항복을 받아내도록 하라."

 서달은 무릎을 꿇은 채 한 손을 올리며 고개를 숙였다.

 "황명 받들겠나이다."

 서달은 다시 말에 올라타 군대의 선두에 섰다. 백관들은 관직과 품계의 높고 낮은 순서에 따라 각자 노정에 따라 나왔고, 수많은 백성들도 장강 변까지 나와 그들을 배웅했다.

 서달이 대군을 이끌고 호호탕탕하게 길을 떠나는 뒷모습을 오래도록 응시하던 주원장이 나직이 중얼거렸다.

"그간 오랑캐가 지배했던 이 천하는 온전히 내 것이 될 것이다. 그 깟 고려 여자에게 질 수는 없지……."

5

"무엇이라? 그들이 북벌의 명분을 내걸고 북진하고 있단 말이냐?"
"무려 50만의 대군이 양쪽에서 올라오고 있다 하옵니다."
"50만이라…… 우리가 최대한 끌어 모을 수 있는 군사는 얼마나 되느냐?"
이번엔 황태자가 대답했다.
"변방 각지의 군사를 대도성으로 최대한 끌어 모으면 30만은 될 것입니다."
"수적인 열세에서 싸워야 한다는 말이구나."
"이번에 진격해온 군사만 50만 이옵고, 그 배후에는 또 다른 50만의 군사가 대기하고 있다 하옵니다."
"음…… 확곽첩목아의 군사만으론 대적하기 힘들겠구나."
황태자는 대답대신 낮게 고개를 끄덕일 뿐이었다. 모두들 침통한 표정이었다. 하지만 기 황후는 일부러 무연한 표정으로 어조를 높였다.
"우리 군사들에겐 초원을 내달리며 천하를 제패했던 선조들의 피가 아직 흐르고 있다. 그리 쉽게 무너지진 않을 것이야. 한낱 숫자 놀음에 두려워해서야 되겠는가?"
그렇게 마음을 다잡고는 구체적인 계책을 짜기 시작했다.

"우선 확곽첩목아에게 15만의 군사를 주어 주원장과 맞서 싸우게 할 것이야. 황태자는 5만의 군사를 거느리고 대도성을 철통같이 방어하며 무슨 일이 있어도 대도성을 지켜내야 한다."

"알겠사옵니다 마마."

기 황후는 즉시 태원에 있는 확곽첩목아에게 전령을 보냈다. 확곽첩목아는 황제 양위건으로 기 황후에게 감정의 앙금이 남아 있었다. 하지만 그는 공과 사를 구별할 줄 아는 장수였다. 지금은 절대 절명의 위급한 상황. 사적인 감정을 내세울 여력도 없었다. 여기서 밀리면 원 제국 자체가 사라질 거라는 위기감에 그도 눈을 부릅뜨고 사태를 주시하고 있었다.

확곽첩목아는 주위의 제장들을 모아 놓고 회의를 열었다. 면면이 모두 천하의 용장인 휘하 장수들. 하지만 이들은 지금 침중한 표정으로 확곽첩목아를 향해 눈을 모으고 있었다.

"서달이 총대장이 되어 50만 대군을 이끌고 위주로 올라오고 있다 하옵니다."

확곽첩목아는 비장한 표정으로 말했다.

"우리가 거느린 군사는 겨우 20만. 두 배가 넘는 저들과 맞서 싸워야만 한다."

그렇게 운을 떼자 군사를 부리는 방식을 두고 제장들 사이에서 크게 두 가지 의견으로 나뉘었다.

"죽을 각오로 전장에 임해야 합니다. 우리 군은 천하를 호령했던 군사가 아닙니까? 그에 비해 저들은 농민들로 급조된 홍건적에 불과 합니다. 우리가 밀릴 이유가 없습니다."

이는 단번의 결전으로 정면 승부를 하자는 주장이었다.

"그건 잘 모르고 하는 소리요. 저들은 더는 농민군 수준의 오합지졸들이 아닙니다. 이미 명이라는 나라를 만든 데다 실전 경험도 적지 않아요. 게다가 군율도 엄하여 그 지휘 체계가 우리 군과 비교해도 결코 떨어지지 않을 수준입니다."

대도성을 향하는 길목 곳곳에 군대를 배치해 놓고 적의 기세를 약화시키자는 주장도 있었다. 이 계책들을 놓고 치열한 공방이 오갔다.

"군사를 나누어서 막으면 차례로 깨지는 건 시간문제입니다. 손실을 감수하고라도 정면으로 맞붙어야 합니다."

"그렇지 않습니다. 병력을 분산시켜 적군의 진군을 최대한 막아야 합니다. 그들 군사가 많다하나 우리 정규군을 쉽게 격파하진 못할 것입니다. 우리는 그동안 시간을 벌며 북쪽의 관군을 더 끌어 모아 싸운다면, 분명 승산이 있습니다."

"그렇게 되면 맨 선두와 그 뒤에 진을 치게 될 우리 군사의 피해가 너무나 큽니다."

"정면으로 맞서 싸우면 그 보다 더 많은 피해를 입게 될 것입니다."

한동안 그들의 격론을 묵묵히 경청하던 확곽첩목아가 손바닥으로 탁자를 내리치며 입을 열었다.

"장군들의 의견은 잘 들었소. 이번 싸움은 원 제국의 운명을 좌우하는 중요한 전투가 될 것이오. 섣불리 승부를 걸 수는 없는 일. 우선 순차적으로 적을 막아서면서 최대한 진군속도를 늦춘 후에 변방의 군사를 모아서 단번에 쳐나가도록 합시다."

확곽첩목아는 우선 최전방에 해당하는 위주에 군사 3만을 보내기로 했다. 위주를 지키고 있는 장수는 용이(龍二)였다. 날랜 기병이 앞장선 덕분에 이틀 만에 3만의 군대가 위주에 도착했다.

위주를 방비하던 5천의 군사와 새로 지원을 온 3만의 군사가 새로 재배치되었다. 그들은 결연한 표정으로 황하를 노려보았다. 한치의 흐트러짐 없이 정렬해 있는 이들의 각오는 남달랐다. 곧 겨우 3만5천의 군사로 50만의 대군을 맞아 싸워야만 한다. 도저히 이길 수 없는 싸움. 이들은 죽음을 각오하고 적의 진군을 최대한 늦추게 할 사명을 부여받았다. 장수 용이는 비장한 각오로 군사들에게 외쳤다.

"우리는 어차피 여기서 뼈를 묻을 몸. 죽어라, 단 한 놈의 적이라도 더 죽이고 죽어야만 우리의 죽음이 헛되지 않을 것이다."

그날 오후, 서달이 이끄는 군사들이 황하에 도달했다. 그들은 아무런 저지도 당하지 않고 수백 개의 대형 부교를 통해 도강하기 시작했다. 군사들이 너무 많아 누런 황하가 명군의 붉은 복색으로 뒤덮였다. 강수량이 그리 많지 않은 계절이라 서달의 군은 안전하고 신속하게 부교를 건넜다.

용이는 강 입구에서 그들을 저지하려고 했으나 뒤쪽은 매복이 어려운 허허벌판이었다. 그는 숫자의 열세를 극복할 수 있는 가장 효과적인 방어를 하기로 했다. 성벽에 도열한 군사들이 그의 수신호에 따라 일사불란하게 화살을 재기 시작했다. 적이 완전히 강을 건너와 사정권에 들어서자 용이가 칼을 빼들며 크게 외쳤다.

"발사하라!"

성안에서 일제히 궁수로 변한 3만5천의 군사들이 몰려드는 서달의 군사들을 향해 미친 듯이 화살을 퍼붓기 시작했다. 확연한 수적 열세를 만회하기 위해서는 근접전을 벌이기보단 원거리 공격이 최선이었다. 빗줄기처럼 쏟아지는 화살 세례를 집중적으로 받자 서달의 대군도 주춤했다. 하지만 화살만으로 밀물처럼 몰려오는 적을 막아내기엔 그 수가 너무 많았다. 수백 명이 일시에 쓰러지곤 했지만 그건 전체 군사에 비하면 아주 적은 수에 불과했다. 성은 이내 서달의 수십만 군사들에게 온전히 포위되고 말았다.

서달은 너무 화가 나 있었다. 단숨에 휩쓸어버릴 줄 알았던 위주였다. 그런데 성을 포위하는 동안에만 수천의 군사들이 화살 때문에 목숨을 잃었다. 그만큼 성에서의 화살 공격은 집요했다. 그는 이제 항복을 권할 생각조차 없었다.

"포로는 필요 없다. 오랑캐 놈들을 한 놈 남김없이 모두 싹 쓸어버려라!"

서달의 명이 떨어졌다. 기다리고 있던 수십만의 명군이 일제히 함성을 내질렀다.

"우와!"

천지를 진동하는 우렁찬 함성소리와 함께 성문 곳곳이 무너지며 붉은 복색을 한 군사들이 일제히 안으로 밀려들어갔다. 성안은 지옥이 따로 없었다. 여기저기 고함과 비명이 터져 나오고 길에는 피가 낭자했으며 건물들이 삽시간에 불에 타올랐다. 성안의 백성들도 무사하지 못했다. 사내들은 보이는 대로 칼로 쳐 죽임을 당했고, 아녀자는 모두 겁탈 당했다.

명군의 무지막지함에 성안 백성들이 격렬하게 반항했다. 하지만 그 또한 최후의 발악일 뿐이었다. 한나절도 안되어 성안에서 저항하던 3만5천의 원군과 3만의 백성들이 모두 죽음을 당했다. 죽은 시체가 가득 쌓여 큰 산을 이루었는데, 거기서 흘러나온 피가 내를 이루었다. 서달은 첫 전투에서 큰 공을 세우기 위해 그렇게 무자비한 방법을 사용하고 있었다.

위주의 승세를 놓치지 않으려는 듯 서달은 곧장 군사를 위로 몰아갔다. 그 다음 맞닥뜨린 곳은 진주(陳州)였다. 이곳은 서달과는 숙적관계인 좌군필이 버티고 있는 곳이었다. 일찍이 좌군필은 우저 나루에서 서달과 싸운 적이 있었다. 그때 좌군필이 크게 패하여 달아났는데, 서달은 그의 노모와 처자를 붙들어 두고 있었다.

서달은 그 어머니와 처자를 볼모로 하여 사자 진화(陳和)를 보내 항복을 권했다. 좌군필은 서달의 항복권고문을 보자 동생 좌군보(左君補)와 의논했다. 좌군보는 항복할 것을 권했다.

"위주에서 무려 6만5천의 군민들이 한명도 남김없이 몰살당했다 합니다. 굳이 여기서 아까운 목숨을 버릴 필요가 있겠습니까?"

"나는 원나라의 녹을 먹는 장수가 아니냐? 이곳 진주성이 뚫리게 되면 대도성까지 위험해질 수 있다."

"저희가 죽는 것은 두렵지 않으나 늙은 어머니와 형수님이 죽는 것은 두고 볼 수 없지 않습니까?"

동생이 그렇게 권했지만 좌군필은 끝까지 싸울 것임을 밝혔다. 그는 성안의 군사 2만을 모두 성벽 위에 올라가게 하여 농성할 채비를 했다.

"우리는 최대한 오랫동안 버티며 원군이 올 때까지 기다려야 한다. 저들의 진군을 늦추게만 해도 우리는 이 싸움에서 이긴 것이다."

그렇게 군사를 독려하며 결전에 임했다. 곧이어 서달의 대군이 대지를 온통 뒤덮으며 개미떼처럼 몰려왔다. 대도성으로 향하기 위해서 반드시 진주를 통과해야 하므로 서달 또한 결연한 표정으로 선두에 섰다.

"여기서 시간을 지체할 수 없다. 최대한 빨리 짓쳐 올라가야 한다."

그는 정면으로 맞서 싸울 의향이 없었다. 야비한 방법을 사용하기로 했다. 바로 좌군필의 노모와 아내를 앞세운 것이다. 그들을 포박한 채 성문 가까이 끌고 갔다. 좌군필의 노모와 아내는 초췌하고 지친 모습으로 성안을 향해 울부짖었다. 좌군필은 간교한 서달이 이런 방법을 사용할 줄 미리 예상하고 있었다. 그는 두 손으로 양쪽 귀를 틀어막고 고개를 돌려버렸다. 그때 성 한쪽에서 거센 함성소리가 들려왔다.

성 왼쪽 문이 열리며 성안에서 한 떼의 군사들이 빠져나간 것이다. 그 선두에 동생 좌군보가 백기를 든 채 달려가고 있었다. 노모의 참담한 모습을 보다 못해 항복한 것이다. 성 한쪽이 뚫리자 다른 곳도 순식간에 무너졌다. 성 곳곳에서 군사들이 스스로 성문을 열고 나가 항복을 했다. 그 광경을 성벽 위에서 내려다보던 좌군필은 털썩 무릎을 꿇고 말았다. 그리고는 칼을 높이 들어 자신의 배에 찔러 넣었다. 등 뒤로 칼날이 튀어나오자 그는 앞으로 푹 고꾸라져 움직이지 않았다. 모욕적인 항복을 택하기보단 명예로운 죽음을 택한 것이다.

진주성을 온전히 점령한 서달은 그의 죽음을 의롭다 여겨 성대히 장사지내라 일렀다. 그런데 그 자리에서 노모가 혀를 깨물고 자결하고, 연이어 그 동생 좌군보 또한 기둥에 머리에 찧어 죽고 말았다.

"이런 충신들이 있었기에 원나라가 여태 유지되어 왔었구나!"

서달은 안타까운 탄식을 흘리며 그들 일가를 한곳에 묻어 성대히 장사지내 주었다.

위주와 진주에서 도합 5만5천의 원군을 무찌른 서달은 계속 북진을 하는 한편 응천으로 급히 전령을 보냈다. 대도성을 함락시킬 자신감을 얻었는지라 주원장의 출전을 정식으로 요청한 것이다. 대도성을 함락한다면 맨 먼저 입경해야 할 사람이 바로 주원장이었던 것이다.

주원장은 응천에 남아 있는 군사 20만을 거느리고 친히 선두에 서서 북진했다. 응천을 출발한 그의 20만 대군은 위용도 당당하게 대도성으로 진군했다. 갑옷과 중병기로 무장한 기마병의 위용과 끝없는 행렬을 이룬 보병들의 질서 정연한 위세는 가히 산천을 압도할 만큼 위풍당당했다. 진군을 알리는 북소리는 수만 리까지 이어졌고 각양각색의 깃발은 끝없이 긴 꼬리를 물고 펄럭였다. 하늘에 무리진 구름마저 이에 자극을 받은 듯 진운(陣雲)의 형상을 하고 있었다.

6

확곽첩목아는 충격과 분노로 부들부들 몸을 떨었다.

"진주와 위주에서 5만여 군사를 순식간에 다 잃었단 말이냐?"

어느 정도 예상한 일이긴 했지만 방어선이 그렇게 쉽게 무너질지 몰랐다. 이제 남은 군사는 도합 10만. 애초 계획했던 대로 군사를 흩어서 막으며 시간을 벌려 했던 계책은 아무 소용이 없다는 것을 깨달았다. 이제 남은 군사로 죽기를 각오하고 싸울 수밖에.

"우리는 조금 더 내려가 변경(邊京)에서 저들과 끝까지 맞서 싸울 것이다."

하지만 반대 의견도 만만치 않았다.

"지금 서달이 몰고 오고 있는 군사가 50만, 그 뒤 주원장의 20만 군사까지 합하면 족히 70만이 북진해 오고 있습니다. 결코 10만 군사로 맞서 싸울 수는 없습니다."

"그럼 대도성으로 들어오는 길목을 버리고 도망가잔 말인가?"

"우선은 군사를 물려 후일을 기약해야 할 것입니다. 아직 북방에는 몇 십만의 군사가 더 있습니다. 그곳의 수장들을 설득하여 군사를 모아 다시 공격하면 될 것입니다."

"그러기엔 시간이 너무 촉박하오. 여기가 뚫리면 대도성이 위태롭소."

확곽첩목아는 제장들의 반대를 무릅쓰고 끝까지 맞서 싸울 것을 결의했다. 장수들은 불만이었지만 그의 명을 거역할 수 없었다. 그들은 확곽첩목아를 따라 10만의 대군을 몰고 변경(邊境)으로 급히 내려가 방어선을 구축했다. 변경은 북송(北宋) 때의 수도로써 전략적 요충지였다. 변경 앞에는 황하가 흘렀고 그 경계를 막지 못하면 운하의 수로를 통해 대도성까지 곧장 적의 공격이 이어질 터였다.

"기필코 이곳을 막아야 한다."

확곽첩목아는 결의를 다시 다지며 강과 육지에 걸쳐 진을 치고는 그 뒤로 성문 또한 굳게 닫아걸었다. 얼마 지나지 않아 멀리서 대군이 몰려오는 게 보였다. '명(明)'이란 깃발을 맨 앞에 내세우고 그 뒤로 개미떼 같은 군사들이 줄을 지어 진군해왔다. 그들은 황하 앞에서 진군을 멈추고 진지를 세웠다. 이때는 장마가 지난 지 얼마 되지 않아 수심이 깊고 물살이 빨랐다. 쉽게 건널 수 있는 강이 아니었다. 서달은 하루 동안 군사를 쉬게 하고 배불리 밥을 먹였다.

다음날 아침, 명군은 강에 부교를 놓기 시작했다. 강나루에 있는 작은 배를 연결시켜 다리를 만들었다. 부교를 놓고 강을 건너려고 하면 건너편에서 즉각 화살이 날아왔다. 부교가 좁았기 때문에 군사들이 한꺼번에 건널 수 없었다. 겨우 두 줄을 맞추어 건너오면 영락없이 화살이 날아와 도강한 군사들을 모두 쓰러트렸다. 헤엄을 쳐 강을 건너는 것도 쉽지 않았다. 물살이 거세어 수백 명이 물에 뛰어들었다가 누런 강물에 그대로 휩쓸려가버렸다. 멀리서 이 모습을 바라보며 확곽첩목아는 쾌재를 불렀다.

"하늘이 우리를 돕고 있다. 적들은 황하를 건너오기 전에 모두 죽고 말 것이다."

그는 인근 군현의 백성들을 총동원하여 부지런히 화살을 만들어 나르게 했다. 이에 주눅이 든 서달은 강을 건널 엄두조차 내지 못했다. 몇 차례의 시도로 인해 싸워보지도 못하고 수천의 군사를 잃고 난 서달은 도강하기를 아예 포기했다. 그리고는 강변으로 물러나 다시 진채를 세웠다. 장기전으로 들어가려는 것 같았다. 이때를 놓치지 않고 확곽첩목아는 휘하 장수 아로태(阿魯台)를 불렀다.

"적들은 당분간 황하를 건널 수 없을 것이다. 너는 즉시 북방으로 올라가 군사를 모으는 일에 더욱 박차를 가하라."

확곽첩목아는 여기서 대치하다가 북에서 몰아온 군사와 합세하면 충분히 승산이 있다고 여겼다. 하지만 그런 낙관적인 기대는 오래 가지 못했다. 다음날 새벽에 성벽 위에 오른 그는 너무 놀라 뒤로 움찔 물러서고 말았다. 눈앞에 펼쳐진 놀라운 광경에 그만 말문이 막힌 것이다.
"헉! 어떻게…… 이럴 수가 있단 말인가?"

해가 떨어지면서 대도성은 적막이 감돌 정도로 을씨년스러웠다. 평소 사람들로 넘치던 종루와 같은 저자거리도, 술집들이 몰려 있는 색주가에도 인적이 딱 끊겼다. 대신 인적이 끊긴 거리 곳곳을 휘돌고 있는 건 갖가지 오싹한 소문의 회오리바람이었다. 주원장이 1백만의 대군을 몰고 오고 있다느니, 황제를 비롯한 신하들은 이미 도망갈 채비를 하고 있다느니, 심지어 대도성이 함락되면 몽골인들에 대한 대대적인 살육이 시작될 것이라는 말까지 떠돌며 대도성을 폭풍전야의 진공상태로 몰아가고 있었다. 그 때문인지 거리는 술시(戌時)를 지나면서 인적이 뜸해졌다. 마치 산사의 적막처럼 썰렁했다. 간혹 야순(夜巡)을 위해 군졸들이 무리 지어 행보하는 모습만이 심상치 않게 보일 뿐이었다. 그럴 때면 어디선가 개 짖은 소리가 음울하게 밤의 공기를 사정없이 찢으면서 울려왔다.

그토록 스산한 공기에 젖은 대도성의 거리를 가마 한 대가 급히 지나가고 있었다. 바로 기 황후가 탄 가마였다. 그녀는 환관 몇 명만을 대동하고 려정문(麗正門)으로 급히 향했다. 려정문 위에 올라서자 멀리 10리 밖으로 황태자의 군사가 진을 치고 있는 게 보였다. 확곽첩목아의 10만 군사가 변경에서 적을 막고, 황태자는 최후의 보루로 대도성 앞에 진지를 구축했다. 곳곳에 병력을 분산시켜 놓고 혹시 모를 적의 기습적인 공세를 방비하기 위해 미리 매복을 시켜두고 있었다.

기 황후는 황태자를 찾아가 격려해주고 싶었지만 적의 내습을 우려

하여 대도성에만 머물러 있었다.

"과연 확곽첩목아가 잘 버텨줄까? 변경이 무너지면 이곳 대도성까지 밀려오는 것은 한순간이 될 것인데⋯⋯."

그녀는 이미 전령을 통해 확곽첩목아의 10만 대군이 변경에 진을 치고 적을 막고 있다는 소식을 전해 듣고 있었다. 지금은 그 후의 소식이 궁금하여 또 다른 전령을 기다리고 있는 것이다.

"마마, 이제 그만 내려가시옵소서."

강순용이 완곡하게 말했지만 기 황후는 미동도 않고 그 자리에 서 있기만 했다. 한참을 성벽 위에 서 있자 말을 탄 군사 하나가 흙먼지를 일으키며 대도성으로 달려오는 게 보였다. 자세히 보니 말에 탄 사람은 황태자였다. 수행 장수도 대동하지 않고 홀로 말을 타고 달려온 황태자는 기 황후가 려정문 위에 서 있는 것을 발견했다.

"황후 마마, 큰일났사옵니다. 방금 확곽첩목아가 전령을 보내왔는데⋯⋯."

황태자는 가쁜 숨을 헐떡이며 겨우 말을 잇고 있었다.

"확곽첩목아의 군이 무너지고 말았다 하옵니다."

"무엇이라? 10만 대군을 모두 잃었단 말입니까?"

"황하를 사이에 두고 서달과 팽팽한 접전이 벌어졌는데 느닷없이 1천 척에 달하는 명의 병선이 몰려와 순식간에 당하고 말았단 하옵니다."

"확곽첩목아는 어떻게 되었다고 합니까?"

"다행히 군사는 많이 잃지 않고 후퇴를 했다 합니다. 허나⋯⋯."

황태자는 말꼬리를 흐리며 머뭇거렸다.

"어서 말해보세요."

기 황후의 재촉이 있고서야 황태자는 겨우 말을 이었다.

"후퇴를 한 확곽첩목아가 군사를 몰고 이쪽으로 오지 않고 있다 합니다. 그 많은 군사를 몰고 어디로 갔는지 알 길이 없습니다."

"무엇이? 그자가 저만 살겠다고 군사를 데리고 멀리 도망 간 것이 아닙니까?"

황태자는 마저 대답하지 못하고 얼굴을 붉히며 울분을 터뜨렸다. 그에 비해 기 황후는 현실적으로 지금의 상황을 분석했다. 그녀는 차갑고 날카로운 표정으로 중얼거렸다.

"병선에 가득 실은 군량미만 믿고 주원장의 군이 변경을 지나 내쳐 대도성으로 올라오고 있다는 것인데······."

기 황후는 미간을 찌푸리며 고개를 잘래잘래 내저었다. 눈을 감고 긴 한숨을 내쉬며 깊은 생각에 빠져 있는 듯했다. 한참 뒤에 번쩍 눈을 뜨며 황태자에게 일렀다.

"황태자는 즉시 거느리고 있는 군사들을 모두 대도성 안으로 몰아오세요."

"하오면 적군과 싸우는 걸 포기하겠단 말씀이옵니까?"

기 황후가 고개를 내저으며 대답했다.

"거느리고 있는 5만의 군사로 성을 지킬 것입니다. 모든 성문을 굳게 잠그고 농성을 펼치면 우리에게 승산이 있습니다."

"하오나 적은 우리의 열 배인 50만 대군이옵니다."

기 황후는 자신있게 대답했다.

"그러기에 승산이 있단 말입니다."

"그게 무슨 말씀이온 지······."

"50만 대군이라면 그들이 먹는 양식만 해도 엄청날 것입니다. 급히 올라오느라 그 많은 군량미를 미처 준비하지 못했을 것입니다. 다행히 우리 대도성은 물과 식량이 풍족하여 족히 육 개월은 버틸 수 있어요. 여기서 버티면서 달아난 확곽첩목아를 찾고 북방의 군사를 수습하여 몰고 오면 결코 무턱대고 패하진 않을 것입니다."

듣고 보니 기 황후의 말이 일리 있어 보였다. 황태자는 명을 받들어 성밖 군영으로 달려가 진을 치고 있는 군사를 모두 모아 돌아왔다. 성문을 모두 걸어 잠그고 성벽 위에 올라가 전투태세를 갖추었다.

그동안 주원장의 군사들은 호랑이가 날개라도 단 양 기세등등하게 대도성을 향해 진군해왔다. 힘차게 휘갈긴 수천의 황색 깃발과 햇빛을 받아 번쩍이는 기치창검, 끝없이 이어진 메뚜기 떼처럼 헤아릴 수 없이 많은 군사들이 빠르게 이동해왔다. 하지만 기 황후는 두렵지 않았다. 첩자를 통해 확인한 바로는 그 대군들 속에는 군량미를 실은 마차가 보이지 않았다고 했다. 단단하고 높은 성에서 굳건히 버티면 쉬이 물리칠 수도 있었다. 성안의 군사들도 죽기를 각오하고 싸울 태세였다. 전열을 가다듬어 준비를 하고 있는데 황태자가 전령 하나를 데리고 급히 흥성궁으로 달려왔다.

"마마, 큰일났사옵니다. 천여 척에 달하는 선단이 황하를 따라 올라오고 있답니다."

"황하라…… 그렇다면 대운하를 통해 대도성으로 곧장 올라오겠다는 게 아닙니까?"

"아마도 서쪽으로 올라오는 적의 보급선 역할을 할 것 같사옵니다. 군량미를 잔뜩 실어 올라온다 하더이다."

듣고 있던 기 황후는 차가운 미소를 띠며 가늘게 중얼거렸다.

"그 배들의 진군만 막으면 우리에게 충분히 승산이 있다."

"허나, 천여 척에 달하는 병선을 무슨 수로 막을 수 있단 말입니까? 우리에게 있는 건 기껏해야 수십 척의 상선에 불과하옵니다."

"이 어미에게 다 수가 있습니다."

기 황후는 자신있는 표정으로 홍성궁을 나섰다. 그리고는 가마를 타고 곧장 황궁을 나섰다. 대도성 안의 종루와 고루를 지나 북쪽으로 얼마쯤 가자 작은 수로 여러 개가 나타났다. 이 수로는 성문을 감아 돌아 대도성 한가운데를 가로지르고 있었다. 가마는 그 수로 위에 걸쳐 있는 돌다리를 급히 지났다. 그러자 이번에는 거대한 수로가 나타났다. 바로 적수담에서 흘러나와 통주로 연결되는 통혜하(通惠河)였다. 인공 수로인 이곳은 일정하게 돌을 쌓아 직각으로 만들었고, 수심은 수십 척에 이를 정도로 매우 깊었다. 큰 배가 지나갈 수 있도록 만든 것이다.

기 황후는 가마에서 내려 황하로 연결된 거대한 수로 끝을 바라보았다. 보이지 않는 저 먼 곳에서 지금 대도성을 치기 위해 1천 척에 달하는 배들이 올라오고 있을 것이다.

"저 배들만 막으면 이 대도성을 지킬 수 있다."

기 황후는 그렇게 중얼거리며 즉각 강순용을 불렀다.

"자네는 대도성에 있는 장정들을 최대한 동원하게. 그들을 있는 대로 끌어 모아 이곳으로 불러와야 하네."

기 황후의 명을 받들어 강순용은 즉시 대도성 한가운데로 달려갔다. 거기서 방을 써 붙이고 추밀원의 협조를 얻어 성안의 모든 장정들을 끌어 모았다. 강순용은 수천에 이르는 장정들을 데리고 기 황후가 있는 통혜하로 달려갔다.

　육지의 서달과 배에서 협공하여 큰 승리를 이룬 수군 장수는 주양조였다. 그는 1천여 척의 대병선을 이끌고 황하를 출발하여 서달과 대치하고 있는 확곽첩목아의 군을 크게 무찔렀다. 서달의 50만 대군은 변경을 지나 곧장 대도성으로 향했고, 주양조가 이끄는 1천 척의 병선은 황하를 지나 곧장 북으로 연결된 대운하로 들어섰다. 이 운하는 직고(直沽)와 통주(通州)를 거쳐 곧장 대도성으로 연결되었다. 주양조는 이 운하를 통해 대도성으로 밀고 올라갈 계획이었다. 병선에는 5만에 가까운 병사들뿐만 아니라, 군량미와 무기가 가득했다. 보급선의 역할을 하는 것이다. 대도성을 직접적으로 공격하는 역할과 함께 장기전에 대비하여 충분히 대치할 수 있는 준비까지 갖추고 있었다. 1천 척에 달하는 전함이 운하를 따라 하나씩 들어서자 그 모습은 일대 장관을 이루었다. 주양조가 탄 배의 돛대에는 검붉은 색으로 '명(明)'자가 새겨진 네모난 깃발이 펄럭거렸다. 대장선을 따르는 전함 뱃머리에는 수많은 전기(戰旗)가 뜨거운 태양 밑에 표표히 나부꼈다. 쪽빛 하늘을 가르는 호각소리가 길게 울려 퍼지자 함선들이 서서히 북쪽으로 진군하기 시작했다. 그때 문득 맨 선두의 배가 멈춰 서더니 연이어 다른 배들이 멈추기 시작했다.

　주양조가 놀라서 참모에게 물었다.

　"무슨 일로 배를 멈추는 게냐?"

　"배 밑바닥이 바닥에 걸렸사옵니다. 갑자기 수심이 얕아져 더 이상 진군할 수가 없사옵니다."

"가뭄이 들지도 않았는데 어찌 수심이 얕아진단 말이냐?"

"소장도 그걸 몰라 살펴보고 있사옵니다."

주양조는 길게 자란 수염을 매만지며 한 손으로 턱을 괴었다. 낭패였다. 여기서 배가 나아가지 못하면 서쪽으로 올라간 50만 대군의 군량미를 제대로 보급할 수 없게 된다. 즉각 대도성을 점령하면 모를까, 며칠이라도 대치하게 되면 식량이 없어 군사들을 제대로 먹일 수 없게 된다. 다급해진 주양조는 자신이 직접 나서기로 했다.

"속히 척후선을 띄어라. 내가 직접 작은 배를 타고 앞으로 나아갈 것이다. 왜 수심이 얕아지는지 조사를 해 볼 것이야."

주양조는 작은 병선에 올라탔다. 노를 젓는 병사 넷을 데리고 빠른 속도로 앞으로 나아갔다. 참모의 말처럼 북으로 올라갈수록 수심이 얕아지고 있었다. 긴 장대를 넣어보자 사람 키 정도의 깊이밖에 되지 않았다.

그때 한 군사가 외쳤다.

"저길 보십시오!"

앞을 바라보자 운하 한가운데를 흙과 돌로 막고 있는 게 보였다. 그 옆으로 둑을 터놓고 물길을 만들어 운하의 물을 작은 여울가로 돌리고 있었다. 이 둑은 한 개만 있는 게 아니었다. 족히 열 개는 되는 둑이 겹겹이 막혀 있는 게 보였다. 물을 완전히 막지 못해 흘러나온 것을 그 다음 둑으로 물길을 돌리는 식으로 완전히 물을 막아 놓은 것이다.

"급히 배를 돌려라."

주양조는 다시 대병선이 있는 진영으로 돌아왔다. 이대로는 더 이상 북진할 수 없었다. 물길을 터야만 이 거대한 병선이 대도성까지 나갈 수 있었다. 주양조는 병선을 모두 운하 한쪽에 세워두고 군사들을 내리게 했다.

"너희들은 곧장 말을 타고 올라가 위쪽에 막아놓은 둑을 무너뜨려 물길을 다시 이어야 한다."

주양조는 가리고 가려 뽑은 날랜 군사 3천을 데리고 곧장 위로 올라갔다. 촌각을 다투는 일이기에 급히 뛰어갔다. 멀리 둑이 보이자 군사들은 숨 돌릴 새도 없이 칼과 창을 꺼내었다. 군사를 정렬하여 달려들 기세였다.

"속히 달려가 둑을 무너뜨려야 한다. 물길만 이으면 배가 다시 지나갈 수 있을 것이다."

주양조는 3천의 군사를 둘로 나누었다. 운하를 중심으로 양쪽에 1천5백 명씩 배치했다. 그들은 주양조가 내린 신호에 따라 큰 함성을 내지르며 앞으로 달려갔다. 중간에 아무런 장애물이 없었다. 거침없는 속도로 달려가는데 어디선가 화살 하나가 날아왔다. 그것을 시작으로 곧이어 수천의 화살이 비 오듯 쏟아졌다. 은폐물이 없어 주양조의 군사는 어찌할 줄 몰랐다.

"후퇴하라!"

주양조는 급히 군사를 몰아 화살의 사정권 밖으로 물러났다. 그 바람에 군사의 반을 잃고 말았다. 방심하고 달려간 게 화근이었다. 주변에 매복이 있다는 것을 전혀 예측하지 못한 것이다. 기 황후는 명의 군사가 달려올 것을 예상하고 이곳에 정예궁수 부대를 배치해 놓았었다. 이 궁수 부대는 낮은 언덕에 몸을 숨기고 있다가 지휘관의 명령하에 일제히 화살 비를 퍼부었던 것이다.

"이런 낭패가 있나! 여기서 지체할 시간이 없건만……."

그는 한시가 급했다. 조만간 주원장이 이끄는 대군이 대도성을 에워쌀 것이다. 그와 때를 맞추어 통혜까지 나아가야만 무기와 군량미를 제때 보급할 수 있었다. 하지만 원군은 물길을 막고 있는데다 매복하고 있는 수를 헤아릴 수 없어 쉽게 나아갈 수 없었다. 주양조는 군사를 물리고 한동안 상황을 주시했다. 그러자 수하 장수가 달려와 고개를 갸웃거렸다.

"적이 나오지 않는 게 이상하지 않습니까?"

"그게 무슨 말이냐?"

"우리의 군사는 겨우 2천. 저들이 마음만 먹으면 곧장 칠 수 있는데도 모습을 보이지 않는 게 이상하지 않습니까? 필시 적들은 아주 적은 수의 궁수만 매복해 있는 게 분명합니다."

주양조도 고개를 끄덕이며 말했다.

"그렇지. 원의 군사는 대도성을 방어하느라 이곳까지 군사를 내보낼 여력이 없을 것이다. 그렇다면……."

"약간의 희생이 따르겠지만 정면으로 돌파해야 합니다."

주양조는 그 말을 따르기로 했다. 우선 방패부대를 맨 앞에 내세웠다. 큰 방패를 비스듬히 들어 날아오는 화살을 막게 하고, 그 뒤로 날쌘 병사들이 달려들기로 했다. 그가 군사를 앞으로 진격시켜 사정권 안에 들자 다시 화살이 날아오기 시작했다. 맨 앞의 방패부대가 그 화살을 막으며 천천히 앞으로 나아갔다. 하지만 날아오는 화살이 워낙 많아 삽시간에 3백에 가까운 방패부대가 모조리 쓰러지고 말았다. 그 뒤를 따르던 군사들이 주춤거리며 뒤로 물러설 태세였다. 주양조가 칼을 높이 들어 외쳤다.

"물러서지 마라. 그대로 진격하라!"

그가 직접 맨 선두에 선 채 날아오는 화살을 칼로 쳐내며 앞으로 나아갔다. 이에 자극 받은 병사들도 다시 진군하기 시작했다. 시간이 지나자 날아오는 화살의 수가 뜸해졌다.

"화살이 다 떨어진 것이다. 속도를 높여 진격하라!"

병사들은 더욱 힘을 내어 진군했다. 와! 하는 함성까지 내지르며 거의 언덕에까지 다다랐다. 그러자 언덕에 몸을 숨기고 있던 원군들이 당황하며 후퇴하기 시작했다.

"적은 아주 적은 수이다. 속히 달려가 모두 쓸어버려라."

주양조의 군사들이 한꺼번에 달려드니 미처 후퇴하지 못한 궁수들이 모두 명군의 칼에 목이 베이고 말았다. 언덕을 완전히 점령한 주양조의 군사는 급히 막아둔 둑을 무너뜨렸다. 미리 매복하고 있던 원나라 군사들이 저항을 했지만 그 수는 명의 군사들에 비해 턱없이 적었다. 몇 번의 접전을 벌였지만 금방 주양조 쪽으로 승세가 기울었다. 명군은 주위를 엄호하면서 열 개나 되는 둑을 모조리 무너뜨리고 물길을 다시 열었다. 거센 물길이 운하로 쏟아지며 수심이 다시 높아졌다.

주양조는 배를 타고 다시 병선으로 돌아갔다.

"물길이 다시 이어졌다. 속히 북진하라."

쉬는 동안 힘을 비축한 격군(格軍)들이 빠른 속도로 노를 저었다. 이리하여 1천 척에 달하는 대병선이 열을 지어 대도성으로 향하게 되었다.

7

기 황후는 내성(內城) 궁궐 뒤편을 돌아 홍문으로 들어섰다. 여기에는 문이 세 개 있는데 신분에 따라 출입하는 문이 다 달랐다. 중간 문은 황제와 황후만이 지나갈 수 있는 곳이다. 그 외 문무백관은 좌문(左門)을 통해서 출입하며, 왕실종친은 우문(右門)으로, 기타 지위가 낮은 관원은 좌우 액문을 통하여 황궁으로 들어온다. 문을 통과하면 좌우 양쪽으로 황제의 조상을 모시는 태묘(太廟)와 토지와 곡물의 신에게 제사 지내는 사직단(社稷壇)이 있다.

기 황후는 천천히 발걸음을 옮겨 태묘 앞에 섰다. 태묘는 역대 황제의 위패를 모신 황실의 사당이었다. 예전부터 중국에서는 인간은 마음인 혼(魂)과 형체인 백(魄)이 결합한 형체라고 여겼다. 죽음은 이 결합이 깨어지는 것으로 혼은 하늘로, 백은 땅으로 돌아가는 과정이라 여겼다. 이는 유교적 전통에서 기인한 것인데, 원나라도 중국을 온전히 통일하면서 이 전통을 계승하여 태묘를 만들었다. 이 태묘에는 역대 황제의 위패와 아울러 그들의 친필까지 보관되어 있었다.

기 황후는 여러 역대 황제 중에서 세조 쿠빌라이를 모신 위패 앞에 섰다. 세조 쿠빌라이(忽必烈)는 칭기즈칸의 손자로 형 몽케가 제4대 칸의 자리에 오르며 변방의 대총독에 임명되었다. 그는 고비사막 남쪽의 상도개평부(上都開平府)를 근거지로 삼고 지금의 운남성(雲南省)에 있는 대리국(大理國)을 멸망시켰으며, 티베트와 베트남까지도 공격하여 천하통일의 기틀을 잡았다. 그러던 중 형 몽케칸이 사천(四川)에서 병사하자 쿠빌라이와 어린 동생 아릭부케가 칸의 자리를 놓고 다투게 된다. 쿠빌라이는 4년 동안의 치열한 전투 끝에 아릭부케를 물리치고 칸의 자리에 올랐다. 그는 수도를 정치 중심지인 화림(和林 ; 카라코룸)에서 대도성으로 옮기고 나라 이름을 원(元)이라 정했다. 그 후 원은 남송(南宋)을 완전히 멸망시키고 이민족으로서는 최초로 중국을 통일하니 이때가 바로 1279년이었다.

"원이 건국된 지 겨우 1백 년을 넘어서고 있건만……."

기 황후는 백단향을 피워 위패에 올리면서 가늘게 중얼거렸다.

"서역 일부를 제패하고 천하를 통일했다고 떠들던 대진(大秦 ; 로마)도 1천 년을 이어갔건만……."

기 황후는 백단향을 대향로에 꽂아두고 두 손을 이마에 모아 정중히 절을 올렸다.

"세조 황제시여! 저희에게 천운을 내리시어 반란군 주원장을 제압할 수 있도록 도와주소서. 그리하여 천하를 제패한 원 제국을 다시 일으킬 수 있도록 힘을 주옵소서."

기 황후는 안타까움에 아랫입술을 깨물었다. 정후의 자리에 오른 지 이제 2년이 조금 지났다. 이제야 온전히 천하를 품었건만 이런 시련을 내리는 하늘이 원망스럽기만 했다. 황제를 대신하여 실질적인 천하의 주인이 된 기 황후는 이번 위기만 잘 넘기면 원나라를 온전한 반석 위에 올릴 자신이 있었다. 천하를 호령했던 세조 쿠빌라이처럼 나라의 기반을 다진 후에 천하 각지를 다독이며 세력을 공고히 할 계획이었다.

기 황후는 계속 절을 올렸다. 그때 강순용이 기 황후를 찾아왔다. 절을 마친 기 황후는 뒤를 돌아보며 물었다.

"황상께서는 어디에 계시느냐?"

"편전에 홀로 계신다 하옵니다."

"어전에서 문무백관들을 불러 대책을 논해야 하거늘……."

기 황후는 마지막으로 쿠빌라이의 위패에 재배하고는 급히 발걸음을 옮겼다. 연춘각에 들어서자 곧장 황제가 거하는 편전을 찾았다. 황제는 자리에 앉지도 못하고 불안한 얼굴로 서성이고 있었다. 그는 기 황후를 보자마자 반색을 했다.

"어서 오시오, 황후. 지금 주원장이 50만 대군을 몰고 대도성으로 몰려온다 합니다."

그러면서 기 황후의 손을 맞잡아 끌었다.

"속히 어가를 안전한 곳으로 옮겨야 하지 않겠소?"

"황상 폐하께서 어찌 이 대도성을 버릴 생각을 하시는 지요?"

"그들은 잔인한 놈들 아니오? 소문에 의하면 몽골인들은 남김없이 모두 죽인다 하더이다. 황제라고 해서 살려주지 않을 거 아니오?"

기 황후는 울컥 치솟는 화를 눌러 참으며 대답했다.

"이럴 때 일수록 마음을 굳게 먹고 신하들과 백성을 다독여야 합니다. 우선 어전회의부터 소집하여 신하들과 대책을 논의해 보세요."

그녀는 연춘각을 나와 곧장 어전으로 향했다. 곧이어 황제 또한 행차했다. 제일 높은 옥좌 위에 황제가 앉았고, 기 황후와 황태자 그리고 둘째 태자 탈고사첩목아(脫古思帖木兒)가 그 바로 밑에 나란히 앉았다. 그 앞으로 여러 문무백관들이 열을 지어 길게 늘어서 있었다. 그들도 주원장의 대군이 대도성 목전에까지 이른 것을 잘 알고 있었다. 저마다 초조한 얼굴로 쑥덕거렸다. 기 황후는 그런 신하들의 동요를 다잡았다.

"무슨 일이 있어도 이곳 대도성을 지켜야 합니다. 모든 대신들은 죽음으로 적들과 맞설 각오를 하세요."

 지추밀원사(知樞密院事) 합라장(哈喇章)이 기 황후의 말에 찬동하고 나섰다.

 "금(金)의 선종(宣宗)이 수도를 남경(南京)으로 옮긴 일을 은감(殷鑑)으로 삼아 원군(援軍)이 올 때까지 수도를 지켜야 합니다."

 하지만 대부분의 신하들은 그와 생각이 달랐다. 얼음같이 차가운 기 황후의 말에 위축되어 아무런 대꾸도 하지 못하다가, 조금씩 낮은 목소리로 불만을 토로했다. 그때 좌승상(左丞相) 실열문(失列門)이 앞으로 나서며 말했다.

 "소신들은 죽음이 두렵지 않사오나 원을 지키기 위해서는 불가피하게 대도성을 버려야 할 줄 아뢰오."

 기 황후가 차가운 표정으로 그를 내려다보았다.

 "대도성은 우리 원제국의 상징입니다. 대도성을 버린다는 것은 곧 우리 원을 버리는 것과 다름없다는 것을 왜 경은 모르시오?"

 "허나 우리의 군사로서는 50만에 달하는 주원장의 대군과 맞설 수가 없사옵니다. 여기서 모두 허무하게 죽기 보다는 차라리 후일을 도모하시는 게……."

 기 황후가 얼른 그 말허리를 끊으며 일어섰다.

 "그 무슨 나약한 소리를 하는 게요. 우리 선조들은 이보다 훨씬 많은 군사들과 맞서 싸워 천하를 제패 하였소이다. 결사항전의 정신만 있으면 충분히 이길 수 있단 말이오."

 "조만간 엄청난 대군이 몰려와 대도성을 겹겹이 에워쌀 것입니다. 그 뒤에는 그만한 수의 군사들이 또 받치고 있다고 합니다. 또한 주양조가 이끄는 1천 척의 배들이 통혜하를 통해 적수담으로 몰려온다고 합니다. 수륙 양편에서 대군으로 협공한다면 우리로서는 막아내기 힘이 드옵니다."

한참을 듣고 있던 황태자도 좌승상의 말을 거들었다.

"황후 마마, 일보 전진을 위한 이보 후퇴란 말도 있지 않습니까? 너무 나쁘게 생각할 것도 없사옵니다. 저희가 대도성을 버리고 패퇴하는 게 아니라 선조들이 원래 있던 초원으로 되돌아가는 것입니다. 거기서 힘을 모아 다시 중원을 내치면 될 것입니다."

일순 대신들이 술렁이며 기다렸다는 듯이 황태자의 말에 찬동하고 나섰다. 황태자는 대신들 보다 훨씬 감성적이면서 논리적으로 기 황후를 설득하고 있었다.

"지금 도성 안에 있는 군사는 모두 5만. 북방의 확곽첩목아와 여러 제장들이 거느리고 있는 군사 또한 족히 몇 십만에 이를 것입니다. 일단 북으로 피신하여 군사를 정비한 후에 다시 대도성을 탈환해도 늦지 않을 것입니다."

대도성을 버리고 도피할 궁리만 하고 있는 황제에게 그런 황태자의 말은 큰 힘이 되었다.

"황태자의 말이 백 번 옳소이다. 우린 대도성을 버리는 것이 아니라 잠시 비워두는 것이오. 주원장의 군사가 도달하기 전에 속히 피난할 채비를 하세요. 모든 군사와 문무 대신들은 북쪽의 중도성으로 옮겨 갈 것이오."

말을 끝내자 혹 다른 의견이 나올 것을 두려워 한 황제가 급히 자리를 떴다. 황제가 물러가자 신하들도 기 황후의 눈치를 살피며 하나둘 자리를 뜨기 시작했다. 그들은 각자 집으로 돌아가 수레와 마차를 준비하여 피난할 준비를 했다. 하지만 기 황후는 그 자리에서 꿈쩍도 하지 않고 굳은 표정으로 서 있었다. 둘째 아들 탈고사첩목아(脫古思帖木兒)가 기 황후에게 다가왔다.

"어마 마마. 속히 떠날 채비를 하셔야 합니다. 한시가 급하옵니다."

묵묵히 듣고 있던 기 황후가 뇌까리듯 말했다.

"공녀로 끌려와 이곳 대도성에 온 것이 35년 전의 일이다. 어찌하여 이곳을 떠날 때도 끌려가듯 떠나야 한단 말인가!"

"잠시 비워두는 것이옵니다. 중도에 피신했다가 그곳에서 확곽첩목아의 군사와 합세하여 다시 대도성을 탈환하면 되는 것입니다. 너무 심려치 마옵소서."

기 황후는 아무 대꾸 없이 발걸음을 옮겼다. 흥성궁에 당도하고 보니 환관과 궁녀들이 피난을 위해 짐을 싼다고 난리였다. 그녀는 흥성궁 앞 작은 연못가를 거닐었다. 그 연못 한편에는 작은 봉분이 두 개 있었다. 바로 최천수와 박불화를 묻어둔 곳이다. 기 황후는 그들의 사체를 수습하여 자신의 뜰 앞에 비밀리에 묻게 했다.

기 황후는 자신을 위해 목숨을 버렸던 두 사람 곁을 차마 떠날 수가 없었다. 그녀가 손짓을 하자 강순용이 미리 준비한 것을 들고 왔다. 초롱꽃을 꿰어놓은 것 같은 궁등(宮燈)이었다. 기 황후는 그 둘의 혼백을 위로하는 황표(黃表)를 사르며 고개를 숙였다.

'어쩌면 다시는 이곳에 돌아오지 못할 수도 있겠구나. 천수오라버니 그리고 영록대부, 나는 정녕 이곳을 떠나고 싶지 않습니다. 하지만…….'

그때 황태자가 달려왔다.

"마마, 속히 피하소서. 주원장의 군사가 50리 밖에 이르렀다 하옵니다."

황태자는 이미 흥성궁 앞에 먼 길을 가기에 적합한 마차를 준비해두고 있었다. 기 황후가 마차에 오르자 환관과 궁녀들이 뒤따랐다. 황태자가 탄 말이 선두에 서고, 그 뒤로 황제와 기 황후가 탄 마차가 뒤를 따랐다. 문무백관들은 그 품계에 따라 열을 지어 걸어갔다. 좌승상(左丞相) 실열문(失列門), 평장정사(平章政事) 장가노(臧家奴), 우승(右丞) 정주(定住), 참지정사(參知政事) 합해(哈海), 한림학사승지(翰林學士承旨) 이백가노(李百家奴), 지추밀원사(知樞密院事) 합자장(哈刺章), 지추밀원사(知樞密院事) 왕굉원(王宏遠) 등 모두 1백여 명의 수행원이 황제의 상도(上都)행에 함께 따라나섰다. 그 양옆으로 군사들이 긴 대열을 이루며 북쪽으로 향했다. 내성을 나와 대도성을 가로질러 가자 수많은 백성들이 길 양쪽에 엎드려 통곡했다.

"폐하, 어찌 저희들을 버리고 가시나이까?"

"끝까지 남아 대도성을 지켜주시옵소서!"

어떤 백성들은 황제의 피난을 가로막기도 했다. 그러자 친위군이 칼을 들어 무리를 헤치고 길을 열었다. 하지만 백성들은 아랑곳하지 않고 더 많이 모여들었다. 구름같이 몰려든 그들은 황제와 기 황후에게 달려들어 마차를 멈추게 했다. 선두에 섰던 황태자가 말머리를 돌려 마차 앞으로 다가왔다.

"우리는 대도성을 버리고 달아나는 게 아니다! 지금은 형세가 어려워 중도(中都)에 잠시 피신을 하지만 훗날 군사를 모아 다시 이곳으로 올 것이다."

 말에서 내린 황태자는 완곡한 어조로 백성들에게 말했다.

 "어찌 우리가 백성들을 버리고 간단 말이냐. 우리를 보내주셔야만 머잖아 군사를 몰아 돌아올 수 있을 것이다."

 그제야 백성들이 하나둘 흩어지며 길을 터주기 시작했다. 장막을 내려 밖을 내다보지 않던 기 황후도 창으로 얼굴을 내밀었다. 대기근 때 자신이 구휼하며 몰려들었던 그 백성들을 다시 보니 감정이 복받쳐 올랐다. 그녀는 얼굴을 붉히며 눈주름을 파르르 떨었다. 어느새 눈에서 눈물이 흘러나와 뺨을 적시고 있었다.

 내 반드시 다시 돌아와 대도성에서 너희를 볼 것이다.

 그녀는 다시 장막을 내리고는 정좌하여 앉았다. 마차는 빠른 속도로 북쪽으로 난 건덕문(建德門)을 향해 달려갔다.

3장

남북조시대
南北朝時代

1370년 기 황후의 장자
　　애유식리달렵(愛猷識理達獵)이
화림성에서 소종 황제로 등극하다

1

 차마 눈 뜨고 볼 수 없는 한 폭의 지옥도가 그려지고 있었다. 누런 흙먼지와 말발굽 소리가 지나가면 여지없이 비명소리가 터져 나왔다. 명의 군사들은 닥치는대로 사람들을 주살했다. 사내들의 몸뚱이는 칼에 잘려 버려졌고, 여인들은 병사들에게 끌려가지 않으려고 발버둥을 쳤다.
 "오랑캐 놈들의 씨를 말려버려라!"
 명의 장수들은 공공연하게 선동하며 병졸들의 방화와 약탈을 부채질했다. 오랫동안 전장에서 지친 병사들은 닥치는대로 집안으로 들어가 물건을 빼앗고 아녀자들을 끌고 나왔다. 조금이라도 반항하면 가차 없이 칼로 내리쳤다. 건물 곳곳에 불을 질러 거대한 화염이 타오르고 시커먼 연기가 대도성 하늘을 뒤덮었다. 더 이상 죽어나갈 사람들도 보이지 않자, 병사들의 저벅거리는 발자국 소리와 건물이 불에 타며 무너지는 소리만이 적막을 채우고 있었다.

려정문을 통해 대도성에 입성한 서달은 군사들을 정비하고 황궁으로 향했다. 그는 성이 높고 단단한 대도성을 탈환하기 위해서는 적잖은 피해를 예상하고 있었다. 그런데 의외로 원의 수도에 무혈 입성하게 된 것이다. 황궁에 들어섰을 때 미처 피신하지 못한 몇몇 대신들과 환관들이 두 손을 들고 투항하며 궁중의 온갖 진귀한 소장품을 내놓을 때는 황당하기까지 했다.

서달은 아직 남아 있는 황족들을 모아 놓고 즉시 궁을 봉쇄했다. 이울러 장수 장환(張煥)에게 3천의 군사를 주어 황궁 곳곳을 엄밀히 감시케 하여 외부와의 출입을 막았다. 그리고는 전령을 보내 주원장의 입성(入城)을 권했다. 주원장은 대도성 밖에서 대기하고 있다가 성의 질서가 완전히 잡힌 후에야 신하들을 거느리고 입궁했다.

주원장은 황금 갑옷에 황금 투구를 벗어들고는 희끗희끗한 귀밑머리를 흩날리며 려정문에 들어섰다. 그는 차례로 부장군 상우춘과 그 휘하 장령들을 접견하고는 성루에 올라섰다. 아래를 굽어보니 성내엔 대규모 병사들이 질서정연하게 정렬해 있을 뿐, 백성들의 모습은 거의 보이지 않았다.

"성안에 어찌 사람들이 이리 없단 말인가?"

"원주(元主)가 북으로 피신할 때 많은 백성들이 그 뒤를 따랐다 하옵니다."

"몽골족들뿐 아니라 한인들도 함께 갔단 말이오?"

"그러하옵니다. 기 황후에 대한 백성들의 신망이 너무 두터워 몽진 길을 따라나선 것 같사옵니다."

주원장은 옅은 한숨을 내쉬며 고개를 주억거렸다.

"비록 우리가 대도성을 장악했다 하나 기 황후를 제거하지 않으면 온전히 천하를 품은 게 아니야."

주원장은 씁쓸한 얼굴로 중얼거리며 성루에서 내려왔다. 그는 서달과 위소 등의 장수들을 대동하고 원나라 황궁을 둘러보았다. 궁중 곳곳의 화려하고 웅장한 전각들을 볼 때마다 그들은 감탄을 금치 못했다. 침궁에는 집채만 한 궁루(宮漏:물시계)가 들어 있었는데, 온통 기이한 보석들로 치장돼 있어 눈이 다 부셨다. 때는 미시(未時) 정각이었다. 그러자 누궤(漏潰)의 양측에서 얼핏 보아 틈새도 보이지 않던 문이 열리며 좌우 양쪽에서 금갑신(金甲神)이 나와 종을 쳐 시간을 알렸다. 뒤이어 감쪽같이 문이 닫히며 금갑신들이 물러가고 그 자리에 사자와 봉황이 두 줄로 나타나더니 신명나게 춤을 추기 시작했다.

"역시 원의 과학기술은 대단하구나!"

주원장은 비록 적국이지만 그 신기한 과학 기술에 진심으로 감탄했다. 실크로드를 통해 본격적으로 동서양의 문화가 만났고, 그 결과물들이 만들어낸 정교하고 화려한 문물들은 도처에서 발견되었다.

침궁을 지나 황제가 머물던 연춘각에 들어서자 시립해 있던 명나라 군사들이 크게 연호를 외쳤고, 큰길 양측엔 환관들이 무릎 꿇은 가운데 붉은 비단이 멀리 심궁까지 깔려 있었다. 그 붉은 비단길을 걸어가던 주원장이 문득 걸음을 멈추었다. 고개를 돌려 길 양편에 꿇어앉은 환관들을 보니 모두 변발(辮髮)을 높이 틀어 올리고 모자를 깊숙이 눌러쓰고 있었다. 또한 가랑이가 쭈글쭈글하게 주름잡힌 바지에 소매가 좁은 의복차림이었다. 완전한 원나라의 복식이었다. 주원장은 미간을 찌푸리며 크게 소리쳤다.

"속히 원나라 복식을 폐지하고 한실 전통의 옷을 입게 하라!"

대도성에 입성한 주원장은 원나라의 흔적을 철저히 없애기 시작했다. 우선 대도성을 북평성(北平城)으로 개명했고, 화려하고 장엄한 건물들은 불을 지르거나 파괴시켜 그 흔적을 지웠다. 거대한 호수와 연못도 흙으로 메워 과거의 아름답던 자취를 없애버렸다. 바다로 통하는 내륙 항구인 적수담도 원나라 군이 다시 침입할 수 있다는 이유로 메워버렸다. 이는 세계로 뻗어 있는 바닷길을 끊어 놓은 것이나 다름없었다. 이후 명나라는 철저한 쇄국정책을 펼쳤다.

주원장의 명나라는 밝은 명(明)자를 앞세운 나라였지만 실제로는 어둠의 나라라고 해야 맞을 것이다. 지역적으로 동양과 서양은 각기 독특한 문화와 과학문명을 발전시키며 비슷하게 성장과 발전을 이루며 상호 교류하는 체제였다. 그러나 주원장이 중원을 장악하며 쇄국정책을 펼치게 되면서 세계사의 주도권은 서양으로 넘어가게 된다. 대륙을 횡단하며 천하를 호령했던 원나라가 그 지배 영역을 북으로 옮겨가면서 세계의 중심도 서양으로 옮겨간 것이다.

대도성의 치안도 조금씩 안정되어 갔다. 주원장은 대전(大殿)에서 문무대신들과 북으로 피신하지 않고 남아 있던 원나라 항신(降臣)들의 조배(朝拜)를 받은 뒤 유공자를 포상함과 동시에 연회를 베풀어 승리의 축배를 들었다.

북벌에 참여했던 장수들을 위무하기 위해 성대한 연회가 열렸다. 황궁에는 미처 피난을 떠나지 못한 3천의 궁녀와 온갖 진귀한 보배가 가득했다. 주원장은 그 궁녀들 중에서 미모가 뛰어난 이들을 뽑아 대령시켰다.

 "원나라의 궁녀들이 십육천마무(十六天魔舞)를 기막히게 잘 춘다는 말을 다들 들었을 것이오. 내 경들을 위해 준비해 두라 일렀으니 맘껏 감상하시오."

 주원장이 손짓을 하자 풍악이 울렸다. 저녁 무렵의 호수 같은 잔잔한 음악이 연무(緣務)처럼 깔리며 배꽃처럼 흰 얼굴에 버들잎 같은 허리를 가진 무희(舞姬)들이 음악에 맞춰 춤을 추기 시작했다. 그들 무희는 누구라 할 것 없이 모두 절세미인들이었다. 잠자리 날개 같은 채색비단에 감긴 몸은 인어처럼 매혹적이었고, 때론 숨죽이며 발을 내딛고 때론 요염하게 뒷걸음치는 자태가 연꽃의 아름다움에 비할 바 아니었다. 태연한 표정이던 주원장도 어느 순간부터는 체면을 생각하지 않고 발로 까닥까닥 박자까지 맞춰가며 연신 신음 같은 찬탄을 흘렸다.

 춤을 끝낸 무희들이 술상 앞으로 다가와 몸을 낮추고 살포시 예를 갖추었다. 그중 유독 돋보이는 청아한 얼굴의 무희가 다소곳한 걸음으로 주원장에게 다가와 술을 따랐다. 술잔을 든 주원장의 가슴이 거칠게 뛰었다. 무희의 몸에서 풍기는 체향을 맡자 술을 마시기도 전에 취기가 먼저 올라오는 듯했다. 무희들은 까르르 웃어댔고 주원장도 호탕하게 웃으며 연신 잔을 비웠다. 한동안 술을 마시던 주원장이 문득 술잔을 내려놓고 한쪽을 쳐다보았다.

 무희 하나가 술상 앞으로 오지 않고 구석에 가만히 꿇어 엎드려 있는 게 아닌가? 무릎을 꿇고 엎드린 무희는 청사장발(靑絲長髮)이 얼굴을 가려 더욱 신비스럽게 보였다. 사과처럼 붉은 그녀의 볼은 탱탱했고, 몸매는 바람에 흔들리는 수양버들 같았다. 주원장이 다가가 일어나라고 명했으나, 무희는 감히 고개를 들고 주원장을 쳐다볼 엄두를 내지 못했다.

"고개를 들어 보아라!"

하지만 그녀는 여전히 고개를 숙인 채 얼굴을 붉힐 뿐이었다. 주원장은 그런 모습이 오히려 순수하고 풋풋해 보였다. 몸을 숙이고 있는 사이로 궁녀의 봉긋하게 솟은 가슴이 주원장의 음심을 자극하고 있었다. 주원장이 다가가 몸을 숙이고 손끝으로 그녀의 얼굴을 들어올렸다. 그때였다. 무희의 눈빛이 얼음처럼 차갑게 변하더니 한쪽 손이 잽싸게 품속으로 들어갔다.

모든 것이 순식간이었다. 무희가 품속에서 시퍼런 비수를 빼들고 주원장에게 달려드는 것과 이를 유심히 보고 있던 서달이 몸을 날린 것은 거의 동시에 일어났다. 서달이 무희의 허리를 끌어안고 힘껏 옆으로 던졌으나 이미 늦은 뒤였다. 무희의 손에 든 비수는 어느새 주원장의 어깨에 깊게 파고들고 있었다. 하지만 서달의 재빠른 몸놀림은 무희가 주원장의 심장을 겨냥하고 찌른 비수를 빗나가게 했다.

"으악!"

주원장은 손으로 어깨를 감싸며 몇 걸음 비틀거리더니 푹 쓰러졌다. 그 틈을 노리고 옆으로 내동댕이쳐져 있던 무희가 다시 달려들었다. 하지만 그때는 서달뿐 아니라 다른 장수들이 달려온 뒤였다. 무희는 서달의 우악스런 팔에 잡혀 그 자리에서 맥없이 쓰러졌다. 서달은 발을 들어 쓰러진 무희의 가녀린 목을 그대로 눌러버렸다.

"허억-"

무희는 비명을 내지르며 온몸을 부르르 떨었다. 주원장은 피가 홍건한 어깨를 감싸며 일어섰다.

"저년을 가까이 데려 오라!"

무희는 입술과 이마에서 피를 흘리며 서달의 손에 질질 끌려왔다. 하지만 주원장 앞에 끌려와서는 오히려 눈을 부릅뜨고 좌중을 노려보았다.

"처음부터 작정하고 짐을 해하려 했던 게냐?"

"그렇다. 미천한 탁발승 놈이 감히 우리 황궁을 더럽히는 걸 두고 볼 수 없었다."

서달이 얼굴을 붉히며 발길질을 하려는 것을 주원장이 제지하며 다시 물었다.

"어디 출신이냐?"

"나는 고려 사람이다."

"고려라면 기 황후의 나라가 아니더냐? 기 황후가 시켰던 것이냐?"

"아니다. 네놈을 죽이려고 내 스스로 대도성에 남은 것이다. 황후 마마를 대신해 너를 죽이지 못한 게 분할 따름이다. 어서 나를 죽여라."

주원장 뒤에 시립해 있던 상우춘이 내뱉듯이 중얼거렸다.

"고려인들이 지독하다더니, 과연 듣던 대로구나. 뻔히 죽을 줄 알면서 이런 짓을 하다니……."

주원장이 핏발 선 눈을 치뜨며 명했다.

"여봐라, 어서 저년을 끌고 가 목을 베어 저잣거리에 걸어놓도록 하라."

어깨의 통증 때문에 주원장이 비틀거렸다. 여러 신하들이 다가와 부축하여 그를 옥좌에 앉혔다. 그때 부장군 탕화(湯和)가 붉은 얼굴로 뛰어 들어왔다.

"폐하, 큰일났사옵니다."

갑옷을 입고 뛰어온 그의 느닷없는 출현에 웅성거리던 사람들의 말소리가 일시에 걷혔다. 주원장이 어깨를 감싼 채 물었다.

"무슨 일이기에 그리 호들갑인가?"

탕화는 가쁜 호흡을 채 다스리지 못해 헉헉거렸다.

"그게 저, 저……."

2

지평선 끝으로 초원이 아득히 펼쳐져 있었다. 바람이 불 때마다 앞을 분간할 수 없을 정도로 뿌연 모래먼지가 날렸다. 군데군데 자라난 키 작은 나무가 바람에 몹시 흔들렸고, 서편으로 붉은 노을이 지면서 주위의 초원 지대를 온통 핏빛으로 물들이고 있었다. 붉게 물든 초원 한가운데에는 넓은 개천이 흐르고 있었다. 물길은 성 앞까지 뻗어 흐르다가 성벽에 이르러서는 두 줄기로 갈라져 초원 저편으로 흘러갔다. 강둑에 금련화가 많이 피어 있다 해서 부쳐진 이 금련천은 거대한 성을 안고 흘렀고, 성벽을 휘감은 물길은 저절로 사람들의 발길을 막아주는 역할을 하기도 했다.

상도성(上都城). 원나라 황제의 여름 휴양지로 최근까지 활용되었지만, 이곳 상도성은 과거 세조 쿠빌라이가 천하를 제패하기 위한 발판으로 건립하였다. 지리적으로 대도성 위쪽에 있다 해서 이름 지어진 상도성은 그 규모와 웅장함에 있어 결코 대도성에 뒤지지 않았다.

상도성은 황제가 거처하는 내궁을 중심에 두고 높고 단단한 사각의 성벽이 세 겹으로 둘러싸여 철옹성을 방불케 했다. 남쪽에서 궁궐로 들어가는 제일 안쪽에 어천문이 있고, 그 바깥을 다시 사각으로 둘러싼 성벽에는 각 방향에 따라 동서남북 네 개의 문이 자리하고 있었다. 그 각각의 성문과 성벽 위에는 갑옷을 입고 창칼을 든 병사들이 삼엄하게 경계를 서고 있었다.

대도성을 점령한 주원장이 다시 군사를 정비하여 상도성을 노릴 것은 자명한 일이었다. 높은 성벽에 군사들이 방비를 하고 있다지만 주원장의 수십만 대군을 상대하기엔 쉽지 않은 일이었다. 그나마 기 황후에게 한 가지 위안이 있다면 이곳은 허허벌판 초원지대라는 점이다. 말을 타고 초원에서부터 힘을 길렀던 몽골인들의 전술을 최대한 활용할 수 있다. 그동안 주원장의 명군이 승리를 해왔던 산과 계곡, 강을 사이에 두고 벌이던 전투방식과는 근본적으로 다른 전쟁이 벌어지리라. 문제는 주원장이 거느린 군세였다.

황태자는 주원장과 맞서기 위해 변방을 돌며 군사를 모으고 있었다. 몇 백의 호위 기병만 거느리고 성을 나선 것이 벌써 보름 전이다. 기 황후는 둘째 아들 탈고사첩목아(脫古思帖木兒)의 손을 꼭 잡고 성벽 위에 올라서 해가 지는 초원을 바라보았다. 북쪽 끝에서 말을 타고 달려오고 있을 황태자를 기다리고 있는 것이다. 적에게 쫓기는 상황에서 그녀가 의지할 것은 확곽첩목아와 황태자의 군사였다. 그녀는 둘째 태자를 내려다보며 가늘게 중얼거렸다.

"우리 황태자가 반드시 대도성을 탈환할 군사를 모아 올 것이야."

하늘의 노을이 점차 어둠에 숨어들고 땅거미가 내려올 때까지도 북쪽 초원에서는 말발굽소리가 들려오지 않았다. 기 황후는 초원이 어둠에 완전히 잠겨 더는 앞이 보이지 않을 때에야 긴 한숨을 내쉬며 성벽에서 내려왔다.

기 황후가 편전에 들어서자 황제는 보료 위에 비스듬히 앉아 멍한 눈으로 그녀를 맞이했다. 대도성을 버리고 떠나오면서부터 황제의 몸과 마음이 급격히 약해졌다. 식은땀을 자주 흘렸고 초조한 표정으로 주위를 둘러보곤 했다. 황제는 언제 주원장의 군대가 쳐들어올지 몰라 늘 불안에 떨었다. 그런 황제이다 보니 근래에는 의학과 도술에 지극한 관심을 보이고 있었다.

황제는 쓰디쓴 약초와 백단향 속에서 하루의 대부분을 보냈다. 약초상과 술사(術士)들을 궁으로 불러들여 그것들을 수집했고, 연금술과 불멸의 묘약에 대한 편집증적인 관심을 보이기도 했다. 하지만 그것은 황제의 심신을 더욱 병들게 하고 있었다. 황제가 연일 의원들을 재촉해서 구해 오라고 이른 핏빛 진사(辰砂)를 복용한 적이 있었는데, 그것은 병을 치료하기는커녕 그의 기질마저 변화시키고 있었다. 비몽사몽 중에 흥분에 들떠 웃음을 흘리기도 했으며, 자주 몽상에 빠져 몸을 가누지 못할 때도 많았다. 결국 황제는 과로와 탈진이 겹치며 혼절하는 일도 잦았다. 때문에 상도성에 정착한 이후 조정의 모든 일은 기 황후의 손에 의해 처리되었다.

기 황후는 책력에 따라 신하들의 알현을 받기 위해 깜깜한 새벽에 일어났고, 상소와 각종 보고서를 처결하느라 오전 시간을 다 보내곤

했다. 오후에는 성벽에 올라가 군사들의 훈련 상황을 점검하고 성 주변의 군사배치와 경계태세를 살폈다.

그녀는 어전회의를 주재하기도 했다. 황제가 병이 나면서 한동안 황태자가 주재했지만, 지금 황태자는 군사를 모으기 위해 북방을 돌고 있었다. 신하들은 어전회의 때마다 대도성을 버리고 온 것을 두고 절망하고 탄식했다.

하지만 기 황후는 상도성을 기반으로 다시 일어설 생각이었다. 1백 년 전, 세조 쿠빌라이는 이곳 초원에 성을 건설하고 이를 발판으로 중원을 점령한 후 대도성을 축성했다. 그녀는 그것을 거울삼아 새롭게 시작하리라 마음을 다잡았다. 북방에 흩어져 있는 군사를 모으고 치밀한 작전을 짜면 대도성을 다시 탈환할 수도 있다. 문제는 북방으로 달려간 황태자가 얼마나 많은 군사를 모아오느냐 였다.

편전으로 들어선 그녀는 문무백관들을 어전에 소집했다. 군사를 모아 대도성을 탈환할 계획을 세우려 했지만 신하들은 먼저 반대부터 하고 나섰다. 한림학사승지(翰林學士承旨) 이백가노(李百家奴)가 크게 소리를 높였다.

"황후 마마, 상도성과 대도성은 지척의 거리옵니다. 속히 이곳 중도성을 떠나 안전한 응창(應昌)으로 피신해야 하옵니다."

평장정사(平章政事) 장가노(臧家奴)도 뜻을 같이 했다.

"그렇사옵니다. 전세가 크게 오른 주원장이 조만간 대군을 이끌고 오면 피신할 기회도 잃게 될 것이 분명합니다."

싸우기도 전에 도망갈 생각부터 하는 나약한 신하들의 말이 더는 듣기가 싫어 기 황후는 언성을 높였다.

"지금 대체 무슨 소리를 하는 게요? 오늘 이 자리는 피신을 논하자는 게 아니고 어떻게 대도성을 탈환할 것인가를 논하는 자리임을 경들은 정녕 모른단 말이요?"

"하오나 저들은 엄청난 대군을 거느리고 있사옵니다."

"우리 조상들은 어디 군사의 수가 많아서 대도성을 점령하고 천하를 호령한 줄 아시오? 용맹한 군사들의 사기와 치밀한 작전만 짜게 되면 능히 이길 수 있소이다. 그리고 또한……."

기 황후는 날카로운 눈으로 신하들을 한 명씩 쏘아보며 말을 이어갔다.

"대도성이 점령당한 지 반년이 지나지 않았소이까? 그리고도 쉽게 이곳 중도성을 치지 못하는 것은 그만큼 저들도 우리를 두려워하고 있다는 증거가 될 것이오."

그녀는 싸울 의사가 없는 신하들을 독려하느라 호통을 치고 달래느라 진땀을 흘렸다. 그때 강순용이 급히 달려왔다.

"황후 마마, 황태자 전하께서 돌아오셨습니다."

"그래?"

기 황후가 자리에서 일어나 어전을 나서려는데 황태자가 들어섰다. 황태자는 무릎을 꿇어 예를 갖추고는 일어나며 기 황후를 바라보았다. 오랫동안 북방의 내달렸을 그의 얼굴은 거칠고 야위었다. 하지만 흙먼지를 잔뜩 뒤집어쓰고 서 있는 그의 눈만은 형형한 빛을 발하고 있어 존귀한 자로써의 위엄이 절로 느껴졌다.

"오랫동안 고생이 많았습니다. 그래 갔던 일은 어찌 되었습니까?"

"소인 확곽첩목아를 만났사옵니다."

"그 고약한 배신자를 만났단 말입니까? 그자는 왜 변경을 방어해야 할 막중한 임무를 저버리고 후퇴를 했답니까? 왜 대도성을 하루아침에 위험에 빠트렸다고 합니까?"

"그도 변경에서 후퇴하여 달아났던 일을 반성하고 있었습니다. 하오나 상황이 너무 나빴다고 하옵니다. 거기서 맞서 싸우다가는 군사를 모두 잃을 것 같아서 할 수 없이 퇴각한 듯합니다. 전후 얘기를 듣고 보니 소인도 그의 판단이 현명하다고 믿고 있습니다. 다행히도 그는 군사를 크게 잃지 않고 보존하고 있었사옵니다."

"그가 아직 군사를 그대로 거느리고 있더란 말입니까?"

"확곽첩목아는 기존의 군사 10만에 북방을 떠돌며 모은 10만의 군사까지 규합해서 현재는 20만의 대군을 거느리고 있습니다."

"20만이라?"

문득 기 황후의 얼굴이 밝아졌다. 20만이면 주원장의 군사에 비해서는 적은 수이지만 치밀하게 계책을 짜고 전쟁을 효과적으로 벌인다면 능히 승세를 잡을 수 있을 것이다.

"확곽첩목아에게 전령을 보내도록 하세요. 즉시 남하하여 대도성을 수복하는 영광을 맨 먼저 누리라 하세요."

확곽첩목아는 20만의 대군을 이끌고 안문관(雁門關)을 나와 대도성으로 향했다. 그는 이번 기회에 기 황후로부터 사면을 받을 수 있었다. 대도성을 적에게 내준 데에는 확곽첩목아의 잘못이 컸다. 그가 황하강 쪽에서 후방에 아무런 대책도 세우지 못하고 후퇴를 했기 때문에 대도성까지 가는 길이 단숨에 뚫려버린 것이다. 하지만 기 황후는 확곽첩목아의 죄를 더 이상 묻지 않았다. 그때 만약 주원장의 명군과 싸워 군사를 모두 잃었다면 다시 일어날 기회조차 없었을 것이다. 확곽첩목아는 죽기를 맹세하고 군사를 이끌고 남진했다.

확곽첩목아가 대군을 거느리고 내려온다는 소식에 대도성은 벌집을 쑤신 듯 난리가 났다. 도성을 점령한 지 이제 6개월 남짓. 현재 성에는 원의 대군을 막을만한 병력이 없었다. 주원장은 대도성에 소수의 수비 병력만을 남겨두고 대부분의 군사들을 변방으로 보내 놓고 있었다. 변방은 여전히 원의 세력 범위에 들어 있었다. 변방 각 진영에는 수천에서 수만에 이르는 병력들이 주둔하고 있어 주원장에게는 골칫거리였다. 주원장이 상도성으로 진격을 미룬 것도 변방을 완전히 정리해서 후환을 남기지 않겠다는 전략에 따른 것이었다.

서달은 택주(澤州)에서 원군과 한참 접전을 벌이고 있었고, 곽영(郭嶸)과 조영(祚榮)은 진정(眞定)에 진채를 세우고 탐색전을 벌이고 있었다. 만약 그들을 그대로 불러들인다면 대도성을 칠 때도 엎드려 있던 변방의 장수들이 뒤를 치고 나올지도 몰랐다. 게다가 시간도 촉박했다.

주원장은 낯빛이 새파랗게 질린 채 신하들을 불러 모았다.

"만일 대도성을 빼앗기게 되면 이제 기틀이 막 세워지고 있는 명나라 전체가 흔들리게 되오. 무슨 대책을 세워 보시오."

"서달 장군이 택주에서 군사를 몰아오기엔 너무 시각이 급박하옵니다. 대도성에 다다르기 전에 확곽첩목아가 먼저 내려올 것입니다."

"곽영과 조영 장군을 부르는 것은 어떻소이까?"

"그곳 또한 여기서 거리가 너무 멀어 군사를 돌리기엔 시간이 너무 촉박하옵니다."

주원장은 주먹을 꽉 쥔 채 보좌의 팔걸이를 강하게 내리쳤다. 그의 붉은 얼굴은 땀 같은 점액질로 번들거렸고, 두 눈은 핏발이 서 있었다. 여태 턱을 매만지며 한쪽에 물러나 있던 유기가 천천히 다가왔다. 그는 정중히 고개를 숙이며 하나의 계책을 내놓았다.

"확곽첩목아가 대도성에 내려오기 전에 서달을 시켜 태원을 치게 하는 게 어떻습니까? 태원은 그의 본거지이기 때문에 그곳이 점령되는 걸 가만 보고만 있진 않을 겁니다. 태원은 서달 장군이 있는 택주와도 거리가 가까워 하루면 그곳에 이를 수 있습니다."

"만약 태원을 내버려두고 바로 대도성으로 오면 어떡할 것이오?"

"요란하게 우리의 작전을 그들에게 알려야 합니다. 태원 뿐만 아니라 주위의 모든 성을 점령할 것이라 소문을 퍼뜨리면 어쩔 수 없이 태원으로 달려갈 것입니다. 자신의 근거지가 함락되는 것을 그대로 바라보진 않을 겁니다."

주원장이 고개를 끄덕이며 탕화(湯和)에게 명했다.

"그대는 속히 이 계책을 서달에게 전달하도록 하시오. 일이 매우 막중하니, 그대가 직접 서달을 찾아 내 뜻을 전하고 당분간 그와 행동을 함께 하시오."

"존명 받들겠나이다."

탕화는 가장 날랜 말 한 필을 골라 자신이 직접 올라탔다. 그리고는 서달이 있는 택주(澤州)로 급히 달려갔다. 이틀을 쉬지 않고 달려가 택주에 도착한 그는 주원장의 명을 그대로 전했다. 하지만 서달은 자신이 없었다.

"과연 태원을 쳐서 점령할 수 있겠소?"

"우리의 목표는 태원을 점령하는 게 아니오. 대도성으로 향하는 확곽첩목아 군대의 방향을 돌리는 게 급합니다. 우선 급한 불부터 끄고 후일을 도모하시지요."

서달은 고개를 끄덕이며 즉시 택주에서 벗어났다. 군사를 움직이기 전에 미리 명의 대군이 태원을 점령할 것이라는 소문을 퍼뜨렸다. 택주는 태원과 그리 멀지 않은 거리여서 하루 만에 목적지에 도달할 수 있었다. 서달은 즉시 군사를 정비하여 성을 완전히 포위했다. 성을 지키고 있는 장수는 하종철(賀宗哲)이었다. 그는 서달의 군이 아무리 싸움을 걸어와도 응하지 않고 굳게 문을 닫아 걸고 장기전에 들어갔다. 태원성을 포위한 지 일주일이 지나자 이 소식을 들은 확곽첩목아가 군사를 이끌고 달려왔다. 서달은 쾌재를 불렀다.

"우선 대도성으로 향하던 군사를 이쪽으로 돌리는 데에는 성공했다."

하지만 그들과 맞서 싸우기엔 군사가 턱없이 부족했다. 더구나 앞쪽에는 태원성의 하종철이 버티고 있지 않은가? 뒤쪽으로는 확곽첩목아가 대군을 몰고 달려오고 있으니 앞뒤로 갇힌 형국이었다.

서달은 탕화에게 계속 태원성을 포위하라 일러놓고 자신은 군사를 이끌고 확곽첩목아의 군영으로 달려갔다. 그들은 낮에는 쉬고 밤에만 행군하여 은밀히 움직였다. 고원 산골짜기에는 모래바람이 채찍으로 후려치듯 매섭게 불어왔다. 그들은 외투를 벗어 얼굴에 뒤집어쓰고 힘겹게 행군해갔다. 산을 벗어났을 때 마침내 평지가 나오며 확곽첩목아의 군사들을 만날 수 있었다. 거기에는 확곽첩목아의 선두 부대가 숙영(宿營)을 위해 군막을 쳐놓고 있었다.

높은 곳에서 보니 원군의 병영에서 등불이 하나씩 꺼져가고 있었다. 대군의 위세를 믿고 있어선지 경비는 그리 삼엄해 보이지 않았다. 서달은 군사 5백을 불러 원군의 갑옷과 군복으로 갈아입도록 했다. 대도성을 점령하면서 확보해둔 적병의 복장으로 위장을 한후 기동대를 보내 적진을 교란시킬 계획이었다.

"너희는 신호를 보내면 안에서 호응하여 원군을 무찔러야 한다. 오른쪽 팔목에 두른 흰 띠로 너희를 구분할 것이다."

그들은 어둠을 더듬어 소리 없이 산 밑으로 내려갔다. 이윽고 삼경(三更)을 알리는 딱따기 소리가 울리자 매복하고 있던 5백의 명군이 총포를 울리며 원군의 진영으로 돌격해 들어갔다. 그와 동시에 나머지 서달의 군사가 일시에 함성을 내지르며 달려들었다. 무서운 기세로 돌진해가며 방화와 살인을 일삼으니 병영에서 코를 골고 잠들어 있던 원군들은 무더기로 타죽거나 창칼에 목숨을 잃었다. 영문을 모르고 허겁지겁 뛰쳐나온 자들도 복장을 위장한 명군에 의해 목숨을 잃었다.

그 혼란을 틈타 5백의 명군이 중군 군막으로 들이닥쳤다. 저항하는 적들을 낫질하듯 쓸어 눕히고 뛰어 들었지만 군막 어디에서도 확곽첩목아의 모습은 보이지 않았다. 그는 벌써 눈치를 채고 도주한 것 같았다. 서달은 주위를 둘러보며 소리쳤다.

"멀리 가지 못했을 것이다. 반드시 확곽첩목아를 생포하라!"

서달은 군사들을 이끌고 칠흑 같은 어둠 속을 질주하며 한동안 원군 복색을 한 '흰띠'들과 함께 방화와 살인을 계속했다. 십리 길에 걸쳐 이어진 원군의 병영에서 모두 불기둥이 치솟았다.

불에 휩싸인 군영에서 간신히 탈출한 확곽첩목아와 그의 기병대는 어둠을 은폐 삼아 풀숲에 몸을 숨겼다. 그는 주먹으로 가슴을 치며 한

탄했다. 대도성을 코앞에 두고 이런 어이없는 패배를 당했으니 어찌 통탄하지 않겠는가? 일전을 치르기도 전에 서달의 간계에 속아 군사들 태반을 잃었으니 그는 눈앞이 캄캄했다. 그때 멀리서 한 떼의 인마가 바람을 가르며 그를 향해 질주해왔다.

나의 삶도 여기서 끝이란 말인가!

확곽첩목아는 어둠을 노려보며 칼을 빼들었다.

3

가도 가도 끝없이 펼쳐진 건 모래 사막과 초원지대였다. 아직 초여름인데도 따가운 햇살이 화살을 쏘듯 쏟아져 내리며 눈을 찔렀다. 주위 어디를 둘러보아도 나무나 구릉은 보이지 않고 얕은 잡목이 펼쳐진 초원과 사막만이 지평선까지 뻗어 있었다. 오랫동안 비가 내리지 않아 대지는 타들어갈 듯 말라 있었고, 조금만 움직여도 먼지가 풀풀 일었다. 마차가 나아가면서 앞을 분간할 수 없을 정도로 누런 먼지가 가득 일어 기 황후는 코와 입을 가린 소매적삼을 뗄 수 없었다. 어느새 입안으로 미세한 모래먼지가 들어왔는지 목이 칼칼하게 말라붙는 듯했다.

그녀는 장막을 살짝 열고는 밖을 살폈다. 뜨거운 열기가 몰려와 밀폐된 실내가 후끈 달아올랐다. 고개를 옆으로 돌려보니 긴 행렬이 움직이는 게 보였다. 긴 행렬이라지만 대도성을 떠나 중도를 향할 때와는 비교할 수 없을 정도로 초라한 규모였다. 그때는 많은 군사와 수천 명의 문무백관과 환관, 궁녀들의 호위 속에 떠났던 길이었다. 하지만

지금 남아 있는 군사는 몇 천에 불과한데다, 급히 중도성을 빠져나오
느라 데려오지 못한 신하와 궁인들도 헤아릴 수 없이 많았다.

확곽첩목아가 자신의 근거지인 태원에서 대패했다는 소식을 접한
것이 바로 어제였다. 대도성을 향해 내려가다 태원이 위험하다는 소
식을 듣고 구하러 가다가 기습을 당해 전멸을 당했다는 충격적인 소
식이었다. 믿을 수 없었다. 20만 대군 중 살아남은 군사가 불과 몇 천
이라니, 게다가 수장 확곽첩목아의 생사도 알 수 없다고 했다. 그 소
식을 접한 기 황후는 그 즉시 중도성을 버리기로 했다. 주원장이 겁을
내고 있던 변방의 가장 큰 세력인 확곽첩목아의 군대가 괴멸 당했으
니, 더는 중도성에 집착할 수도 없었다.

기 황후는 고심 끝에 응창(應昌) 행을 결정했다. 응창으로 간다고
해서 안심이 되는 건 아니었다. 다만 응창은 중도성에서 지리적으로
멀리 떨어져 있었고, 초원과 사막을 횡단해야 했다. 적들이 도달하기
전에 속히 군사를 모아 방비책을 세워야 했다. 그녀는 전령을 사방으
로 보내 군사를 모으게 했다.

마차에 앉아 북으로 향하는 동안 기 황후는 지나온 날들을 되돌아보
았다. 아들을 황제에 옹립하기 위해 전력하는 동안 상대적으로 남쪽에
대한 방비를 게을리 했던 게 이제 와서는 뼈아프게 후회스러웠다.

그때 소란이 일며 마차가 멎었다. 기 황후는 장막을 걷으며 따르는
궁녀에게 물었다.

"무슨 일이냐?"

궁녀는 깊이 고개를 숙일 뿐 대답하지 못했다. 멀리서 땀을 흘리며
강순용이 달려와서 고했다.

"폐하께서, 황상 폐하께옵서……."

기 황후는 마차에서 내려 앞으로 달려갔다. 황제가 타고 있는 마차를 열어보니 지치고 야윈 모습의 황제가 옆으로 몸을 기댄 채 신음하고 있었다. 그는 기 황후를 보고는 탁한 소리로 겨우 입을 열었다.

"더 이상, 더 이상…… 갈 수가 없구려. 너무 어지럽고…… 숨이 가쁘구려."

기 황후가 다가가 황제의 손을 잡았다.

"조금만 참으소서, 폐하."

"잠시만 쉬었다 갑시다. 이틀을 내리 마차만 탔더니 너무 힘들구려."

기 황후는 그런 황제의 병세가 안타까웠지만, 부러 목소리를 높였다.

"움직이셔야 합니다. 중도성을 점령한 주원장이 턱밑까지 쫓아오고 있사옵니다."

그리고는 문을 닫고는 출발하라고 명을 내렸다. 행렬이 다시 움직이자 기 황후는 땀에 젖어 누워 있는 황제의 모습을 떠올리며 가슴을 쓸어내렸다.

중도를 떠난 지 이레가 되어서야 응창에 도달할 수 있었다. 응창은 굉길자족의 여름 수도로서 과거에는 번영을 누렸던 도시였다. 하지만 경제와 정치의 중심이 상도성과 대도성으로 옮겨가며 점차 퇴락하더니 지금은 작고 초라한 일개 고을로 전락했다. 황제의 피난 행렬이 도착했지만 그동안 궁궐을 돌보지 않아서 바로 들어갈 수도 없었다. 그날은 민가에서 하루를 유숙하고 다음날에야 낡은 궁으로 들어갔다.

궁궐이라지만 예전의 소수민족인 굉길자족을 위한 것이니 대도성과 중도성에 비해서는 더없이 초라했다. 더구나 오랫동안 관리되지 않아 사람이 기거하기 힘들 정도였다. 성벽 곳곳이 무너지고 문짝이 떨어져 있는 곳이 허다했다. 정원은 잡풀이 무성했고, 호수와 연못은 반쯤 흙으로 메워져 늪을 이루고 있었다.

　황제는 침전에 들자마자 오랜 여독과 병세가 더해져 그만 몸져눕고 말았다. 며칠이 지나자 그의 몸은 너무 야위어 뼈가 앙상할 정도였고, 격심한 어지럼증과 두통 때문에 침상에서 일어나지 못했다. 한 무리의 어의들이 몰려들어 진맥을 하고 침을 놓고 시약을 했지만 좀체 차도를 보이지 않았다. 날이 갈수록 황제는 더욱 야위어 갔으며 설사와 구토가 심해 어느 날부터는 음식을 아예 거부했다. 기 황후는 소란만 떨고 병세를 더욱 악화시키는 어의들을 모두 쫓아버렸다. 그녀의 침대와 서탁을 황제의 침전으로 가져오게 하여 같이 머무르며 황제의 수발을 친히 들었다.

　기 황후의 극진한 보살핌 때문인지, 황제의 병세가 차도를 보이기 시작했다. 기 황후는 숟가락으로 죽을 떠서 가죽만 남은 황제의 몸을 안고 입에 넣어주었다. 어린 아이처럼 작고 연약해진 황제는 기 황후의 품에 안겨 죽을 받아먹었다. 그 모습을 보며 그녀는 뜨거운 눈물이 앞을 가려 눈을 감아야 했다. 애증의 세월을 건너며 근 40년 동안을 함께 지내온 남편이었다. 한때는 오직 자신만을 총애하며 다나실리 황후와 백안을 함께 물리쳤던 정치적 동지였지만, 계급무계궁의 환락에 빠져들며 태황 태후 쪽으로 기울어지면서부터 두 사람 사이도 서서히 갈라졌다. 그랬던 것이 황태자에 대한 황제 양위를 놓고 극단적으로 대립하기도 했다. 황제는 기 황후를 증오하기에 이르렀고, 그녀를 제거하고 다른 사람을 황후로 내세우려고 하기까지 했다.

주원장의 명군이 대도성을 점령하고 상도와 응창으로 잇따라 도피하면서 황제에 대한 연민의 정이 생기기 시작했다. 한때 천하를 호령하며 열국의 백성에게 숭배를 받았던 황제가 지금은 죽 한 사발도 제 힘으로 못 먹는 참담한 처지에 이르렀다. 황제의 병든 모습은 무너진 제국의 쓸쓸한 얼굴이었고, 그것은 기 황후 자신의 모습이기도 했다.
　황제는 하얗게 말라붙은 입술을 겨우 움직여 말했다.
　"나도 이제 살 날이 얼마 남지 않은 것 같소이다. 이렇게 먼 곳까지 피난하여 초라하게 죽는 것이 안타까울 따름이오."
　낮고 메마른 황제의 음성에는 자조가 짙게 깔려 있었다.
　"폐하, 어찌 그리 나약한 말씀을 하시는 겝니까? 속히 일어나시어 대도성을 탈환하시고 다시 천하의 중심에 우뚝 서야지요."
　황제는 힘겹게 머리를 내저으며 말을 이었다.
　"짐은 천하를 품기에는 그릇이 너무 작았소."
　그러면서 기 황후를 올려다보았다.
　"그대가 남자로 태어나 이 자리에 앉았다면…… 그리했다면 이 나라는, 더욱 튼튼히 섰을 게요. 황후가 진작 요구했던 것처럼 황위를 양위했어야 했소. 그대처럼 똑똑하고 용맹한 황제가 이 제국을 이끌었다면, 오늘과 같은 이런 치욕을 당하지 않았을 터인데……."
　기 황후는 뜨거운 눈물을 흘리며 고개를 내저었다.
　"소인이…… 소인이 폐하를 더 잘 모셔야 했습니다."
　그녀는 황제의 손을 꼭 맞잡고는 그 곁을 떠나지 않았다. 그러는 동안에도 전장의 소식은 속속 그녀에게 전해지고 있었다. 주원장의 군대가 그 세력을 넓히며 북쪽으로 진격해온다는 내용이었다. 먼저 들려온 것은 서달이 대군을 이끌고 동관부터 봉원으로 나아가며 정서지방을 평정했다는 소식이었다. 탕화 또한 군사를 몰아 북진하며 안문관 일대를 점령했다. 그 과정에서 명나라 군사의 피해도 적지 않았다. 명의 장수 번의(蕃毅)가 쌍칼로 명성이 자자한 원의 장군 아로카에게 당해 군사 5만을 잃기도 했다. 하지만 대부분의 전쟁터에는 원나라 병사들의 시신이 산처럼 쌓였다가 불태워지곤 했다.

서달과 풍승은 정서에 이르러 원의 군대를 대파하고 곧장 북진했다. 곳곳에서 전해지는 것은 원군의 패전 소식뿐이었다. 그런 와중에 반가운 소식도 전해졌다. 황태자가 흙먼지를 뒤집어쓰고 달려왔는데 변방을 돌며 어렵게 군사 10만을 모아온 것이다.

"장하십니다. 10만이면 능히 이곳 응창을 지킬 수 있을 것이에요."

그녀는 그 군사들로 하여금 성을 겹겹이 에워싸고 주위를 경계토록 했다. 그때 성 외곽을 경비하던 장수가 급히 달려왔다.

"거용관을 떠난 명나라 장수 문충이 대군을 이끌고 야호령에 이르렀다 하옵니다."

기 황후가 미간을 찌푸리며 턱을 매만졌다.

"여기 응천에서 또 한번 결전을 벌여야한단 말인가? 황상의 병세가 저리 위독하거늘……."

그렇게 염려하고 있는데 근처 지리에 밝은 사부틴이 앞으로 나섰다.

"이곳 응천에서 50리쯤 남쪽으로 가면 낙타산이 있사옵니다. 적들이 응천에 오려면 반드시 그 산을 거쳐야 하는데, 그곳은 지대가 높고 길이 좁아 적은 수로 많은 적을 상대하기에 좋은 장소입니다. 낙타산이라면 크게 이길 수 있을 것이옵니다."

기 황후가 고개를 끄덕이며 그에게 군권을 주어 속히 떠나도록 했다. 그러자 황태자가 급히 나서며 말했다.

"저도 사부틴 장군과 함께 가서 싸우겠습니다."

"황상의 병이 위중하십니다. 언제 무슨 일이 생길지 모르는데 자리를 지켜야 하지 않겠습니까?"

황태자는 결기 어린 목소리로 답했다.

"소인이 큰 승리를 거두어 황상 폐하께 바치면 아마도 쾌차하여 일어나실 것입니다. 황상 폐하 곁은 아우 탈고사첩목아(脫古思帖木兒)가 지킬 것입니다."

기 황후는 그 의기에 감동하여 황태자로 하여금 사부틴과 함께 군사를 이끌도록 했다. 응창을 떠나면서 황태자는 아우의 손을 꼭 붙잡고 말했다.

"황상 폐하와 황후 마마를 잘 부탁한다."

이제 스물이 넘은 둘째 태자는 입술을 꼭 깨문 채 고개를 끄덕였다. 황태자는 성을 지키는 최소한의 병력만을 남겨두고 군사를 몰아 낙타산으로 떠났다. 기 황후와 태자는 초조한 표정으로 전장의 소식을 기다렸다. 그러던 중 어의가 급히 기 황후를 찾았다.

"황후 마마, 황상 폐하께서 위독하십니다. 아마도 오늘밤을……."

기 황후는 얼른 일어나 황제의 침전으로 달려갔다. 병상 근처에는 궁녀와 환관들이 모여 황제의 손발을 주무르며 황제의 놓친 의식을 되살리기에 여념이 없었다. 기 황후는 그들을 물리치고 침상 옆으로 다가가 앉았다. 한참이 지나서야 황제가 숨을 헐떡이며 혼수상태에서 깨어났다. 그는 기 황후를 알아보고는 아이처럼 고통을 호소했다. 기 황후는 어의를 통해 황제에게 양귀비 즙을 마시게 했다. 고통이 가시면서 황제는 기 황후에게 힘없이 손짓했다. 기 황후가 두 손을 내밀자 황제는 간신히 팔을 뻗어 손을 맞잡았다. 차갑고 까칠한 기운이 손바닥을 타고 그녀의 몸속으로 전해졌다. 그 손에서 전해지는 감촉이 자신과 황제, 아니 이승과 저승을 이어주는 유일한 끈처럼 느껴졌다.

황제의 눈이 감기더니 다시 혼수상태에 빠져들었다. 옅은 숨소리와 미세하게 뛰는 맥박만이 황제가 살아있음을 보여주는 유일한 증거였다. 얼마나 시간이 지났을까. 지극히 평온한 모습을 보이던 황제가 갑자기 눈썹을 꿈틀거리더니 번쩍 눈을 떴다. 그리고는 한동안 멍한 표정으로 시선을 더듬어 기 황후를 찾았다. 그녀는 가까이 다가가 황제의 손을 꼭 붙잡았다.

"짐을 대신해서, 짐을……."

황제는 힘겹게 입술을 움직였다.

"우리 조상께서 평정한, 이 천하를…… 이 천하를 부탁……."

황제는 그 말을 끝으로 영원히 숨을 놓았다. 순간 일그러져 있던 그의 얼굴이 환하게 펴지며 평온한 모습으로 되돌아갔다.

"폐하……."

기 황후는 황제의 나무등걸 같은 손등에 얼굴을 묻었다. 황제의 죽음이 전해지자 환관과 궁녀, 신하들이 일제히 엎드려 통곡하기 시작했다. 울음은 마치 밀려 오는 파도처럼 조금씩 파장을 넓혀가더니 마침내 궁궐 전체를 울렸다. 황제를 평생 모셨던 늙은 환관이 꺽꺽 울며 황제의 떠나가는 혼을 위해 궁궐 문을 활짝 열어 젖혔다.

1370년 5월 28일, 황제는 보위에 오른 지 36년 만에 운명을 달리했다. 주원장은 황제가 대도성을 버리고 도망간 것을 천명에 순응한 행위라고 해석하여 '순제(順帝)'라는 시호를 내렸다. 하지만 그의 공식 명칭은 묘호인 혜종(惠宗)이다.

 순제 혜종황제는 대도성과 중도성을 번번히 싸워보지도 못하고 주원장에게 내주며 쫓기다가 쓸쓸하게 죽어갔지만, 제위 기간 동안에는 많은 업적을 남기기도 했다. 소수민족에게 너그러웠으며, 역대 황제의 훌륭한 정책을 계승하기 위해 많은 노력을 기울였다. 또 한문화(漢文化)를 이해하여 요나라와 금나라의 역사를 집필하며 원나라 문화의 최전성기를 이루기도 했다.

 편전을 나온 기 황후는 국상을 선포하고 상중에는 음주가무와 연회를 금지토록 명을 내렸다. 응창에 머물고 있는 문무백관을 비롯한 모든 백성들이 상복으로 갈아입었다. 곡소리와 라마승들의 염불 소리가 응천 땅에 울려 퍼졌다. 곳곳에 놓인 향로에서 잿빛 연기 기둥이 하늘을 향해 피어올랐다. 황제의 장례식은 화려하고 장대하게 치르는 게 관례였다. 하지만 지금은 수도를 버리고 쫓겨난 처지. 모든 것이 부족했고 위기가 도처에 깔려 있어 비록 황제의 장례지만 소박하고 간소하게 치를 수밖에 없었다. 기 황후는 군사들의 사기를 염려해서 황태자에게 황제의 죽음을 알리지 않았다.

 낙타산에 진을 친 황태자는 전투 준비에 여념이 없었다. 그는 줄곧 황제의 병세를 걱정했지만, 지금은 그보다 적을 물리치는 게 더 급했다. 오래지 않아 명나라의 문충이 군사를 몰고 와 남쪽에 진을 쳤다. 그는 군사 수천을 이끌고나와 싸움을 걸어왔다.

"너희 오랑캐는 이제 더 이상 물러설 곳이 없다. 속히 나와 항복하면 원주(元主)와 그 무리들을 살려주겠다."

문충의 모욕적인 말을 듣고도 황태자는 함부로 군사를 움직이지 않았다. 낙타산은 장성처럼 길게 뻗쳐 있어 적을 막기에 유용할 뿐 아니라, 지세가 높고 가팔라서 적이 함부로 올라오지 못하는 천혜의 요새이기도 했다. 황태자는 여기서 적과 응수하며 후방에서 군사를 더 지원받아 적들을 물리칠 계획이었다. 하지만 오랫동안 버티기는 힘들었다. 높은 지세는 보급이 원활하지 못하다는 단점도 안고 있었던 것이다.

며칠이 지나자 물과 식량이 서서히 바닥나기 시작했다. 그에 반해 산 밑의 명군은 수레로 끊임없이 군량미를 실어 날라 물과 양식이 풍족했다. 이를 보다 못한 사부틴이 황태자를 찾아왔다.

"소장이 군사를 이끌고 산을 내려가 적과 일전을 벌여 저들의 허실을 엿보겠습니다. 만일 승리한다면 황태자 전하께서 후대를 이끌고 공격에 가담하시고, 신이 패배한다면 여기서 지켜보기만 하옵소서."

황태자가 이를 허락하자 사부틴은 약간의 군사를 이끌고 산을 내려갔다. 문충이 원군을 좌우로 감싸며 협공을 해오자, 사부틴 역시 군사를 두 갈래로 나누어 적을 맞아 싸웠다. 문충은 대군을 거느리고 있었지만 사부틴의 적은 군사와 싸우면서도 고전을 면치 못했다.

황태자는 산 정상에 올라 양측의 접전을 예의주시했다. 사부틴의 군사가 그 열 배에 달하는 군사와 싸우고 있지만 전혀 위축되지 않았다. 이에 황태자는 결심했다. 낙타산의 모든 군사를 이끌고 내려가면 충분히 승산이 있을 듯했다. 보급이 끊긴 상황에서 더 이상 산 위에 머물 수도 없는 노릇이었다.

"돌격하라!"

마침내 황태자가 전군에게 공격명령을 내렸다. 험준한 낙타산의 산세를 타고 대군이 일제히 함성을 지르며 달려 내려갔다. 그 모습은 마치 거대한 산이 무너지는 광경을 방불케 했다. 산 위에서 대군이 새까맣게 짓쳐 내려오자 문충은 말머리를 뒤로 돌렸다. 하지만 완전히 후퇴한 것은 아니었다. 군사의 반을 나누어 원군을 막게 하고 나머지만 뒤로 물린 것이다.

"적이 도망간다!"

황태자와 사부틴은 양쪽으로 나뉘어 적과 맞서 싸우며 군대의 일부는 달아난 후미를 쫓게 했다. 하지만 남아 있는 군사들의 저항이 거세어 끝까지 쫓을 수는 없었다. 그 싸움은 서로 우열을 가리지 못할 정도로 팽팽한 접전을 벌였다. 사부틴이 적은 군사로 대군을 상대할 때와는 달리, 명군은 대군을 거느리고 원군을 맞아 팽팽하게 대항을 하고 있었다.

문득 황태자는 이상한 기운을 감지했다.

"명군의 기세가 산에서 보았을 때와 전혀 다르지 않은가?"

의혹이 일자 황태자가 급히 부장을 불러 낙타산 정찰을 명했다. 잠시 후 달려온 부장은 놀라운 소식을 전했다.

"무엇이라? 적이 낙타산을 점령했다 말이지?"

"후퇴한 적들이 외곽으로 빠지며 낙타산을 점령한 듯합니다. 적은 일부러 수세에 몰린 척 하며 우리를 유인한 것 같사옵니다."

"이럴 수가……."

황태자는 자신의 군사가 앞뒤로 포위당한 걸 비로소 깨달았다. 앞에는 부우덕의 군사가, 뒤로는 낙타산을 점령한 문충의 군사가 포진하고 있었다. 꼼짝없이 갇힌 형국이었다. 양 진로를 두고 망설이던 황태자는 낙타산 쪽으로 군사를 몰고 갔다. 낙타산을 내주면 응창을 내주는 거나 마찬가지였다. 그는 군사들을 이끌고 뒤에서 쫓아오는 명군을 막으며 필사적으로 산을 기어올랐다. 그러나 산 위에서 바위가 굴러 내리고 화살이 비 오듯 쏟아져 잠깐 사이 수천의 군사가 쓰러졌다. 황태자는 할 수 없이 남은 군사를 수습하여 서쪽으로 달아나는데, 그 길에는 이미 명군이 기다리고 있었다. 유기와 문충의 주력 부대였다.

"패장은 어디로 달아나려 하느냐? 속히 말에서 내려 항복하지 못할까?"

황태자는 군사들을 거느리고 급히 말머리를 돌렸다. 명군이 쫓아왔지만 날래고 튼튼한 몽골말을 따라잡을 순 없었다. 황태자는 정신없이 달려 겨우 명군을 따돌리고는 긴 한숨을 내쉬었다. 적의 계책에 속아 남아 있는 군사 태반을 잃고 말았다.

황태자는 너무나 분하고 원통하여 허리에 차고 있던 칼을 빼들었다. 그것으로 자신의 목을 찌르려 했다. 그때 불현듯 어머니 기 황후의 얼굴이 떠올랐다. 마지막 보루로 여겼던 10만 군사와 낙타산이 뚫렸으니 응창이 함락되는 것도 시간문제였다. 그는 성급하게 자결하려 했던 자신을 질책하고는 즉시 말에 올라 응창으로 달려갔다. 패전의 소식을 빨리 전해주지 않으면 미처 피난을 가기도 전에 명군이 들이닥칠 것이다.

4

"와아아아아!"

외성 밖에서 아득히 들려오는 함성 소리를 들으며 기 황후는 벌떡 자리에서 일어났다. 아직 국상 기간이라 그녀는 상복을 입은 채 제례를 올리고 있었다. 그 소리는 점점 가까이 다가오고 있었다.

"황후 마마!"

강순용이 급히 달려와 기 황후의 발밑에 부복했다.

"무슨 일이냐?"

"적이 지척에까지 다다랐습니다. 곧 응천의 외성을 무너뜨리고 이곳 황궁으로까지 짓쳐 들어올 것 같사옵니다."

"그들이 여기까지 몰려 왔다면…… 황태자, 우리 황태자는 어찌 되었다는 게냐?"

"아뢰옵기 황공하오나 낙타산 전투에서 대패하셨다 하옵니다. 황태자 전하의 생사는 아직 아무도 모른다고……."

강순용은 채 말을 맺지 못하고 흐느꼈다. 그러다가 벌떡 자리에서 일어나 눈물 맺힌 눈으로 아뢰었다.

"속히 피하셔야 합니다. 조만간 역도들이 이곳 내성까지 몰려올 것입니다."

기 황후도 다급함을 느꼈으나 아직 국상도 끝나지 않은 궁을 비울 수가 없었다. 그보다 다른 황족들의 안위가 걱정되었다.

"다른 이들은? 태자와 내 손주는 어찌 되었느냐?"

"그분들은 소인이 알아서 모시겠사오니 황후 마마께서 먼저 몸을 피하소서."

강순용이 뒤를 돌아보며 고갯짓을 하자 대기하고 있던 환관과 궁녀들이 몰려왔다.

"안 된다. 나 혼자 떠날 순 없다."

기 황후가 외쳤지만 환관들이 억지로 그녀를 마차에 태웠다. 그리고는 말등에 매섭게 채찍질하여 즉시 성을 빠져나갔다. 기 황후는 뒷문을 열어 성안을 바라보았다. 벌써 성 곳곳에서 불이 일고 있었다. 곧 화포가 터지며 비명소리가 들려왔다. 이미 명군이 외성을 뚫고 내성까지 이른 듯했다. 주위를 둘러보니 자신이 탄 마차가 제일 먼저 빠져나왔을 뿐 다른 피난 행렬은 보이지 않았다. 기 황후는 다른 사람의 안위가 걱정되어 발만 동동 굴렸다. 그러는 동안 마차는 속도를 내 응창을 벗어나 북쪽으로 내달렸다.

마차는 하룻밤을 꼬박 달리다가 어느 작은 냇가에서 멈추었다. 거기서 한참을 기다리자 누런 흙먼지가 일며 멀리서 마차 행렬이 다가오는 게 보였다. 자세히 보니 응창을 빠져나온 원의 마차였다. 기 황후는 얼른 그들에게 달려갔다. 강순용이 말에서 내려 기 황후 앞에 부복했다.

"그래, 다른 황족들과 신하들도 무사히 빠져나왔느냐?"

"아뢰옵기 황공하오나……."

강순용은 이마를 땅에 대고는 서럽게 흐느끼기 시작했다.

"황태손께서 적장에 붙잡히시어 대도성으로 끌려가셨사옵니다."

"무엇이라? 우리 황태손이……."

그녀는 채 말을 잇지 못하고 부르르 몸을 떨었다. 강순용은 한숨을 내쉬며 마저 아뢰었다.

"또한 송과 원의 2대 옥새(玉璽)를 포함한 수많은 재물들을 빼앗기고 말았사옵니다."

기 황후는 이마를 짚으며 털썩 그 자리에 주저앉고 말았다. 궁녀들이 달려와 부축하려는 것을 손을 내저어 물러가게 했다. 겨우 몸을 일으켰지만 아직도 진정이 되지 않아 두 다리가 부르르 떨렸다. 척추를 타고 무겁고 깊은 통증이 느껴져 저절로 신음이 새어 나왔다. 그녀는 아득한 절망감에 빠져 두 손으로 이마를 감싸며 고개를 내저었다. 황후가 되어 한번도 이성을 잃지 않고 의연한 태도를 보였던 그녀였다. 하지만 지금은 주위의 시선도 아랑곳하지 않고 정신을 차리지 못한 채 탄식만 흘리고 있었다.

다시 마차 행렬이 움직였다. 강순용이 소매에서 나침반을 꺼내 방향을 가늠했다. 그들은 북쪽을 향해 마차를 몰아갔다. 추격을 염려해 마차의 속도를 높였지만 정확한 목적지가 있는 것도 아니었다. 기 황후는 우울한 얼굴로 마차 휘장을 열고 남쪽 하늘을 바라보았다. 바람이 불자 모래바람이 일며 시야를 뿌옇게 가렸다. 바람이 걷히자 붉은 달이 떠오르고 있었다.

그 시각, 응창은 화염과 비명이 끊이질 않았다. 어둠이 도성을 덮치자 도처에서 비명소리가 들려왔다. 도성으로 연결된 성문마다 횃불이 기세 좋게 타오르고 있었고 명의 군사들이 창칼을 들고 삼엄하게 출입을 통제했다. 성안은 화약이 터지는 폭음과 창검이 부딪치는 소리, 화살이 날아가는 예리한 파공음으로 모골을 송연하게 했다. 거기에 비명소리가 어우러져 마치 기괴한 야차의 웃음소리처럼 소리는 줄기

차게 응창을 흔들어대고 있었다.

　황태자는 말을 타고 도성 곳곳을 돌아다니며 주위를 살폈다. 성문과 궁궐 근처에는 처참하게 불에 타거나 찢긴 원군의 시신들로 발 디딜 틈이 없었다. 그 주변에는 주인 잃은 말들만 하늘을 올려다보며 서럽게 울어대고 있었다. 어디를 가도 살아 있는 원군은 보이지 않았다. 황태자가 말머리를 돌려 북쪽으로 나아가자 허벅지에 화살을 맞고 쓰려져 있는 환관을 발견할 수 있었다. 황태자는 급히 말에서 뛰어내려 그를 일으켜 세웠다.

　"황상 폐하께서는? 황후 마마는 어디에 계시느냐?"

　"도성을 버리고 북쪽으로 피난을 가셨습니다."

　"언제 출발하셨단 말이냐?"

　"몇 시진 전에…… 피난 행렬이 출발한 것으로 압니다."

　몇 시진이라면 상당히 멀리 갔을 것이다. 허나 마차로 달리는 그 속도는 발 빠른 말에 비할 바는 못 될 것이다. 황태자는 불길이 휩싸이는 건물 사이에서 달려드는 명군을 맞아 싸우기도 했다. 그는 말 위에 올라타며 칼을 휘둘러 길을 열었다. 말을 달리며 뒤를 돌아보니 말을 탄 한 떼의 명나라 군사들이 창을 곧추 세우고 질풍같이 달려오는 게 보였다.

　"원나라 황태자가 저기 도망간다!"

　명나라 기병 중 누군가 황태자를 알아보고는 소리를 질러댔다. 그 소리를 들은 명의 군사들이 새까맣게 몰려들기 시작했다. 순식간에 수백으로 불어난 적들이 말을 타거나 뛰면서 황태자를 쫓아왔다. 황태자는 날아오는 화살을 칼로 쳐내며 말을 내몰았다. 시간이 흐르자 뒤를 쫓는 보병은 따돌렸지만 말을 탄 기병들은 끈질기게 추격해오고 있었다.

 황태자는 말고삐를 잡아 당겨 달리는 방향을 급히 바꾸었다. 곧장 나아가면 길은 북쪽으로 이어진다. 기 황후가 적을 피해 떠난 길. 그는 일부러 적을 다른 쪽으로 유인하기 위해 말머리를 돌렸다. 정신없이 말을 몰아 초원과 사막을 벗어나자 곧 높은 산악지대가 나타났다. 말은 험한 바위와 골짜기를 가뿐하게 건너뛰며 뒤따라오는 적을 따돌렸다. 깊은 밤 산에서 내려오며 하늘을 올려다보았다. 그는 북극성을 따라서 곧장 북쪽을 향해 내달렸다.

 피로감이 무겁게 눈꺼풀을 내리눌렀다. 황태자는 눈을 부릅뜨고 밤새도록 말을 몰았다. 새벽녘이 되어서야 푸르스름하게 밝아오는 여명 저편으로, 몽진 길에 오른 긴 마차행렬을 발견할 수 있었다. 황태자는 말의 박차를 가하여 선두에서 달리고 있는 마차로 달려갔다.

 "황후 마마, 어마 마마!"

 새벽 공기를 울리는 황태자의 격동에 찬 외침에 마차가 멈추었다. 놀란 눈을 한 기 황후가 마차에서 내려섰다.

 "오! 무사하였습니까?"

 그녀는 황태자의 얼굴을 매만지며 눈물을 글썽였다. 황태자의 얼굴은 나뭇가지에 긁히고 그을음이 묻어 몰골이 말이 아니었다. 투구와 갑옷도 여기저기 너덜거렸고, 상처 입은 어깨는 피로 얼룩져 있었다. 황태자는 기 황후 앞에 엎드려 땅을 치며 통곡했다.

 "소자가, 소자가…… 전장에서 대패하여 명군에게 길을 내주고 말았사옵니다."

 "어디 그게 황태자만의 잘못이랍니까? 어미는 황태자가 살아 돌아온 것만으로도 천하를 다시 얻은 것 같습니다 그려."

겨우 고개를 들은 황태자는 주위를 둘러보며 물었다.

"황상 폐하는 어디에 계시옵니까?"

기 황후는 대답 없이 한참을 망설였다. 그러다가 어렵게 입을 떼었다.

"폐하께서는 붕어 하셨습니다. 황태자가 전장에서 싸우는 동안 편안히 가셨습니다."

그 말에 놀란 황태자는 다시 한번 땅바닥에 치며 통곡했다. 그의 눈에서 흘러내린 뜨거운 눈물이 뚝뚝 떨어지며 마른 땅을 적셨다. 비록 황제 양위를 두고 기 황후와 함께 대립했던 황제였지만, 군신간의 도리 때문에 늘 거리감을 두고 대해야 했지만, 황제는 엄연히 뼈와 살을 나눠준 황태자 자신의 아비였다. 황실에서 태어나 부자간의 정을 한껏 나누지도 못하고 세상을 떠났으니 황태자의 아픔은 이루 말할 수 없었다.

기 황후는 황태자를 일으켜 세워 비어 있는 마차에 앉혔다. 그녀는 마치 어린 아이를 대하듯 장성한 아들의 얼굴을 쓰다듬며 그 눈에서 흘러나오는 눈물을 옷고름으로 닦아주며 말했다.

"황태자의 아들 황태손도 적도들에게 잡혀 끌려갔습니다. 손자 하나 지키지 못한 이 못난 어미를 용서하세요."

황태자는 대답할 기운도 없는지 그 소리를 듣고 그만 혼절하고 말았다. 환관이 달려와 물을 얼굴에 흩뿌리자 그는 겨우 정신을 차렸다.

"이럴 때일수록 정신을 차려야 합니다. 황태자는 이제 황제에 오를 몸이 아닙니까? 비록 천금같은 자식을 잃었다고는 하나, 군주는 사사로운 정에 얽매여서는 안 될 것입니다."

기 황후는 황태자에게 냉정하게 말했지만, 그 소리는 사실 자신에게 던지는 질책이기도 했다. 그녀 또한 황태자 못지않게 충격을 받고 절망에 빠져 있는 상황이었다. 하지만 황태자를 위해서라도 마음을 다잡고 일어서기로 했다.

"북으로 곧장 달려 화림으로 길을 잡아라."

5

보름을 꼬박 달린 몽진 행렬이 도착한 곳은 화림(和林 ; 카라코룸)이었다. 이곳은 1235년에 오고타이가 금나라를 멸망시키며 세운 도성이었고, 몽골인들이 최초로 건설한 제국의 수도기도 했다. 지리적으로는 몽골의 한가운데에 위치하여 몽골고원의 동서남북 교통로가 교차하는 중심지였다.

말에서 내린 황태자는 도성을 둘러보고는 놀라움을 감추지 못했다. 그 규모의 웅대함이 대도성 못지않았다. 제국을 건설한 후 세력 확장의 초석을 다지기 위해 조성한 몽골의 첫 수도였으니 사막과 초원을 지나오며 보았던 건축물과는 비교할 수 없는 규모였다.

역사다리꼴 모양으로 세워진 화림성 정면에는 황제의 문이 자리하고 있었다. 그 문에 들어서자 역대 황제가 기거했던 3층 건물인 만안궁(萬安宮)이 나타났다. 64개의 기둥이 떠받치고 있는 만안궁 중앙에는 3층짜리 어전(御殿)이 세워져 있었다. 그 만안궁 왼쪽에는 은으로 만든 거대한 나무가 서 있었다. 은빛 나무에는 네 마리의 사자 두상이 조각돼 있었는데, 과거 화림이 수도로 사용될 무렵에는 이 사자들의 두상에서 포도주와 마유주, 곡주 그리고 벌꿀 술이 쏟아졌다고 전해지고 있다.

화림성에서 제일 높은 성벽에 올라서자 주변 정경이 한눈에 들어왔다. 웅장하게 이어진 성곽의 모습이 끝없이 펼쳐지고 있었다. 옆을 돌아보면 108개의 거대한 첨탑으로 둘러쳐진 사각의 울타리와 그 안에 자리한 거대한 사원이 눈에 띄었다. 사원 서쪽으로는 오르콘 강이 지나고 있었고, 그 너머로는 끝이 보이지 않는 평원 지대가 펼쳐졌다.

어느새 황태자 옆에 선 기 황후는 그 끝없이 펼쳐진 평원을 바라보며 말했다.

"이제 다시 시작하면 됩니다. 이곳은 태조께서 대제국을 건설하며 웅비하였던 곳입니다. 천하를 끌어안기 위한 꿈을 키웠던 곳에 지금 와 있는 것입니다. 그를 위해서 이제 황태자는 황제로 등극하십시오."

"소자는 그 자리에 오를 자격이 없사옵니다. 그리고 지금은 주원장의 대군을 막아내는 게 우선이옵니다."

"이곳은 응창에서도 수천 리나 떨어져 있어요. 주위는 병풍처럼 사막과 초원으로 둘러쳐져 있는데다 북방 곳곳에 우리 군사들이 웅거하고 있어요. 그들도 당분간은 쉬이 북진하진 못할 것입니다."

"하오나 소자는 아직……."

"황태자는 이미 오래전에 황태자로 책봉되었고 여태 그 소임을 다 해왔어요. 속히 황제의 자리에 올라 제국의 기틀을 바로 세워야 할 것입니다. 황위를 비워둔 채 어찌 큰 뜻을 이룰 수 있단 말입니까?"

며칠 후 황제의 즉위식이 거행되었다. 1370년, 9품 이상의 관료들과 각국 사신들이 화림성 만안궁(萬安宮) 앞에 도열했다. 비록 난리

중에 치루는 간소한 등극이었지만, 그 예와 격식을 전통의 관례에 따랐다. 새로 황제가 된 소종(昭宗 ; 애유식리달렵)은 눈부신 예장차림으로 모습을 드러냈다. 그는 근엄하고 엄숙한 표정으로 누각 아래에 정렬한 문무백관들과 각국의 사신들을 내려다보았다. 실로 봉황이 빛을 발하며 창공을 등지고 누각 위에 잠시 내려앉은 듯 신비롭고 화려한 모습이었다.

"황제 폐하, 만세, 만세, 만만세!"

문무백관들 사이에서 함성이 터져 나오자 누각 아래는 물결치듯 새 황제의 등극을 찬양하는 환호성이 잇따랐다. 그 환호의 물결을 마음으로 받아들인 새 황제가 부드럽게 미소를 지으면서 크게 고개를 끄덕여 보였다.

기 황후의 장자 애유식리달렵이 드디어 원 제국의 16대 황제에 오른 것이다. 고려 경양대군(慶陽大君) 노책(盧頙)의 여식인 황태자비도 황후에 책봉되었다. 화림성에서의 새로운 시대가 열린 것이다. 기 황후 역시 황태후의 자리에 올랐다.

역사가들은 순제(順帝 ; 혜종)가 죽으면서 원나라의 운명도 다한 것으로 평가한다. 하지만 순제의 뒤를 이은 소종(昭宗)이 황제가 되어서도 여전히 원 제국은 기세를 떨치고 있었다. 명나라의 사관들은 애유식리달렵(愛猷識理達獵)이 황제에 오른 이후의 시대를 북원(北元)이라고 불렀다. 하지만 이는 명의 역사가들의 편협한 시각에서 나온 발상이다. 새로 황제에 오른 소종은 비록 중원을 빼앗기고 초원으로 물러나긴 했지만 제국의 영화를 그대로 누리고 있었다. 만슈리아, 감숙 지역과 티벳, 운남, 귀주지역의 백성들은 여전히 그를 황제로 받들며 조공을 바쳤고, 고려에서도 여전히 원을 등지지 않고 사신을 보내왔다. 지배한 영토의 규모도 과거 못지않았다. 1370년대 무렵 명나라가 장악한 중원의 땅보다 2배가 넘는 땅이 소종의 세력권 안에 있었는데, 이는 당시 세계에서 가장 넓은 영토를 지배한 것이기도 했다.

이에 반해 명나라는 철저히 축소지향적인 정책을 펼쳤다. 원나라를 초원으로 밀어낸 주원장은 그들이 중원에 남겨 놓은 것을 파괴하는 것을 통치의 우선으로 삼았다. 원나라의 전통 속에는 시대를 앞서간 것들이 많았으나, 주원장은 그것들마저 가차 없이 파괴했다. 또한 세계로 뻗어나간 통상과 국제무역도 대부분 중단했다. 원의 통치기간 동안 닦고 가꾸어 놓은 세계로 뻗어나간 길들을 모두 막아버린 것이다.

실크로드와 바닷길까지 막으면서 명나라는 쇄국정책을 폈다. 해금(海禁)이라는 이름 하에 바닷길을 막았고, 대형 선박의 건조도 나라에서 금지시켰다. 반면 원나라 통치기간에 실크로드를 통해 나침반을 비롯한 해양술과 화약 등의 과학문물을 받아들인 서유럽은 이를 바탕으로 새로운 제국의 시대를 열어갔다. 명의 쇄국정책은 원대까지 유지되던 동양 문물의 우세가 이를 기점으로 역전되는 원인을 제공하게 된다. 이것은 훗날 서유럽이 대규모 선단을 이끌고 세계 정복에 나서게 하는 단초를 제공했고, 안으로 닫혀 있던 동양은 그들의 식민지로 전락하기에 이른다.

아들의 등극을 지켜보며 기 황후는 흐르는 눈물을 감추지 않았다. 드디어 자신의 아들이 황제의 자리에 오른 것이다. 그의 몸에는 고려인의 피가 흐르고 있었다. 누가 뭐래도 지금의 황제는 고려인이라고 그녀는 생각했다. 더구나 황후까지 고려인이니 이제 원나라는 온전히 고려인의 손에 의해 백성을 다스린다고 믿었다.

"어머님, 아버님! 그리고 고용보, 박불화…… 그리고 천수 오라버니, 이 모든 사람들이 함께 우리 황제의 늠름한 모습을 지켜봐야 하건만……."

그녀는 가슴 밑바닥부터 저려오는 아픔을 다독이며 천천히 눈을 감았다.

6

중원에서 벌어진 지각변동의 여파는 머잖아 고려 왕조에까지 전해졌다. 주원장이 대도성을 점령하고, 북쪽 초원으로 쫓겨난 원의 황제가 죽었다는 소식은 고려 사회에도 큰 반향을 일으켰다. 공민왕은 만조백관을 소집하여 대외 정책에 관해 논의했다. 이에 신하들의 의견은 크게 둘로 갈렸다. 계속 원을 섬겨야 한다는 쪽과 새롭게 중원을 평정한 명과의 관계 개선을 주장하는 의견이 팽팽하게 맞섰다.

"원은 그 황제가 죽고 대도성마저 빼앗겼으니 이빨 빠진 호랑이나 다름이 없사옵니다. 속히 명나라에 사대의 예를 갖추어야 하옵니다."

"비록 북으로 쫓겨갔다 하나 원은 군사력이 막강하옵니다. 지난날 적은 병력으로도 중원을 차지했던 전적을 생각해 보소서. 섣불리 명에 사대를 했다가 원이 다시 힘을 회복하는 날에는 큰 보복을 당할 게 분명합니다."

"원은 멀리 화림으로 갔습니다. 거기서 대도성까지는 너무 멀어 쉽게 내려오지도 못할 것입니다. 하물며 우리 고려이겠습니까? 오히려 명이 군사를 정비하여 원의 잔존 세력을 몰살시킬지도 모르옵니다."

"원에는 아직 50만에 이르는 대군이 북방 곳곳에 흩어져 있다고 하옵니다. 천하의 맹장 확곽첩목아도 맹위를 떨치고 있어 당분간 원은 명의 주원장도 쉽게 건드리지 못할 것입니다."

신하들의 팽팽한 의견을 들었지만, 공민왕은 쉽게 결정을 내리지 못했다. 그 와중에 명의 주원장이 사신을 보내왔다. 명의 부보랑(符寶郎) 설사(偰斯)가 새서(璽書;황제의 옥새를 찍은 친서)와 사라(紗羅), 단필(段匹) 등을 지참하고 고려를 찾은 것이다.

명과 원 사이에서 갈등하던 공민왕은 즉시 신돈을 찾았다. 이에 신돈이 망설임 없이 말했다.

"우선 예를 다하여 사신을 맞이하시지요."

공민왕은 그 말을 따라 문무백관을 거느리고 친히 숭인문(崇仁門) 밖까지 나가 사신을 맞이했다. 명의 사신 설사는 예를 갖추는 듯했으나 거만한 표정으로 공민왕을 올려보았다. 그는 공민왕에게 무릎을 꿇고 국서를 받으라 했다. 그러자 시중 류숙(柳淑)이 얼굴을 붉히며 항의했다.

"무엄하오, 어찌 감히 국왕에게 무릎을 꿇으라 하는 게요?"

"전하는 일국의 왕이지만 우리 명은 천자의 나라입니다. 마땅히 예를 갖추어야지요. 예전 원주(元主)에게도 그런 예를 차리지 않았습니까?"

설사는 크게 웃으며 공민왕을 노려보았다. 공민왕은 미간을 찌푸렸지만 그 명에 따를 수밖에 없었다. 옥좌에서 내려와 바닥에 무릎을 꿇고 예를 표했다. 설사가 주원장의 친서를 읽어나갔다.

대명(大明) 황제는 고려 국왕(高麗國王)에게 글을 보낸다. 송나라가 천차를 통어(統御)하지 못하여 하늘이 그 제사(祭祀)를 끊어 원나라가 우리의 동류(同類)가 아닌데도 하늘의 명령으로 우리 강토에 들어와서 왕 노릇 한 지가 1백여 년이 되었다. 하늘이 그 혼암(昏暗)하고 음란함을 싫어하여 짐은 그 오랑캐를 몰아내고 우리의 강토(疆土)를 회복하였다. 신민(臣民)이 추대(推戴)하여 황제에 올라 천하를 평정해 차지한 칭호를 대명(大明)이라 하고 홍무(洪武)의 연호를 세웠는데, 다만 사이(四夷)에게는 알리지 못하였으므로 국서(國書)를 만들어 사신으로 하여금 고려 왕에게 전한다.

예로부터 우리는 고려와 땅이 서로 접해 있었으므로 그 왕이 신하로 사귀었으니, 대개 중국의 풍습을 본받아 생령(生靈)을 평안하게 할 지어다. 하늘이 그 덕을 내려다보시니 어찌 고려에 길이 왕위를 누리게 하지 않으랴.

한마디로 고려 왕조는 명나라를 상국으로 섬기고 받들라는 내용이었다. 여태 원을 섬기거나 고려의 독립을 원하던 신하들이 거칠게 반발하며 공민왕에게 간언했다.

"전하, 사신을 내치소서. 예전부터 우리 고려가 중원을 상국으로 섬겼으니, 원 대신 명을 받들라는 내용이 아니옵니까? 실로 오만하지 그지없는 국서이옵니다."

그러자 총부상사(總部尙事) 성준득(成准得)이 나서며 대답했다.

"오만하다니요? 예전의 원은 우리에게 이보다 더한 굴욕을 주었습니다. 이만하면 예로서 우리를 대하는 것이오."

"전하, 이제는 우리 고려의 자존을 회복할 때입니다. 원에게 시달린 것도 모자라 명에게까지 머리를 숙일 수는 없사옵니다."

"천하의 원군을 물리친 명입니다. 과거 홍건적들에게 크게 당한 것을 잊었소이까? 명의 사신을 내쳤다가는 이 땅에 또 다시 전란이 일 게요."

공민왕은 명에 우호적인 성준득의 말을 귀담아 들었다. 그는 명의 사신을 후하게 대접한 후에 명의 홍무(洪武) 연호(年號)를 시행키로 했다. 사신에게 책명(册命)과 새서(璽書)를 보내준 것에 대한 답례로 삼사좌사(三司左使) 강사찬(姜師贊)을 대도성에 보냈다. 강사찬은 원나라에서 준 금인(金印)을 바치며 명에 대한 충성을 맹세했다.

그러던 차에 원에서도 중서성(中書省) 태위(太尉)와 승상(丞相) 기평장(奇平章)이 사신으로 와 예물(禮物)을 가져왔다. 뿐만 아니라 나하추(納哈出)가 사신을 보내어 토산물을 바치고는 그 관직을 요구했다. 동시에 황금 8냥(兩)짜리 부인의 허리띠를 달라 청했다.

이로써 조정에서는 또 다시 양국에 대한 외교를 놓고 논란이 벌어졌다. 이번에는 친원파들이 적극 나서며 그들의 요구를 받아들이자고 요구했다. 시중 류숙이 대표로 나섰다.

"원이 비록 북으로 쫓겨갔다 하나 고려와 경계를 하고 있는 북방은 여전히 원의 영역이옵니다. 이들의 신경을 자극했다가는 큰 낭패를 당할 것이옵니다."

신돈도 그 말을 거들었다.

"우선 그들을 달래어 보내신 후에 다시 논의를 하시지요."

공민왕은 나하추에게 삼중대광 사도(三重大匡司徒)라는 관직을 주고 세포(細布) 2필과 부인의 금띠 하나를 하사하였다.

 이처럼 공민왕은 원과 명을 사이에 두고 줄타기 외교를 하며 중원을 장악한 명과 아직도 세력이 강성한 원과의 우호관계를 유지하려는 정책을 폈다. 노국공주가 죽은 후로 공민왕의 판단력은 흐려지고 심지도 굳지 못했다. 정사는 온전히 신돈의 수중에 넘어갔고, 중요한 정책을 결정할 때도 공민왕보다는 신돈의 뜻에 의해 좌우되는 일이 잦았다.

 이 무렵 원나라 사신 맹원철(孟原哲)이 고려로 건너왔다. 그 일행이 수레에서 내리자 문무백관들이 일제히 나가 허리를 굽혔다. 신하들 맨 앞에는 신돈이 서 있었다. 그가 직접 인사를 나누고는 사신을 안내하여 대접했다. 어느 누가 보더라도 이러한 신돈의 행위는 고려 임금의 대리자였다. 그래서인지 사신 맹원철은 신돈에게 신군(申君)이라는 호칭을 사용했다. 이것은 실제로 나라를 다스리는 임금이라는 뜻이었다. 뿐만 아니라 그는 왕이 해야 할 일을 모두 처리하고 있었다. 여진족의 달마대(達麻大)에게 은도장 한 틀을 하사한 일이며 영전(影殿)의 규모가 작다하여 이를 헐고 다시 짓게 하는 것들을 신돈은 멋대로 처결하였다. 이에 백성들과 신하들의 원성이 자자했고, 이 소리는 공민왕의 귀에까지 들어갔다. 그런 와중에 성균관에서 태상박사(太常博士)로 선비들을 가르치고 있는 정도전(鄭道傳)이 왕에게 독대를 청해왔다. 평소 그의 인품을 흠모하고 있던 공민왕은 선선히 이를 허락했다.

 "신은 죽을 각오를 하고 아뢰겠나이다. 지금 항간에는 도첨의가 고려를 이끄는 왕이라 칭하고 있나이다. 아뢰옵기 황공하오나 전하를 허수아비라 부르는 자가 부지기수이옵니다. 어떻게 해서 이어온 이 고려 땅을 미천한 승려에게 통째로 맡기시고 있나이까? 부디 전하께서 결단을 내리시어 왕실의 권위를 세우소서."

 공민왕은 묵묵히 듣기만 했다. 정도전이 물러간 뒤, 그제야 자신을 돌아보았다. 궁 안의 모든 실권이 신돈에게 넘어가고 자신은 허수아비나 다름없다는 말은 틀린 말이 아니었다. 신돈이 왕의 권좌까지 넘본다는 소문이 공공연하게 나돌았다. 이대로 있을 순 없었다. 하지만 그를 내칠 구체적인 방법이 없어 답답했다. 조정의 실권을 잡은 자들은 모조리 신돈을 따르는 수하들이었다. 자신 곁에 있는 건 힘없는 환관들과 유림뿐이었다. 그들만 가지고는 신돈에게 대적할 수 없었다. 그렇다고 그들에게 신돈의 처리를 맡길 수도 없었다. 고심에 고심을 거듭하던 공민왕은 문득 고개를 들며 손뼉을 크게 쳤다. 계책이 떠오른 것이다. 그는 곧장 자신의 어의를 불러들였다.

 "자네는 즉시 도첨의에게 올릴 탕약을 준비하라."
 "그게 무슨 말씀이오신 지······."
 공민왕은 주위를 휘둘러보고는 은밀히 일렀다. 어의는 잠시 놀란 표정을 지었지만 이내 고개를 끄덕였다.

 며칠 후 공민왕의 행차가 문종대왕의 능을 참배하기 위해 경릉으로 떠났다. 이 소식을 들은 신돈은 자신의 심복인 이백수(李伯修)를 불렀다.
 "자네는 즉시 군사를 끌고 가서 능 주위에 매복해 때가 오기를 기다리게."
 "하오면 오늘이 바로 거사를 행할 날이옵니까?"

신돈은 심호흡을 하며 낮게 고개를 끄덕였다. 그는 마침내 공민왕을 시해할 결심을 굳혔다.

며칠 전이었다. 공민왕이 자신을 위해 탕약을 보내어 왔다. 신돈은 반기며 그걸 마시려 했는데 그의 집사인 돌평(㐌平)이 말렸다.

"아무래도 수상하옵니다. 소인이 먼저 맛을 보겠습니다."

돌평은 탕약을 들어 맛을 보았다. 혀를 내밀어 소량을 입에 넣었는데 그만 피를 쏟으며 쓰러지고 말았다. 그는 비명도 지르지 못하고 죽었다. 신돈은 얼굴을 붉힌 채 부르르 몸을 떨었다.

"이건 필시 주상이 나를 죽이려는 것이다."

그날로 신돈은 왕을 죽이고 자신이 그 자리에 오를 궁리를 했다. 그러던 차에 공민왕이 궁을 떠나 경릉으로 떠난다고 하니 이때가 그 기회라 여겼다.

신돈의 명을 받은 이백수는 군사 2백을 거느리고 적유현(狄踰峴)에 가서 매복했다. 그들이 목을 길게 늘이고 숨을 죽이고 있는데 공민왕의 행차가 보였다. 이백수는 조용히 명을 내렸다.

"내가 신호를 보낼 때 일시에 내달아 왕을 주살해야 한다."

하지만 문제가 있었다. 왕을 호송하는 군사들이 너무 많았던 것이다. 족히 1천 명은 넘어 보였다. 병사의 수가 많으니 섣불리 공격했다간 오히려 당할 수가 있었다. 이백수는 숲에 병사들을 숨기고는 신돈을 찾았다.

"그래, 어찌 되었는가?"

"왕을 호위하는 병사가 너무 많아 그냥 돌아올 수밖에 없었습니다."

신돈은 분통을 터뜨리며 때를 놓친 것을 안타까워했다.

"이왕 내친걸음이다. 여기서 멈출 순 없다."

그날 밤 신돈의 사저에는 그를 따르는 많은 장수들이 모였다. 이번에야말로 왕을 시해할 계책을 세밀하게 세웠다. 이날은 문객(門客)들을 비롯하여 집안 가솔들까지 모두 함께 했다.

"일이 이렇게 됐으니 더 이상 지체할 수 없소. 오늘밤에라도 병사들을 모두 동원해 왕을 시해하고 대권을 움켜잡아야 하오."

그들은 구체적인 계획을 짜서 궁궐 안을 직접 치려 했다. 거사 일을 이튿날로 잡고 차근차근 준비를 해나갔다. 좌중은 모두 신돈의 의견에 찬동하고 나섰다. 하지만 선부의랑(選部議浪)을 맡고 있는 정한구만은 그 뜻에 반대했다.

내가 비록 신돈이 던져주는 떡 부스러기나 얻어먹는 신세지만 그래도 고려의 백성이다. 어찌 신하가 왕을 시해하는 일에 동참할 수 있겠는가?

혼자 그런 생각을 품고 있다가 문객들이 잠든 한밤중에 몰래 신돈의 집을 빠져나왔다. 그가 곧장 달려간 곳은 시중 김속명(金續命)의 집이었다. 김속명은 명덕태후(明德太后)의 외척으로서 궁중의 일을 도맡았으며, 성품이 청렴강직하여 일체의 권모와 간계에 굽히지 않는 자였다. 정한구는 주위를 살피며 사랑채에서 책을 읽고 있는 김속명을 조심스럽게 불렀다.

"시중어른, 드릴 말씀이 있어 왔습니다."

그리고는 은밀히 서찰을 건네었다. 그것을 읽던 김속명이 눈을 부릅떴다.

"여기에 쓰인 내용이 어김없는 사실이란 말이오?"

정한구는 신중한 표정으로 고개를 끄덕였다. 김속명은 급히 가마를 타고 궁으로 향했다. 대궐은 순식간에 발칵 뒤집혔다. 밀서를 본 공민왕은 어금니를 깨물며 주먹을 꽉 쥐었다.

"과인이 그리도 신임하였거늘 역모를 꾸며? 그때 독살시키지 못한 것이 분할뿐이다."

공민왕은 즉시 신임할 만한 장수들을 불러들였다. 문하시중 이인임이 왕명을 받아 수천의 군사들을 이끌고 달려갔다. 그들은 즉시 신돈의 집 주위를 겹겹이 에워쌌다.

"역적은 속히 나와 오라를 받으라!"

신돈의 집에서 음모를 꾸미고 있던 이들이 사병들을 이끌고 대적하려다가 주춤했다. 주변을 둘러싼 군사들의 수가 압도적으로 많았기 때문이다.

"왕명을 거역하는 자는 그 자리에서 베어버리겠다."

이인임이 엄포를 놓았지만 신돈의 심복 임희제가 칼을 들고 달려들었다. 그러자 군사 여럿이 달려들어 단번에 임희제의 목을 베어버렸다. 이에 겁을 먹은 자들이 칼을 내려놓고 순순히 오라를 받았다. 이들은 모두 순위부(巡衛府)로 끌려가 취조를 받았다. 신돈은 취조를 받으면서도 당당했다. 자신이 왕을 시해하고 그 자리에 오르려 했다는 말도 서슴없이 했다. 이미 몇몇 장수들은 곤장과 단근질로 없는 죄까지 토해내고 있었지만 신돈은 조금도 흐트러지지 않았다. 공민왕은 그 공초 내용을 듣고 치를 떨었다. 그는 신돈을 수원으로 귀양을 보낸 후, 대사성 임박(林樸)을 시켜 참수해버렸다. 이로써 6년 간 지속되었던 신돈 정권은 종말을 고했고, 그의 도당들은 모두 유배되거나 처형당하고 말았다.

7

고비 사막에서 불어오는 모래바람이 붉게 물든 석양을 천천히 뒤덮고 있었다. 화림은 수시로 모래먼지가 날아와 궁궐 곳곳을 황금빛으로 변하게 했다. 처음 이곳에 왔던 기 태후는 건조한 공기로 인해 무척 힘들어했다. 미세한 모래먼지를 마시면 재채기를 참지 못했고, 피부도 쉽게 건조해지며 잔주름이 늘어갔다. 호수와 연못, 그리고 강으로 둘러싸여 수분이 풍부한 대도성에 비해 화림은 사막과 초원 한가운데 있어 공기는 늘 건조했고 탁한 모래바람은 수시로 불어왔다.

하지만 기 태후는 화림의 자연 풍광에 정감을 느꼈다. 높은 성벽 위에 올라가 지평선을 바라보면 아득하게 펼쳐진 광활한 평야가 눈에 들어왔다.

대평원.

몽골제국을 일으켰던 태조 칭기즈칸과 세조 쿠빌라이는 이곳 대초원을 전초기지로 하여 중원을 장악하고 대륙을 횡단했다. 세계로 향한 길이 시작되는 곳이 바로 대초원이기도 했다.

이에 비하면 내가 태어난 나라, 고려는 얼마나 작은가!

기 태후는 대평원을 바라보며 안타까워했다. 정말 그랬다. 그녀의 모국 고려는 대초원에서 떠올리기엔 너무도 작았다. 대륙의 동쪽 변방에 위치한 소국. 늘 인접 국가들의 침략에 시달리며 근근이 명맥을 유지하고 있는 나라. 하지만 그 민족에게도 한때 천하를 호령하며 대평원을 질풍처럼 내달리던 시절이 있었다. 바로 당과 수를 벌벌 떨게 했던 고구려와 발해가 이곳까지 세력을 형성하지 않았던가? 고려라는 이름도 바로 그 고구려의 기백을 이어받기 위해 지어졌던 것.

　이 땅이 모두 고려의 것이었다면……. 다시 예전의 영토를 회복할 수만 있다면…….

　기 태후는 석양에 물든 화림성을 내려다보며 문득 미소지었다. 그녀는 지금 아득한 눈길로 한 소녀를 바라보고 있다. 궁궐 층계에 앉아 손으로 턱을 괴고 석양에 물든 구름을 바라보는 얼굴. 그 어린 소녀는 호기심 어린 얼굴로 궁궐 여기저기를 돌아다니고 있다. 가다가 나이 든 궁녀들을 만나면 화들짝 놀라며 깊이 허리를 숙이고는 총총 걸음으로 내달리는 소녀. 그 천진한 소녀는 태액지 광대한 호수와 그 속에 떠오른 만세산의 모습을 바라보며 마음속으로 이미 천하를 품고 있었다. 그 소녀는 빛으로 지은 옷을 입고 천하를 호령하기를 얼마나 간절히 바랐던가!

　기 태후의 얼굴에는 어느새 웃음이 사라지고 없었다. 그녀는 성벽 계단을 내려오며 금가루를 입힌 서까래와 유약을 바른 청동 지붕을 찬찬히 올려다보았다. 북쪽에 위치한 이곳 화림은 대도성보다 몽골풍이 훨씬 강해 건축물도 이국적이었다.

　어전에 들어선 기 태후는 취렴 뒤에 앉아서 모든 정무를 친히 결재했다. 황제는 현명하고 상황 판단이 정확했으며 정무에 무척 의욕적이었다. 그런데도 황제는 굳이 태후의 수렴청정을 원했다. 새로 바뀐 환경에 적응하지 못한 신하들 중에는 기 태후와 황제를 둘러싸고 있는 위엄, 특히 그들을 소리 없이 따르고 있는 위압적인 친위병들 때문에 주눅이 들어 말을 제대로 하지 못하는 사람들이 많았다.

　날이 어두워지자 그녀는 내궁으로 들어왔다.

거울 속에는 쪽진 머리를 풀어헤친 중년의 여인이 들어 있었다. 기태후는 가볍게 머리를 흔들며 한숨을 내쉬었다. 생리도 멈춘 나이, 헛되이 달이 차고 이지러지면서 진홍색 호수는 고갈되어갔다. 궁녀들이 젖은 비단조각으로 그녀의 얼굴을 문지르며 분과 연지를 지웠다. 눈가와 입가에 맺힌 주름이 확연히 드러났다.

"이제 내 몸에 손을 대지 않아도 된다."

그녀는 문득 늙음을 감추기 위해 육체를 가꾸는 데 회의를 느꼈다. 붙잡을 수도 없는 세월을 잡기 위해 몸부림치는 게 부질없게 여겨졌다. 그 후 그녀는 더는 옷에 화려한 장식을 하지 않았다. 두텁게 하던 화장도 그만두라 명했다. 다만 아침에 일어나면 난즙으로 얼굴을 닦고 황후 시절 즐겨 입던 고려풍의 옷을 즐겨 입었다.

8

1368년 명나라를 건국한 주원장이 남정북벌을 하여 대도성을 점령하고, 연이어 중도와 응창을 함락시켰지만, 이는 온전한 천하통일이라 볼 수 없었다. 북쪽의 원은 차츰 안정을 되찾고 근처 국가를 복속시키면서 오히려 세력이 더 커지고 있었다. 주원장에게는 그것이 근심이었다. 원은 과거 칭기즈칸이 장악했던 영토를 거의 회복하며 군세를 늘려가고 있었다. 원은 도읍지만 화림으로 옮겨갔다고 느껴질 만큼 세력을 과시하며 수시로 명나라를 위협했다. 실제로 1370년 대륙의 정세는 남쪽의 명나라와 북쪽의 원나라가 대등한 세력으로 맞서고 있는 형국이었다.

주원장은 원의 남침을 염려하며 노심초사했다. 애써 탈환한 대도성을 빼앗긴다면 명은 다시 강 남쪽으로 밀려나 일개 변방의 약소국으로 전락하고 말 것이다. 그는 틈만 나면 책사 유기를 불러 이 문제를 놓고 진지하게 대화를 나누곤 했다. 유기는 명나라가 처한 상황을 정확하게 분석하고 있었다.

"폐하, 요동반도로부터 광주에 이르는 바닷가의 길고 긴 해안선은 시시때때로 어느 곳 할 것 없이 왜구의 침략에 노출돼 있사옵니다. 또 동북방과 북방, 서북방 지역인 장성 밖은 북원의 세력이 우리를 위협하고 있습니다. 때문에 주요 요지에 중병을 주둔시키지 않는다면 하루아침에 북원의 강한 철기에 짓밟히고 말 것입니다. 속히 변경을 방어할 대책을 세워야 하옵니다."

"허나 그런 식으로 변경을 방어하려면 여러 장수들에게 대군을 맡겨야 하는데, 어찌 그들을 믿고 맡길 수 있단 말이냐? 만일 그들이 변심을 하는 날이면 짐의 나라가 위태롭지 않겠는가?"

반란을 일으킨 자가 반란으로 권력을 잡으면, 반란을 경계하는 법이다. 주원장 또한 남쪽에서 난을 일으켜 관군과 대항하면서 중원을 제패했으니 그 의심이 많을 수밖에. 그는 자신의 통제를 철저하게 따르지 않는 장수는 절대 용서하지 않았다. 이런 주원장의 성격을 잘 아는 유기는 다른 대책을 내놓았다.

"폐하가 신뢰하는 믿음직한 장수를 변방에 보내시어 그들로 하여금 병력을 통솔케 하시지요."

"그들이 변심을 하지 않는다고 해서 짐의 고충이 사라지는 것은 아니다. 변방의 장수들이 병력을 너무 많이 보유하고 있으면 짐이 통제를 하기가 불가능한 지경에 이를 날이 올 것이니라. 이는 지난 역사가 말해주고 있지 않은가? 역사상 번진(藩鎭)이 발호했던 사례가 얼마나 많았는지 경도 잘 알 것이다."

"하오면 군사를 모두 조정에 직접 예속시켜야 하는데, 그러면 북쪽 변방과 너무 멀어 북원에 대한 방어를 제대로 할 수 없사옵니다."

"그러니 짐이 답답한 게다. 북쪽의 원은 군사를 모아 호시탐탐 중원을 노리고 있지만, 마땅히 믿을 만한 장수가 없어 변방에 대군을 주둔시키지 못하는 게 아닌가?"

유기는 턱을 매만지며 짧게 한숨을 내쉬었다.

"그렇다면 방법은 한 가지 밖에 없사옵니다."

"한 가지 방법이라니?"

"다시 북벌을 하는 겁니다. 폐하의 주력 군사를 몰아 화림을 쳐서 북원의 명줄을 아예 끊어 버려야 합니다."

"여기서 화림까지는 아주 먼 거리가 아닌가? 대군의 움직임이 첩자들에게 노출된다면 그들이 먼저 우리의 중심을 노릴 수도 있다. 북원과 짐의 나라 중 누가 더 잃을 게 많을 것 같은가?"

"하오면 군사를 여러 갈레로 나누어 진격하심이 어떠한지요? 대군이 화림 근처에서 합류하면 큰 위험을 줄일 수 있을 것입니다."

"또 북벌이라……."

"북원을 저대로 놔두면 필시 군사를 키워 이곳 중원으로 내려올 것입니다. 만약 동쪽의 고려와 연합하여 협공이라도 하는 날엔 꼼짝없이 당할 수밖에 없사옵니다. 그전에 선수를 쳐서 저들을 완전히 궤멸

시켜야만 폐하께서 진정한 천하통일의 위업을 이루는 것이옵니다."

주원장은 팔짱을 낀 채 눈을 감고 한참을 고민하다가 심사숙고 끝에 고개를 끄덕였다. 그는 대전에 나가 대신들을 향해 큰소리로 외쳤다.

"전국의 군사를 대도성 앞으로 집결시키라."

전국 각지에서 명나라 주원장 휘하의 군사들이 대도성으로 행군해왔다. 말 탄 장수들이 이끄는 대소 군단이 고각 소리에 맞춰 열을 지어 서는데, 대열은 흐트러짐이 없었다. 족히 30만은 넘어 보이는 대군의 행렬은 대도성을 채우고도 모자라 성밖 지평선까지 길게 뻗어 있었다. 맨 앞쪽에는 흰 말을 탄 기병대가 붉은 깃발을 들고 선두에 섰고, 그 뒤로 차례로 장창대(長槍隊), 궁노대(弓弩隊), 도패대(刀覇隊), 전차대(戰車隊), 공병대(工兵隊), 운제대(雲梯隊)를 비롯한 예하부대들이 차례로 정렬했다. 뜨거운 태양빛에 칼과 창을 비롯한 병기들이 반짝이는 대도성 광경은 그야말로 빛의 군단을 방불케 했다.

다시 긴 고각 소리가 울려 퍼지자 주원장의 친위군들이 청동 투구와 붉은 갑옷을 입고 달려 나왔다. 그들은 장검과 청동망치를 높이 들며 무적의 위엄과 용맹을 과시했다. 그들을 이끌고 있는 서달은 용천검을 뽑아 하늘을 가리키며 충천하는 기세에 한껏 사기를 북돋았다. 떠나갈 듯한 함성을 들으며 말에서 내린 서달은 큰 보폭으로 걸어가 주원장 앞에 무릎을 꿇었다. 주원장이 흡족한 미소를 띠우며 일어나 크게 외쳤다.

"짐이 대도성을 점령하여 중원을 장악한 지도 몇 년이 지났다. 천하의 백성들이 환호하고 열국이 우리를 섬기고 있으나 온전히 천하를 제패하지 못한 것은 원의 잔당이 아직 건재하기 때문이다. 원주가 북으로 달아나고, 그 아들이 황제에 올라 원의 명맥을 유지하고 있는 것이다. 근자에 그 잔당들이 북방을 자주 위협하며 나라의 안정을 해하고 있으니, 대장군 서달은 오랑캐 무리를 완전히 섬멸하여 천하제패의 임무를 완수하라!"

"황명 받들겠나이다."

서달이 우렁차게 외치며 일어나려는데, 주원장이 언짢은 기색으로 헛기침을 하더니 계속 말을 이었다.

"이번 정벌은 우리 명의 명운을 거는 일이니 만큼, 반드시 화림을 정벌하여 원주를 잡아와야 한다. 제일 먼저 화림을 점령하여 원주를 생포하는 자에게 최고의 관직을 주겠노라."

주원장은 배장대 앞뒤로 시립해 있는 서달과 이사제를 번갈아 바라보았다. 그의 의도는 분명했다. 지위고하를 막론하고 원의 황제를 생포하는 자에게 큰 상과 관직을 내리겠다는 말이었다. 은근히 서달과 이사제를 충동질하고 있었.

서달은 순간적으로 불쾌했지만, 그걸 내색할 수 없었다. 자신보다 직책이 낮은 자와 경쟁을 한다는 게 납득이 가지 않았다. 더구나 이사제는 원나라를 배신하고 넘어온 장수가 아닌가? 서달에게 이사제는 주원장의 기세가 높아지며 원이 궁지에 몰리자, 명에게 투항해온 상종하고 싶지 않은 간사한 부류일 뿐이었다.

저런 박쥐 같은 놈과 내가 경쟁을 한다고?

서달은 눈을 부라리며 말에 올랐다. 그는 신경질적으로 칼을 뽑아 높이 들었다. 출정 신호가 떨어지자 군사들의 함성이 대도성에 울려 퍼졌다. 이윽고 서달이 지휘하는 서군과 이사제가 지휘하는 동군이 두 갈래로 나뉘며 북진 길에 올랐다.

서군을 이끌고 있는 서달은 북으로 향하는 동안 내내 심기가 편치 못했다. 감히 얼굴을 맞대고 싶지 않은 자와 자신을 경쟁시키려는 주원장의 처사가 못내 마음에 걸렸다.

아사제는 원주(元主) 밑에서 온갖 아부를 하며 호위호식 하던 자가 아닌가? 나라가 기울어 가자 우리에게 빌붙은 간사한 자이거늘…… 주공은 어찌 그런 후레아들 놈과 나를 경쟁시킨단 말인가?

서달이 분통을 터뜨리며 한숨을 내쉬는데, 문득 다른 걱정도 들었다.

만약 이사제가 나보다 먼저 화림에 진격하여 원주를 사로잡으면 정말 그의 밑으로 들어가야 하는 게 아닌가?

이사제는 원나라 출신이기 때문에 이번 북벌에 여러 모로 유리한 조건을 가지고 있었다. 화림으로 가는 길을 잘 알고 있는데다, 적의 허실 또한 잘 알고 있었다. 생각이 거기까지 미치자 서달은 마음이 다급해졌다. 그는 위기감을 느끼며 선두에서 기마대를 이끌고 있는 휘하 장수를 불러들였다.

"네가 이끄는 기마대가 이번에 얼마나 참전했느냐?"

"2만이옵니다."

"너는 나와 함께 그 기마대를 이끌고 속히 화림으로 가야겠다."

"하오면 고작 2만의 기병만으로 적과 대적하겠단 말씀입니까?"

"적은 패퇴하여 사기를 잃은 오합지졸에 불과하다. 우리가 먼저 짓쳐 들어가서 성을 점령하고 곧 보병대가 도착해 호응하면 된다. 그러면 우리가 이사제의 군사보다 훨씬 먼저 원주를 붙잡을 수 있을 것이다."

서달은 적을 물리치는 건 문제없다고 생각했다. 그의 관심은 오직 이사제보다 먼저 그 승전의 열매를 따는 것이었다. 그는 말의 박차를 힘껏 걷어차며 달렸다. 그 뒤를 기병대가 뿌연 흙먼지를 일으키며 따랐다.

9

30만의 대군이 화림을 향해 달려온다는 소식은 기 태후에게도 전해졌다. 과거의 연이은 패배로 전의를 상실한 조정은 발칵 뒤집혔다. 명군에 의해 대도성과 중도, 응창을 차례로 빼앗겼던 아픈 기억이 있던 신하들은 벌벌 떨기부터 했다. 화림마저 빼앗기면 그나마 유지되던 원의 명맥이 완전히 끊겨버리는 것이다. 남쪽으로 급파했던 첩자들이 속속 전황을 알려왔다.

"서달과 이사제가 이끄는 30만 대군이 응창을 출발했다 하옵니다."

"동서로 나뉘어 진군해오고 있는데, 아마도 양쪽으로 협공할 것 같사옵니다."

"기세등등하게 몰려오고 있어 오는 길목의 성들이 맥없이 함락되고 있사옵니다."

전황은 긴박했고, 불리했다. 더는 물러설 곳도 없었지만, 적군을 무작정 앉아서 기다릴 수도 없었다. 기 태후는 급히 문무백관을 불러 대책을 논의했다. 겁먹은 신하들이 뚜렷한 방비책을 내어놓지 못하자 황제가 직접 나섰다.

"태후 마마, 직접 군사를 이끌고 남으로 내려가 싸우도록 허락해 주옵소서."

"황상은 우리 원을, 아니 천하를 대표하는 천자라는 걸 잊은 게요? 옥체를 보존하셔야 합니다."

기 태후는 엄하지만 자상한 어조로 타이르듯 말했다. 그녀는 황제로부터 눈을 돌려 신하들을 휘둘러보았다.

"확곽첩목아로부터 아직 소식이 없는 게냐?"

그녀는 북방에 군사를 모으러 간 확곽첩목아를 간절히 기다리고 있었다.

확곽첩목아는 늦은 밤이 되어서야 먼지를 뒤집어쓰고 대전으로 들어섰다.

"소신, 군사를 모아 왔나이다."

"그래, 얼마나 모아 왔습니까?"

"북방을 모두 돌아다녀 10만의 정병을 이끌고 왔나이다."

"10만의 군사로 30만의 대군과 싸워 이길 수 있겠습니까?"

"적은 멀리서 사막과 초원을 지나오고 있을 것입니다. 많이 지쳐 있을 것이고, 초원과 사막에서 전투를 치른 경험이 일천할 것이옵니다. 우리가 전략을 잘 짠 후에 죽기를 각오하고 싸운다면 충분히 승산이 있사옵니다."

기 태후는 흡족한 얼굴로 고개를 끄덕였다.

"원 제국의 운명이 장군의 어깨에 달려있다는 걸 명심하라. 기필코 적을 막아내어 우리 원의 기상이 아직 살아 있음을 보여주어야 할 것이야."

확곽첩목아를 남쪽에 보낸 기 태후는 한동안 깊은 고민에 빠졌다. 그녀는 가만히 눈을 감고 두 손으로 양쪽 관자놀이를 가볍게 눌렀다.

심각한 생각에 잠길 때의 그녀의 버릇이었다. 오랫동안 생각에 생각을 거듭하던 그녀가 무겁게 고개를 끄덕이며 자리에서 일어났다.

침전을 나선 기 태후는 급히 병부상서(兵部尙書) 이중시(李仲時)를 불렀다.

"경은 이 밀지를 가지고 즉시 고려로 가세요."

"고려로 가라 하시면……."

"자세한 내용은 그 서찰 안에 모두 적혀 있습니다. 촌각을 지체할 수 없는 일이니 경은 밤낮을 달려야 할 것이오. 고려로 가 내 뜻을 전하도록 하세요."

황제가 어두운 얼굴로 입을 열었다.

"고려에 사신을 보내신다면 혹……."

기 태후는 말없이 고개를 끄덕였다.

"그쪽에서 과연 응할 지요?"

"고려는 내 태를 묻은 땅입니다. 모른 척 하지는 않을 것이오."

이중시를 고려로 보내고 나자 기다렸다는 듯 급보가 날아들기 시작했다.

확곽첩목아는 늦은 밤인데도 잠시도 쉬지 않고 10만의 군사 중 5만의 대군을 이끌고 남으로 떠나갔다. 되도록 화림과 멀리 떨어진 곳에서 싸워야만 했다. 확곽첩목아가 남진해서 진을 친 곳은 바로 영북(嶺北)이었다. 영북성은 평지가 적은 대신 비교적 산세가 높고 계곡이 깊어 적의 침입을 막기에는 적합한 장소였다. 그는 군사를 둘로 나누어 절반은 성안을 수비하게 했고 나머지는 성 밖에 목책을 세워 진지를 구축하도록 했다.

한편, 서달은 2만의 기병을 거느리고 쉬지 않고 북으로 달려갔다. 이사제보다 먼저 화림을 치기 위해 밤낮을 가리지 않고 무리한 진군을 했다. 그렇게 나흘을 꼬박 달려서야 서달과 기병대는 영북에 들어설 수 있었다. 앞서 보낸 척후병이 영북성에 확곽첩목아가 대군을 거느리고 주둔하고 있다는 소식을 서달에게 전해왔다.

서달이 근처에 당도했다는 소식은 확곽첩목아에게도 전해졌다. 적진의 상황을 염탐하러 간 부장 호덕제가 가쁜 숨을 몰아쉬며 돌아왔다.

"그들이 왜 이곳 성으로 곧장 쳐들어오지 않는 게냐?"

"보병은 보이지 않고 기병들만 먼저 당도한 듯합니다. 소장이 보기엔 이상합니다만, 인마의 상태로 보아 며칠간 쉬지 않고 달려온 듯합니다. 군량미도 따로 없어서 저들은 오래 진을 치기도 힘들 것 같습니다."

"그럼 당장 달려가 내치면 되지 않느냐?"

"하오나 비록 지쳐있다 하나, 2만이 넘는 군사에 모두 기병들이라 저들의 기동성이 염려됩니다. 우리가 곧바로 들이친다고 해도 쉽게 승리를 장담할 수 없을 것입니다."

확곽첩목아는 안타까운 마음에 아랫입술을 꽉 깨물었다. 적은 며칠을 꼬박 달려오느라 많이 지쳐 있는데다 휴식과 식사도 제때 하지 못해 사기가 떨어져 있을 것이다. 이때를 놓치지 않고 공격해야 하건만, 승리를 장담할 수 없다는 부장의 판단을 무시할 수도 없었다. 그렇게 고민하고 있을 때 갑자기 밖이 수런거렸다.

"이제 그가 당도하였습니다."

그 말과 함께 군막이 열리며 명군의 복색을 한 장수 한 명이 확곽첩목아 앞에 엎드렸다.

"장군, 소장을 알아보겠습니까?"

땅에 부복한 자의 목소리는 가볍게 떨리고 있었다. 그를 내려다보던 확곽첩목아의 얼굴에 놀라운 표정이 떠올랐다.

"그대는 동남영(東南永)…… 도대체 어찌된 일이냐?"

"소장은 응창이 명군에게 함락되면서 목숨을 부지하기 위해 적에게 투항을 했습니다. 무기와 명마를 모두 내주자 명군이 되지 않겠느냐고 회유하는지라, 살고 싶어서 거기에 응하고 말았습니다. 명군은 보병과 수군은 뛰어나지만 기병은 우리 원에 비할 바가 못 되었습니다. 소장은 말을 조련하고 한 무리의 기병을 훈련시키는 직책을 맡았습니다. 그러다가 이번에 화림을 정벌하기 위해 군대를 편성하자 자진하여 지원을 했습니다."

"그런데 우리 진영에 뛰어든 이유가 무엇이냐?"

"장군, 소장은 처음부터 그들에게 투항할 의사가 없었습니다. 적병을 한 놈이라도 더 죽이고 자결하려 했습니다. 허나 그보다 더 중한 일이 있을 것 같아 여태 기다려오다 오늘에야 뜻을 펼치기로 한 것입니다."

"그 뜻이라니?"

"소장은 그간 피치 못해 투항한 우리 원나라 군사들을 저들 몰래 이끌어 왔습니다. 그들의 상당수가 이번에 온 서달의 기마대에 속해 있습니다. 우리는 칼끝을 돌릴 것이옵니다. 장군, 소장을 믿어주십시오."

"칼끝을 돌린다면, 우리를 위해 싸우기로 했단 말이냐?"

"그러하옵니다. 저들은 나흘을 쉬지 않고 달려왔기 때문에 무척 지쳐 있습니다. 지금 당장 공격하지 않으면 조만간 10만의 대군이 호응해 올 것이고, 그 뒤로는 그보다 더 많은 대군이 몰려올 것입니다. 장군, 지금이 절호의 기회입니다. 속히 적의 예봉을 꺾어놓아야 합니다."

"하지만 적은 기동성이 뛰어난 기병이 아니냐? 우리가 거느린 보병만으로는 당하긴 힘들 것이다."

"소장과 뜻을 같이 하기로 한 자들이 꽤 되옵니다. 여기 오기 전에 모두 투구에 깃을 달아 표식을 해놓았습니다. 그들이 안에서 호응하고 장군께서 밖에서 치신다면 충분히 승산이 있습니다."

확곽첩목아는 진중한 표정으로 고개를 끄덕였다.

"좋다. 나는 자네를 믿고 곧장 적진으로 달려갈 것이니, 안에서 내응을 잘 해야 할 것이야."

동남영이 돌아가자 확곽첩목아는 한동안 고심했다. 과연 그를 믿을 수 있을 것인가. 그의 말이 진심이라면 적을 꺾는 건 문제가 아니다. 그러나 만일 그가 거짓을 고하고 간 것이라면 자칫 전멸을 면치 못할 것이다. 화곽첩목아는 눈을 부릅뜨고 서성거렸다. 그러다가 마침내 결정을 내렸다.

"즉각 출전할 채비를 갖추어라!"

시간은 삼경을 넘긴 새벽녘. 잠든 군사들을 깨워 무장을 단단히 점검하고 곧장 성문을 나섰다. 척후병을 먼저 보내 적진을 살피니, 모두 잠들었다는 보고가 들어왔다. 오랜 진군으로 지쳐있을 테고, 기병대라는 이점 때문에 적들은 마음 놓고 잠에 꼴아 떨어진 모양이다. 확곽첩목아는 세 갈래로 나뉘어 공격을 단행하기로 했다. 한 갈레는 그가 직접 수천의 기병을 거느리고 적진으로 들어가 동남영의 부대와 호응하기로 했다. 다른 한 갈레는 기습의 이점을 활용하여 적의 영체만을 습격하기로 했다. 그 뒤로 호덕제의 대부대가 주공(主攻)을 감행하며 전면적인 소탕전을 벌이는 작전이었다.

확곽첩목아가 명을 내리자 부장이 불화살을 허공에 쏘아 올렸다. 그것을 신호로 미리 매복해 있던 확곽첩목아의 기병들이 총포를 울리며 명군의 진영으로 돌격해 들어갔다. 명의 진영 안에서 대기하고 있던 동남영의 기병대도 움직이기 시작했다. 그들은 거리낌 없이 병기를 빼들고 잠든 명군을 주살하기 시작했다. 말을 탄 기병들이 무서운 기세로 달리며 불을 놓고 창칼을 휘두르니 미쳐 병영을 빠져나오지도 못한 채 잠들어 있던 명의 기병들이 무더기로 타죽었다. 영문을 모르고 허겁지겁 뛰쳐나온 자들도 명군 복장을 하고 있는 동남영의 기병대가 휘두른 칼에 가차 없이 목이 날아갔다.

그 혼란을 틈타 뒤에서 대기하고 있던 호덕제의 군사가 함성을 내지르며 달려왔다. 칠흑 같은 어둠 속에서 투구에 깃을 꽂은 명군 복장의 일단의 기병대와 원군에 의해 명군은 별반 저항도 못해보고 일방적으로 살해당하고 있었다. 날이 밝아올 무렵 살아서 걷고 있는 명군의 군사들은 더 이상은 보이지 않았다. 2만의 기병대가 남김없이 도륙된 것이다.

"서달, 그놈은 어디에 있는가?"

상황이 마무리되자 확곽첩목아가 동남영에게 서달의 행방을 물었다.

"소장이 놈의 수급을 베었어야 하는데, 기습이 시작됐을 때 평복을 하고 진영을 급히 빠져나갔다 하옵니다."

"속히 기병을 편성해 그를 쫓아가라."

그때 호덕제가 고개를 내저으며 말했다.

"장군, 곧 적의 대군이 몰려올 것입니다. 만일 추격대가 그들을 만난다면 낭패를 면치 못할 것입니다. 적의 선봉인 기병대를 전멸시킨 것만으로도 적의 예봉을 꺾지 않았습니까? 우선 군사를 물리신 후에 대군과 맞설 준비를 하는 게 좋을 듯합니다."

"그 말이 옳다."

확곽첩목아는 고개를 크게 끄덕이며 군사를 철수시켰다. 비록 적장 서달을 잡진 못했지만 아군의 피해가 거의 없는 상태에서 적의 기병 2만을 완전히 도륙했으니 대승이었다. 이제 남은 것은 그 뒤에 버티고 있는 10만의 보병이었다.

한편 간신히 군영을 빠져나와 목숨을 건진 서달은 쉴 새 없이 남쪽으로 말을 몰아갔다. 하룻밤을 꼬박 달려서야 뒤따라오는 보병 본진을 만날 수 있었다. 그의 행색은 말이 아니었다. 투구는 벗겨져 머리카락이 듬성듬성 빠지기 시작한 머리가 그대로 드러났고, 갑옷은 여기저기 찢어지고 불에 타 넝마차림을 하고 있었다.

"장군, 어찌 된 일입니까?"

보병을 이끌고 온 장수 왕휘봉이 놀란 눈으로 물었다. 서달은 대답하지 못하고 다만 분한 마음에 가슴을 세게 두드릴 뿐이었다. 그는 붉게 상기된 얼굴로 가죽물병을 두 개째 거푸 비우고는 소리쳤다.

"말을 타고 예까지 오는데 하루가 꼬박 걸렸으니 부지런히 올라가면 이틀 안에 영북에 도달할 수 있을 것이다. 속히 군사를 몰아 가 확곽첩목아의 목을 벨 것이다."

그는 여전히 전장에서 패하는 것보다 동쪽으로 올라가고 있을 이사제에게 뒤지는 것이 더 두려웠다. 무리를 해서라도 속히 영북에 도달하여 확곽첩목아의 군을 무찌르고 화림을 점령하고 싶었다. 서달은 눈을 부라리며 일주일이나 행군해온 군사들을 재촉하여 속도를 더 내게 했다.

휘하 제장들과 군사들은 서달의 재촉이 불만이었다. 군량미도 제대로 보급되지 않아 지치고 허기진 상태에서 다시 무리한 행군을 명하는 수장이 달가울 리가 없었다. 그러나 서달의 명을 거역할 수도 없었다. 그렇게 이틀을 쉬지 않고 내리 행군을 해 영북에 도달했으나 그 상태로 전투를 치르기엔 무리였다.

서달도 이를 잘 알고 있는 지라 하루 동안 군사들을 쉬게 할 생각이었다. 하지만 언제 확곽첩목아의 군대가 쳐들어올지 몰라 마음을 놓을 수 없었다. 척후병을 보내어 적진을 살피게 했다.

확곽첩목아의 진영에는 여기저기서 밥 짓는 연기가 피어오르고 있었다. 척후병은 나는 듯이 달려와 목격한 것들을 보고했다. 서달도 군사들을 쉬게 하며 밥을 짓도록 제장들에게 명했다.

그러나 그것은 일종의 속임수였다. 영북성에 주둔한 원나라 군사들은 이미 간밤에 나누어 받은 주먹밥으로 아침을 해결하고는 출전할 준비를 모두 끝내놓고 있었다. 확곽첩목아도 말에 올라타서 척후병이 수시로 전해오는 보고를 들으며 공격 시기를 가늠하고 있었다. 이윽고 원군의 동정에 안심한 명군의 진영 여기저기서 아침을 짓는 연기가 솟고 냇가로 물통을 들고 가는 병사들의 행렬이 눈에 띠었다. 오랫동안 행군해온 그들은 모두 지친 얼굴로 다리를 절고 있었는데, 투구와 무기를 착용하지 않은 방심한 모습들이었다.

"모두 나를 따르라!"

확곽첩목아가 칼을 빼들고 소리쳤다. 단단히 준비하고 있던 5만의 철기와 보병이 일제히 밖으로 달려 나갔다. 이들은 영북성의 크고 작은 성문을 통해 수십 갈래로 흩어지며 빠져나갔으나, 적진을 향해 달려갈 때는 그대로 한 덩이가 되며 거센 파도처럼 진채를 덮쳐갔다. 성과 명군의 진채 사이는 거의 십여 리가 되는 길이었지만, 지친 명나라 군사들에게는 그야말로 자다가 얻어맞는 기분이었다. 대부분 방심한 얼굴로 함성을 내지르며 달려오는 적군을 한동안 의아스런 얼굴로 쳐다보았던 것이다. 그만큼 명나라 군사들은 오랜 피로에 지쳐 있었다. 막 아침밥을 떠먹으려던 서달은 상을 팽개치고 일어났다. 그는 투구를 쓰는 것도 잊고 칼을 휘두르며 고래고래 고함을 내질렀다.

"기습이다. 서둘러 대열을 정비하라."

하지만 짓쳐오는 원군을 막아내기엔 이미 늦었다는 것을 평생 전장에서 살아온 서달도 즉시 깨달을 수 있었다. 확곽첩목아의 기병대는 아무런 저지도 받지 않고 질풍처럼 진채 중앙을 휩쓸고 지나갔다. 그들이 지나는 길목에는 여지없이 목책이 불타올랐고 헤아릴 수 없는 명군의 머리통이 몸과 분리되어 땅에 뒹굴었다. 만일 명군이 방심하지만 않았더라면, 압도적으로 많은 보졸(步卒)들로 방비를 했더라면, 확곽첩목아의 기병대에게 진채 중앙을 내주진 않았을 것이다.

또다시 원군에 의한 일방적인 살육전이 벌어지고 있었다. 여기저기서 비명과 함께 피분수가 솟구쳤다. 기병이 휩쓸고 가며 정신을 빼놓고 난 자리를 원의 보병들이 마치 알곡을 걷어 들이듯 적의 목을 베고 지나갔다. 그 피해는 수달이 이끌고 온 장창대, 궁노대, 도패대에 이르기까지 두루 미쳤다. 10만이 넘는 대군이라고 하나, 승세를 거머쥔 원의 기병대와 보병대에 차례로 당하며 무너져 내리고 있었다. 명군은 칼을 들고 싸우는 자들보다 무기를 내팽개치고 도망가는 자들이 더 많을 정도였다.

　겨우 갑주와 창검을 갖추고 말 위에 올라탄 서달은 그 뜻밖의 사태에 넋을 잃고 말았다. 비록 작은 승전을 했다고 하나, 명군에 비해 절반도 안 되는 군사로 이렇게 대담하게 기습공격을 해오리라고는 그도 미처 생각하지 못했다. 서달은 군사들에게 하루쯤 휴식을 준 후 먼저 달려가 적을 완벽하게 짓밟아 주리라 마음먹고 있던 터였다.

　서달은 비명 같은 호통을 내지르며 창을 휘둘렀다. 그는 몸을 돌보지 않고 선두에 서서 몰려드는 원나라 군사들과 힘겹게 사투를 벌였다. 필사적으로 창을 휘둘렀지만 팔에서 점점 힘이 빠지고 있었다. 더구나 자신을 보호하기 위해 원진을 형성하며 원군에게 대항하던 호위군사들마저 하나둘 죽어가며 마침내 혼자가 되었을 때, 그는 무거운 창을 내던지고 칼을 뽑아들었다.

　"적장이 달아난다!"

　서달은 결국 말머리를 돌려 달아났다. 미친 듯 칼을 휘두르며 말을 내몰고 달리자 원군의 추격이 시작되었다. 원군 기병대가 도망가는 서달을 삼십 리나 뒤쫓아 갔지만, 결사적으로 도망가는 서달을 잡을 수 없었다.

　"모두 멈추어라!"

　적의 피와 자신의 땀으로 흠뻑 젖은 확곽첩목아가 추격을 중단시켰다. 어느새 해는 하늘 가운데 높이 걸려 있었다. 그는 하늘을 올려다보며 명을 내렸다.

　"군사를 돌려 성으로 돌아가자. 전열을 다시 정비해야만 한다."

"만약 그 사이에 적이 세력을 회복하면 어쩌시겠습니까?"

"그럴 리는 없을 것이다. 적은 군사를 크게 잃은 데다 도망친 자들도 이미 한번 크게 놀란 자들이다. 무리하게 쫓아 장졸들을 피로하게 하느니 성에서 쉬게 하며 전열을 가다듬는 게 더 이롭다. 적은 반드시 다시 몰려올 것이다"

확곽첩목아는 군사를 돌려 성으로 돌아갔다. 영북성에는 화림에서 수레에 실어 보내온 군량미 수천 가마가 산더미처럼 쌓여 있었다. 무슨 수를 써서라도 성을 지켜내 화림을 보호하라는 기 태후의 친서도 도착했다. 확곽첩목아는 군사들을 배불리 먹이고는 농성할 채비를 했다.

그 시각, 서달은 죽기 살기로 전장을 빠져나가고 있었다. 한 가닥 혈로를 뚫고 동쪽으로 달아나던 그가 멈춘 곳은 영북에서 70여 리나 떨어진 어느 들판이었다.

"여기서 군사를 멈추고 뒤따라오는 자들을 수습하도록 하라."

서달이 지친 얼굴로 명하고 주위를 휘둘러보니 뒤따라 온 군사는 겨우 2백여 기에 불과했다. 그러나 한 식경쯤 지나자 무리를 지어 도망쳐오는 장졸들이 조금씩 모이더니 이내 1천을 헤아릴 정도가 되었다. 그 사이 한숨을 돌린 서달은 죄인처럼 얼굴을 들지 못하고 주위에 모여든 휘하 장수들에게 물었다.

"이제 어떻게 하면 좋겠느냐? 이대로 대도성에 내려가야 하는지…… 모르겠다."

"그보단 동쪽의 이사제 장군에게 도움을 청하시지요?"

"그에게 머리를 굽히고 들어가란 말이냐?"

"머리를 굽히다니요? 이번 북벌을 이끄시는 분은 엄연히 대장군이십니다. 명을 내리시는 거지 이사제 장군에게 신세를 지러 가는 건 아니지 않습니까? 그가 거느린 군사가 모두 20만입니다. 우리와 합세하여 영북성을 치면 충분히 무너뜨릴 수 있습니다."

서달은 이사제에게 굽히는 게 죽기보다 싫었지만 패장의 모습으로 대도성으로 돌아갈 수도 없었다. 그는 하는 수 없이 전령을 동쪽으로 보냈다.

서달의 전령에게 보고를 받은 이사제는 콧방귀를 끼더니 이내 호탕하게 웃었다.

"천하의 서달이라 하지만 별 수 없나 보구나. 그깟 5만의 군사들에게 호되게 당해 군사를 모두 잃어버렸다니…… 우리가 속히 달려가 용맹함을 보이리라."

이사제는 자신이 거느린 20만의 군사를 몰고 서쪽으로 방향을 틀었다. 그대로 북진하여 양쪽에서 협공하려던 계획을 변경해 서달과 함께 화림을 치기로 한 것이다.

두 번이나 잇따라 적에게 대패한 서달은 결기를 다지며 눈을 부릅떴다. 다시는 실수하지 않으리라 다짐했다. 이미 자존심을 버린 뒤라 먼저 화림을 함락할 욕심도 같이 버렸다. 이사제가 대군을 몰아오면 함께 계책을 세워 영북성을 빼앗고 곧장 북으로 올라갈 계획이었다.

화림만 완전히 정복하면 원의 명맥도 끊기고 말리라.

서달은 크게 숨을 내쉬며 칼자루를 움켜쥐었다.

10

그로부터 이틀 후, 이사제가 이끄는 대군이 영북성 앞에 도달했다. 확곽첩목아는 이미 방비를 튼튼히 하고 농성할 준비를 마쳐놓고 명군을 기다리고 있었다. 성에 주둔한 원나라 군사는 5만. 이에 비해 성을 둘러싸고 있는 명군은 그 네 배에 달하는 20만이었다.

섣불리 달려들었다간 또 당할 지도 모른다. 서두를 필요 없이 천천히 성을 함락하면 될 것이다.

서달은 호흡을 가다듬으며 치솟는 분노를 삼켰다. 그는 군사를 충분히 쉬게 하고는 근처 초원지대에서 섶을 날라 오게 하고 나무를 베어 사다리를 만들기도 했다. 만반의 준비를 갖춘 서달은 깊은 밤이 되자 출전 명령을 내렸다.

"와아아!"

20만 대군이 내지르는 거대한 함성과 함께 주변이 붉게 타올랐다. 그들이 준비한 섶과 사다리는 이미 성벽 밑에까지 운반된 뒤였다. 뒤따라온 명군들이 섶에다 불을 붙이고 사다리를 성벽에 갖다 붙였다. 성 남문은 어느새 조금씩 불이 붙어 타오르고 있었다. 성문을 태워서 돌파하려는 명군의 의도였다.

남문을 중심으로 한동안 치열한 공방전이 계속되었다. 원군은 필사적으로 성을 방어했지만 압도적으로 많은 명군의 공세를 감당하지 못했다. 확곽첩목아가 몸을 돌보지 않고 화살을 날리고 검을 휘두르며 전투를 지휘했지만, 새까맣게 날아오는 화살 공세에 성벽에서 방어하는 군사들이 당해내지 못하고 쓰러져갔다.

낭패한 얼굴로 진영으로 달려간 확곽첩목아가 제장들에게 급히 영을 내렸다.
"내가 지시해 놓은 것을 속히 시행하라!"
　그는 말을 끝내기가 무섭게 북문을 열고 서둘러 말을 몰아나갔다. 수만 명의 군사가 한꺼번에 북문으로 우르르 빠져나가 버리자 명의 군사들이 득달같이 성문을 부수고 들어와 성을 점령했다.
"적군을 쫓아라!"
"아니다, 전군은 지금의 위치를 고수하고 다음 명을 기다리라!"
　이사제가 칼을 들어 명을 내릴 때 서달이 서둘러 그 명을 철회하게 했다.
"우리의 목적은 이 성을 빼앗는 데 있다. 굳이 저들과 대항하여 피해를 볼 필요는 없지 않느냐?"
"허나 저들이 화림으로 달아나서 군사를 정비하면서 그쪽을 방비할 수 있습니다."
"우리에게 호되게 당했으니 화림으로 가서도 성을 버리고 도망가자고 할 것이다. 그러면 우린 군사를 잃지 않고도 손쉽게 화림을 점령할 수 있을 것이다."
　서달의 저지로 인해 그날 더 이상의 접전은 일어나지 않았다. 말을 타고 달아나는 원의 기병들을 따라잡을 수 없는데다, 군사들도 많이 지쳐 있어 서달은 자신의 결정을 번복하지 않았다.
　서달은 우선 군사들을 푹 쉬게 했다. 대도성을 떠난 이후 근 보름 동안이나 제때 쉬지 못하고 행군해 온 군사들의 여독을 풀어야 다음 전투를 능률적으로 치룰 수 있을 것 같았다. 때마침 성안에는 식량과

물이 충분했다. 원군이 남기고 간 쌀로 밥을 하고 술을 마시며 그 밤을 보냈다. 하지만 영북은 비교적 규모가 작은 성이라 20만 대군이 모두 성안으로 들 수는 없었다. 군사들 중 5만이 안에 들고 나머지는 밖에 군영을 만들어 밤을 보냈다.

오랜 행군으로 지쳐 있던 명군은 가볍게 술을 마시고 곧 잠에 곯아떨어졌다. 하지만 서달은 졸린 눈을 비비며 경계에 소홀하지 않았다. 이전에 방심을 했다가 기습을 당한 아픈 전력이 있던 그는 직접 성벽 위를 돌아보며 경계병들에게 주위를 단단히 살피라 일렀다.

서달은 새벽이 되어서야 잠이 들었다. 얼마나 잠들었을까. 문득 잠결에 함성 소리를 들은 듯했다. 서달은 느낌이 이상해 벌떡 일어났다. 밖에서 거친 함성과 병장기 부딪치는 소리, 비명소리가 들려오고 있었다. 이에 놀란 서달은 서둘러 갑옷과 투구를 쓰고 장검을 거머쥐고 밖으로 달려 나갔다. 성 곳곳에서 불길이 타오르고 병사들이 허둥거리며 어찌할 바를 모르고 있었다. 그는 성벽 위로 올라가 주위를 살폈다.

"적이 어디에서 들어온 것이냐?"

서달이 물었지만 경비병은 고개를 내젓기만 했다.

"아무도 성안으로 들어온 자가 없습니다."

그때였다. 멀리서 붉은 횃불이 빠르게 다가오고 있었다. 확곽첩목아의 군사였는데 족히 수만은 될 듯싶었다.

"도대체 어찌 된 것이냐? 적은 이제야 달려오건만 지금 성안에서 일어난 저 함성과 비명소리는 뭐라는 말이냐?"

서달은 다시 성벽 아래로 내려갔다. 어디서 나타났는지, 수천의 원나라 군사들이 창칼을 휘두르며 명군을 닥치는대로 찔러 죽이고 있었다. 술에 취해 있다가 얼떨결에 깨어난 명군은 영문도 모른 체 당하기만 했다. 서달은 한숨을 내쉬며 칼을 쥐고 달려 나갔다.
"이것들이 하늘에서 내려온 것이냐?"
한편 성 밖에서 주둔하고 있던 명군들도 안에서 전투를 벌이는 소리를 듣고 서둘러 병장기를 챙겨 안으로 달려갔다. 그런데 멀리서 바라보니 원의 기병대가 빠르게 달려오는 게 보였다. 군사들 못지않게 명의 장수들도 우왕좌왕하고 있었다. 술이 덜 깬 상태에서 일어나 성 안으로 군사를 보내고 나니 또 밖에서 원의 기병대가 험악한 기세로 밀려오자 정신을 차리지 못했다.
성안에서 한동안 명나라 군사들을 일방적으로 주살하고 있는 원의 군사들은 사실 몇 백에 불과했다. 그런데도 오랫동안 행군하며 쌓인 누적된 피로에 찌든 명나라 군사들은 별 대항도 못 하고 무더기로 죽어나갔다. 이건 싸움이 아니라 숫제 난리판이었다. 창칼에 죽은 사람보다 뒤엉켜 밟혀 죽어가는 사람이 더 많을 정도였다. 서달과 이사제는 칼을 휘두르며 군사들을 이끌었으나 겁에 질리고 당황한 군사들을 통제하기란 쉽지 않은 일이었다.
"정신 똑바로 차리고 맞서 싸워라!"
서달이 목울대를 세우며 외쳤지만 소용없었다. 성밖과 성루를 장악한 원군이 쏘아대는 화살과 투석기에 의해 한 곳에 밀집해 있던 수많은 군사들이 피를 흘리며 쓰러졌다. 아비규환과 비명이 가득했고, 그들에게서 흘러내린 피가 내를 이룰 정도였다. 필사적으로 싸우던 이사제가 얼른 달려왔다.
"안되겠습니다. 속히 성을 버리고 후퇴해야겠습니다."

"그게 말이 되는 소린가? 20만 대군이 겨우 5만도 채 안 되는 놈들에게 쫓겨 간다는 게 말이냐 되냐고?"

서달은 연이어 두 번을 패해 이번만은 지고 싶지 않았다. 그는 아직 수적 우위를 믿고 있었다. 어쨌든 대열을 정비하여 적을 내친다면 충분히 승산이 있을 거라고 봤다. 하지만 그는 사태를 잘못 파악하고 있었다. 좁은 영북성에 20만 대군이 몰려 있는데다 성벽 위와 성밖을 원군이 점령하고 화살과 투석기를 집중적으로 쏘아대고 있어 어찌해볼 도리가 없었다. 할 수 없이 서달이 직접 나서기로 했다. 날아오는 화살과 돌들을 칼과 방패로 쳐내며 성벽에 접근한 그는 호랑이처럼 번쩍 솟구치더니 성벽에 바짝 붙어서 조금씩 기어올랐다. 그가 성벽을 올라가 화살을 쏴대고 있는 원군을 연거푸 찍어내고 있는 사이 확곽첩목아가 달려왔다.

"드디어 여기서 만나는구나!"

서달도 그를 알아보고는 두 손으로 검을 움켜잡았다. 먼저 공격을 한 건 서달이었다. 그는 가래침 끓는 기합을 내지르며 일직선으로 달려들었다. 그러자 확곽첩목아도 두 손으로 검을 쥐고 서달의 머리를 향해 검을 휘둘렀다.

"야얏!"

"하앗!"

검과 검이 십자 형태로 부딪치며 수십 합을 겨뤘지만 승부는 좀체 가려지지 않았다. 확곽첩목아는 원나라 최고의 무사. 서달 또한 주원장을 도와 천하를 제패하는데 일조한 명나라 최고의 장수였다. 천하의 두 용장이 맞붙으니 마치 두 마리의 용이 몸을 뒤틀며 맞서는 것처럼 뜨거운 기운이 주위에 감돌았다.

　잠시 뒤로 물러나며 호흡을 가다듬은 확곽첩목아는 한 걸음 내딛으며 검술을 변화시켰다. 그는 앞으로 달려가는 듯하다가 슬쩍 몸을 뒤로 젖히며 검을 가로로 휘둘렀다. 서달이 얼른 몸을 옆으로 피했지만 확곽첩목아의 검은 어느새 어깨를 파고들고 있었다. 서달은 땅으로 몸을 굴렸지만 검은 이미 어깨를 깊게 베고 지나간 후였다.

　서달은 한바퀴 몸을 굴리며 바닥에 뒹굴었다. 확곽첩목아가 검을 치켜들고 달려오자 그는 눈을 꼭 감았다. 그리고는 다시 옆으로 구르며 성벽 아래로 몸을 날렸다. 둔탁한 소리와 함께 서달의 입에서 피거품이 흘러나왔다. 그것을 본 제장들이 달려와 서달을 말에 태웠다.

　수장이 무너지자 명군은 완전히 전열을 상실하고 말았다. 항복하기 위해 병기를 내려 놓은 병사들이 부지기수였다. 하지만 확곽첩목아는 인정사정 봐주지 않았다. 화살과 돌과 화포를 계속 날려 성안에 우왕좌왕 몰려 있던 명군을 완전히 섬멸해버렸다.

　서달은 수많은 장수들이 목숨을 바쳐 방패막이가 되어준 덕분에 요행히 포위망을 뚫고 나갈 수 있었다. 그는 깊이 상처 입은 몸으로 패잔병들과 함께 남쪽으로 물러났다. 이로써 주원장의 북벌은 여지없이 실패하고 말았다. 서달과 이사제가 이끄는 대군 중 살아서 돌아간 군사는 겨우 몇 천에 불과했다.

　다시 영북성을 탈환한 확곽첩목아는 성안을 둘러보았다. 쌓여 있는 것은 시체와 명군이 퇴각하면서 내팽개친 무기들뿐이었다.

　"시체들 중에 우리 군사를 찾아내서 영웅에 걸맞게 장례를 치르도록 하라!"

그는 성안에서 내응했던 군사들 중 살아남은 자들을 불러서 일일이 손을 잡으며 격려했다.

"너희들 덕분에 우리가 승리하였구나."

부상자를 치료하고 그들에겐 진급과 상을 내렸다.

영북성을 버리고 도망가면서 확곽첩목아는 성안에 따로 5백의 군사를 남겨두었다. 이들은 오래 전부터 파놓았던 땅 속에 몸을 숨겼다. 그곳에서 숨을 죽이고 기다리고 있다가 명군이 잠에 깊이 빠져 있을 때 밖으로 나가 불을 질러 혼란에 빠트린 것이다. 일시에 당한 기습에 명군은 혼란에 빠졌고, 그와 동시에 밖에서 달려온 확곽첩목아의 군과 안팎으로 호응하며 큰 성과를 거둘 수 있었다.

이리하여 남쪽의 명과 북쪽의 원이 국가의 명운을 걸고 일대 격전을 벌였던 이번 전쟁은 원의 완벽한 승리로 끝이 났다. 겨우 5만의 군사로 30만 대군을 무찔렀으니 대승이었다. 주원장이 군사를 일으켜 명나라를 건국하면서 수많은 전투를 치렀지만, 이렇게 참담하게 군사를 잃은 적은 한번도 없었다.

이 패전의 일차적인 책임은 주원장에게 있었다. 그는 화림을 점령하여 원을 완전히 제압하겠다는 욕심에 서달과 이사제의 경쟁을 부추겼다. 이 경쟁은 두 장수의 승전에 대한 욕심을 불러일으키며 무모한 작전을 시행케 하는 계기가 되고 말았다. 서달은 날랜 2만의 기병을 몰아 적을 상대하려다 그대로 패전의 상처를 입었고, 나중에 올라온 10만의 군사와 합세하여서도 승전에 대한 욕심만 내세워 무모하게 덤벼들다가 군사들을 다 잃고 말았다. 이사제와 합세해서는 오히려 소극적인 공세를 펼치다가 확곽첩목아의 기발한 역습에 그대로 무너지고 말았다.

이들이 큰 패배를 당한 또 다른 이유는 지형상의 불리함 때문이기도 했다. 대도성에서 화림까지는 수 천리나 되는 먼 길이었다. 이곳은 사막과 초원지대라 현지에서 식량을 구하기 힘들었다. 때문에 군량미의 신속한 수송이 필요한데도 명군은 그것에 대한 방비를 철저히 하지 않았다. 그만큼 명군은 원군을 가볍게 보았다. 승리를 쉽게 장담함으로써 기습과 역습에 제때 대비를 못한 것이 큰 실수이기도 했다.

이제 화림을 점령하여 원의 숨통을 끊어놓으려는 주원장의 계획이 수포로 돌아가면서 오히려 대도성까지 위협을 받는 형국이 되고 말았다.

서달의 대패 소식이 대도성에 전해지면서 일대 혼란이 일어났다. 몽골족에 대한 한족의 두려움이 백성들과 병사들 사이에서 다시 불붙기 시작했다. 원군이 다시 쳐들어올지 모른다는 흉흉한 소문이 돌면서 주원장은 피난할 준비까지 했다. 그가 잃은 군사가 무려 30만. 명나라 군사의 절반을 잃은 셈이다. 주원장은 북방 경계를 강화하고는 그 정세를 자세히 살피게 했다.

한편 영북의 확곽첩목아는 군사를 정비하여 남하할 태세를 갖추었다. 30만의 대군을 무찔렀으니 군사들의 사기가 하늘을 찌를 듯했다. 승전 소식은 삽시간에 퍼졌고, 이에 고무된 사람들이 북방 곳곳에서 찾아와 군사가 되기를 청했다. 확곽첩목아는 명군을 몰살시키며 빼앗은 갑옷과 무기로 그들을 무장시키고 군사훈련을 시켰다.

"하늘이 내리신 다시 없는 기회이다. 이 기세로 밀고 내려가 빼앗겼던 대도성을 다시 탈환하리라!"

그는 군사들의 사기를 한껏 끌어올리며 남하를 시작했다. 하지만 이를 반대하고 나선 장수가 있었다. 호덕제가 나서며 확곽첩목아의 남진을 막았다.

"대도성을 치는 일은 장군께서 홀로 결정하실 사항이 아닙니다. 먼저 황상 폐하께 여쭙고 명을 받아야 합니다."

"대도성을 회복하는 걸 마다하실 리가 있겠느냐? 먼저 대도성을 친 후에 알려도 늦지 않을 것이야."

"어렵게 이긴 승전의 결실을 놓칠까봐 두려운 것입니다. 우선은 황상 폐하의 허락을 받으셔야 뒤탈이 없을 것입니다."

"자네는 마치 우리가 패할 것처럼 이야기 하는군. 지금 군사들의 사기가 한껏 올라 있다. 군사의 수도 적지 않고 군량미와 무기도 풍부하니 충분히 승산이 있단 말이다. 이때를 놓치면 영원히 대도성을 수복할 길이 없어질 것이다."

"그렇다면 먼저 군사를 움직여 남쪽으로 향하게 하고 또한 급히 파발을 보내 장군님 뜻을 황상 폐하께 전하는 게 어떻습니까?"

확곽첩목아는 그 의견마저 무시할 순 없었다. 호덕제의 의견을 받아들여 빠른 말에 파발을 띄워 화림에 보냈다. 대도성을 수복하여 원나라를 다시 일으키겠다는 뜻을 황제와 기 태후에게 전한 것이다.

파발은 쉬지 않고 화림을 향해 달려갔고, 그동안 확곽첩목아는 10만 대군을 몰아 쉬지 않고 남으로 내려갔다. 어느새 군사의 대열은 응창 부근까지 도달했다. 응창은 원나라에게는 아픈 사연이 있는 곳이었다. 선황제 순제의 장례식도 채 치르지 못하고 북으로 쫓겨난 데다, 황제의 아들과 여러 황족들이 포로로 잡혀야 했던 치욕스러운 곳이었다.

확곽첩목아는 응창에 진채를 세우고 황제의 명을 기다렸다. 군사들을 충분히 쉬게 하며 제장들과 함께 대도성을 칠 작전을 구상하며 이틀을 더 기다리자, 화림에서 기다리던 파발이 도착했다.

확곽첩목아는 예를 갖추어 황제의 성지를 받들었다. 그리고 급히 읽어나갔다. 성지를 다 읽고는 그는 두 눈을 크게 뜨며 얼굴을 찌푸렸다. 옆에 있던 호덕제가 물었다.

"황상 폐하께서 뭐라 명하셨습니까?"

"군사를 거두어 화림으로 회군하라 하네."

"장군, 어찌하실 겁니까?"

"응창이 바로 코앞인데 그냥 갈 순 없다."

확곽첩목아는 칼을 빼들고 벌떡 일어섰다. 호덕제가 몸을 숙이며 이를 말렸다.

"황상 폐하께선 속히 군사를 물리라 하지 않았습니까? 군사를 내시면 황명을 어기는 것이옵니다."

확곽첩목아는 안타까움에 땅을 치며 긴 한숨을 내쉬었다. 응창이 바로 지척에 있지 않은가? 내처 달려가면 곧바로 함락할 자신이 있었다. 허나 황명을 어길 수 없어 그는 눈물을 머금고 군사를 돌려야만 했다. 북으로 달려간 지 보름 만에 군사들은 화림으로 회군했다. 화림에서는 이들을 위한 대대적인 환영연을 준비하고 있었다. 상이 부러질 듯한 진수성찬에 악공과 무희까지 동원하여 연회를 베풀었다. 주원장의 대군을 물리친 5만의 군사들은 성안에서 음식과 술을 들며 전장의 피로를 씻었다.

황제와 자리를 함께 한 확곽첩목아는 모두가 흥겹게 즐기는 성대한 연회임에도 불구하고 내내 안색이 굳어 있었다. 그는 술잔을 기울이지도 않은 채 말없이 앉아 있었다.

"경은 대승을 이루고도 기분이 좋지 않은가 보구려. 안색이 왜 그리 굳어 있는 게요?"

황제가 의아한 얼굴로 물었다. 확곽첩목아는 망설이지 않고 자신의 의견을 피력했다.

"왜 군사를 물리어 다시 돌아오라 하셨는지요? 응창과 중도를 수복하고 충분히 대도성을 탈환할 수도 있었사옵니다."

확곽첩목아의 기색을 유심히 살피던 기 태후가 대신 대답했다.

"우리 군사가 대도성을 함락 시킬 수 있을지 모르나 명을 완전히 제압하기는 힘들었기 때문에 그리한 것이오."

"그게 무슨 말씀이옵니까? 명을 완전히 제압하기는 힘들다니요?"

"저들이 대도성을 내주고 남으로 잠깐 물러갈지는 모르나 곧장 군사를 모아 다시 대도성으로 몰려올 것이오. 우리의 군사가 강성하다 하나 적진에서 그 몇 배의 군사를 당할 수 있을 것 같소이까? 단순히 성 하나를 점령한다 해서 나라 전체를 빼앗을 수 있는 건 아닐 것이오."

"하오나 저들의 기선을 제압하여 그 기세를 높여 세력을 확장하는 게 더 중요하지 않사옵니까?"

"중요한 건 민심이오. 이미 중원 대부분은 명의 군사들뿐 아니라, 한족들이 온전히 차지하고 있소이다. 우리가 요행이 대도성을 점령한다 해도 과거처럼 한족들을 통제하지도 못할 뿐만 아니라 고립무원에 빠질 것이란 말이오."

기 태후는 짧게 심호흡을 하고는 계속 말을 이어갔다.

"중요한 건 여기서 국력을 더 키워 충분한 조건이 갖추어졌을 때 정식으로 남정을 해야 된다는 게요. 그리고······."

기 태후는 잠시 망설이다가 말을 이어나갔다.

"만약 나의 조국인 고려가 우리와 함께 힘을 합한다면 능히 대도성을 수복할 수 있을 것이오."

"고려가 우릴 돕는단 말씀입니까?"

"우리가 북쪽에서 진격해 내려가고, 고려가 동쪽에서 호응을 해준다면 적의 군사력이 분산되어 주원장을 쉽게 몰아낼 수 있을 겁니다."

"고려를 완전히 우리 편으로 끌어들여 협공을 하면 충분히 승산이 있습니다. 굳이 고려가 대도성까지 나아오지 않아도 그쪽으로 주원장의 군사를 몰아가게 하여 그 힘을 분산시킬 수 있는 것이지요."

"그렇게 되면 그들은 더욱 힘을 쓰지 못할 것입니다."

"그러니 고려에서 연락이 올 때까지 기다렸다가 한꺼번에 진격을 해 나갑시다. 그러면 능히 중원을 회복하고도 남을 것이오."

기 태후의 이야기를 듣고 있던 확곽첩목아가 머리를 숙였다.

"소장이 우둔하여 태후 마마의 깊으신 뜻을 알지 못했사옵니다."

그는 정중히 고개를 숙이고는 밝은 표정으로 연회를 즐기기 시작했다. 연회는 화려하고 성대하게 진행되어 이틀 동안 계속되었다.

영북에서의 큰 승리로 주원장은 당분간 북방을 넘볼 수 없게 되었다. 섣불리 침략했다간 호되게 당한다는 교훈을 확실히 얻은 것이다. 오히려 북에서 남정을 해올 것을 걱정할 정도였다.

남쪽이 안정이 되자 기 태후는 주변 영토를 개척하기 시작했다. 대도성을 포함한 중원을 명에게 빼앗겼을 뿐, 나머지 영토는 온전히 원에 속해 있었다. 명은 철저히 중원을 지키는 전략을 펴나가 해외 진출에는 소홀했다. 세계로 연결된 바닷길과 비단길을 끊어버리고 내치에만 집중했다. 이에 비해 북쪽의 원은 예전의 영화를 되살리기 위해 세계 여러 나라와 활발히 교류하는 한편, 그 영향권을 온전히 원에 복속시켜 나갔다.

특히 요동을 비롯한 만주 전역과 감숙, 토번, 그리고 고비 사막에 인접한 모든 국가들은 공물과 조공을 받치며 원에 대한 변함없는 충성을 다짐해왔다. 이리하여 북방의 모든 나라들이 온전히 원의 세력권 안에 들어왔다. 주원장이 남쪽의 중원을 지키는데 몰두하는 동안 기 태후는 그 세력을 넓혀 오히려 명나라 보다 더 넓은 영토를 차지했다. 이런데도 주원장은 원나라가 망한 것으로 간주하고는 자신이 천하를 제패했다고 큰 소리를 쳤다. 그것은 어디까지나 허세였고, 그 이후로 몇 년 동안은 북진할 생각조차 하지 못했다. 드넓은 초원지대와 막강한 원의 군사를 여전히 두려워했던 것이다.

4장

대륙의 꿈

1377년 원나라에서 한림승지(翰林承旨)를 보내어
우왕(禑王)을 책봉하다. 이에 고려에서는
다시 원의 선광(宣光) 연호를 시행하다

1

신돈이 제거되면서 공민왕의 충격도 컸다. 역모를 일으키려 했다지만 여태 자신을 수족같이 따르던 심복이 아니었던가? 이에 상심한 공민왕은 매일 술독에 빠져 지냈다. 정사를 뒤로하고 궁녀들을 끌어안고 쾌락에 빠져들었다. 주색에 너무 빠져들다 보니 왕의 건강은 점점 나빠졌다. 건강이 안 좋아지면서 정력도 급격히 감퇴했다. 자연히 후궁들의 처소를 찾는 일도 뜸해졌다. 대신 그가 택한 것은 바로 남색(男色)이었다. 자신이 여인의 몸에 들어갈 힘이 없으므로 미끈한 동자들을 궁으로 불러들여 잠자리 시중을 들게 했다.

왕이 남색에 빠져들었다는 소문은 점차 퍼져 나가 대신들도 모두 알게 되었지만 쉬쉬 할 뿐 함부로 발설하는 사람은 없었다. 동자들을 침소로 불러들인 다음날에는 왕의 얼굴에 활기가 도는 듯했다. 모처럼 기분이 좋아진 공민왕은 사헌부판사 윤호(尹虎)를 불렀다. 그는 윤호를 데리고 덕풍군 한씨의 딸인 익비(益妃)의 처소에서 바둑을 두기로 했다. 익비는 처소를 찾아온 두 사람에게 차를 올리고는 밖으로 나갔다. 바둑판을 사이에 두고 공민왕이 호기롭게 말했다.

"과인이 지면 익비를 경에게 주고, 경이 지면 경의 아내를 짐에게 진상하는 거요. 알겠소?"

"예에?"

윤호는 놀란 표정으로 물었지만, 공민왕이 빙그레 웃자 그걸 농담으로 알고 이내 고개를 끄덕였다. 하지만 괴팍한 공민왕이 정말로 자신의 아내를 달라고 할지 몰라 윤호는 눈을 부릅뜨고 신중하게 바둑을 두었다. 바둑은 윤호가 몇 점 차이로 이겼다. 공민왕이 바둑돌을 놓으며 다시 빙긋 웃었다.

"어허, 내가 경에게 지고 말았구려. 그럼 약속을 지켜야겠는데……."

공민왕은 태연한 얼굴로 익비를 불렀다.

"익비는 어서 안으로 들라!"

윤호가 놀란 표정으로 물었다.

"전하, 정말 약속을 지키시려는 것입니까? 소인은 농담으로 알아들었사옵니다."

"농담이라니? 짐이 한 나라의 국왕이거늘 어찌 신하에게 농담을 한다는 게요? 속히 익비를 경의 집으로 데려가시오."

"그럴 수는 없사옵니다. 소인이 어찌 마마를 취하겠사옵니까? 더구나 제게는 부인이 있지 않사옵니까?"

안으로 들어온 익비도 난처한 표정이었다. 공민왕은 두 사람의 표정을 번갈아 살피다가 음흉한 미소를 지으며 은근한 어조로 말했다.

"정 익비를 경의 집에 데려갈 수 없다면 이렇게 하는 게 어떻겠소? 둘이 지금 옷을 벗고 내가 보는 앞에서 통간을 하도록 하시오."

"예에?"

윤호는 황당한 얼굴로 익비를 힐끗 쳐다봤고, 익비는 얼굴을 붉히며 고개를 들지 못했다.

"전하, 소인이 어찌……."

두 사람이 못하겠다고 뒤로 물러나자 공민왕이 바둑판을 엎으며 소리쳤다.

"감히 왕명을 거역하려 드는 게냐?"

공민왕은 뒤에 시립해 있는 시중무감의 허리에 찬 칼을 쑥 빼들었다. 단칼에 익비와 윤호의 목을 내리칠 기세였다. 하지만 윤호는 겁먹지 않고 오히려 결기 어린 표정으로 말했다.

"감히 그럴 수 없나이다. 차라리 신을 죽여주소서."

윤호는 진정 죽을 각오로 허리를 숙이며 목을 길게 뺐다. 윤호가 결사적으로 나서니 공민왕도 어쩔 수가 없었다. 한동안 씨근덕대며 둘을 노려보다가 칼을 내동댕이치고는 편전으로 가버렸다.

한동안 편전에 처박혀 얼굴을 찌푸리던 공민왕의 얼굴에 문득 얄궂은 웃음이 감돌았다. 그는 처소에 드나드는 동자들을 불러 익비의 처소로 데리고 갔다. 그곳에서 동자들과 술판을 벌이다가 그들에게 은밀히 일렀다.

"너희들은 과인이 보는 앞에서 익비와 사랑을 나눌지어다."

아침에 호된 경험을 했던 익비는 다시 한번 얼굴이 사색이 되어 벌벌 떨었다.

"너는 속히 옷을 벗지 않고 뭐 하느냐?"

익비가 물러서며 주저하자 이번에도 칼을 빼어들었다. 윤호와 같이 죽음으로 맞설 자가 없으니 진정 칼을 내리칠지도 모를 일이었다. 새파랗게 질린 익비가 떨리는 손으로 옷을 하나씩 벗었다. 우윳빛 새하얀 피부가 촛불 아래 드러나자 그 황홀함이 눈이 부실 정도였다.

"너희들도 어서 옷을 벗어라."

동자들은 처음에 꺼렸했지만 공민왕이 노한 얼굴로 다시 재촉하자 하나 둘 옷을 벗고 익비에게 다가갔다. 그 사이 공민왕은 병풍 뒤에 몸을 숨기고는 이들의 통간 장면을 훔쳐보았다. 몸과 마음이 피폐해진 공민왕은 궁중 역사상 유례가 없었던 희한한 일을 벌이고 있었다. 이 일은 은밀히 궁중 안에 번져 신하들이 수군거리며 입방아를 찧기에 이르렀다.

그러는 중 원나라에서 기 태후가 보낸 병부상서(兵部尚書) 이중시(李仲時)가 고려에 도착했다. 이중시는 최영을 통해 기 태후의 친서를 직접 공민왕에게 전달했다. 이를 읽은 공민왕은 사안의 중대함을 깨닫고는 즉시 중신회의를 소집했다.

"원의 태후께서 우리 고려에게 군사를 요청하였소. 경들의 생각은 어떠하오?"

정도전이 나서며 아뢰었다.

"원이 군사를 요청한 것은 그만큼 상황이 다급하다는 뜻이 아니옵니까? 굳이 기울어 가는 원을 도아 줄 필요는 없다 여겨집니다."

맞은편에 앉은 최영이 그 말을 받았다.

"원은 대도성을 빼앗기고 중도성과 응창으로 물러서면서도 우리에게 군사를 요청하지 않았소. 이는 우리 고려를 위해서였지요. 지금에 와서야 군사를 요청하는 것은 다른 뜻이 있기 때문입니다."

"다른 뜻이라니요?"

"얼마 전 원의 확곽첩목아가 북진하는 명의 30만 대군을 물리쳤습니다. 지금 명은 군사 태반을 잃고 무력화된 상태이지요. 원은 남쪽으로 진격하면서 우리 고려가 동쪽에서 호응을 해주길 원하고 있습니다."

"양동 작전을 펼 것이라는 말이오?"

공민왕의 하문에 최영이 즉시 대답했다.

"그리하면 능히 대도성을 수복하여 중원을 다시 장악할 수 있다는 계산이옵니다."

"경은 그게 가능하다고 생각하시오?"

"물론이옵니다. 궁중 우리의 군사력이면 능히 요동을 비롯한 만주땅을 차지하고도 남습니다. 우린 굳이 대도성까지 나아갈 필요는 없습니다. 요동을 정벌하여 거기서 위협을 가하며 명의 군사를 묶어두는 것입니다. 그동안 북에서 내려온 원이 대도성을 수복할 것이옵니다."

묵묵히 듣고 있던 이성계가 입을 열었다.

"하오나 지금 전력으로는 원이 명을 쳐서 중원을 다시 회복하기는 불가능하옵니다."

"그게 무슨 소리요? 명은 얼마 전에 확곽첩목아에게 호되게 당하여 군사의 반을 잃었어요. 이때가 아니면 명을 내칠 기회가 없단 말입니다."

"만의 하나 우리가 원을 도와 명을 쳤다가 패하기라도 하면 어찌 되겠사옵니까? 명은 분명 그 보복을 할 것이고, 그렇게 되면 예전 원에게 당한 것 보다 더 큰 전란을 겪게 될 것입니다. 고려 왕실의 존립 자체가 흔들릴지 모르옵니다."

공민왕은 왕실의 존립이 흔들린다는 말에 미간을 심하게 찌푸렸다. 왕의 기색을 살피던 최영이 이성계의 말을 반박했다.

"무슨 소리를 하는 게요? 이건 기 태후가, 아니 하늘이 우리 고려에게 내린 마지막 기회요. 천우신조란 말이오. 이번 기회에 원과 함께 명을 공략하게 되면 예전에 고구려와 발해가 차지했던 요동 땅을 다시 찾을 수 있지 않겠소? 기 태후께서는 우리 고려에게 그 광활한 대륙의 땅을 주시기 위한 명분으로 군사를 내라 하신 겁니다."

"만에 하나 우리가 명에 패했을 경우는 생각해 보셨소이까?"

"어찌 장수된 자가 싸워보지도 않고 그런 나약한 소리를 하는 게요?"

"현실을 냉정하게 보잔 말입니다. 지금은 명과 원이 팽팽하게 맞서고 있습니다. 이런 상황에서 어느 한쪽 편을 일방적으로 들 순 없습니다. 잠자코 지켜보다가 세력이 우세한 쪽으로 우리가 함께 하면 되는 거 아닙니까? 시중께선 그런 혜안도 없단 말입니까?"

"무어라? 어린놈이 어디 감히 훈계를 하는 게냐?"

최영은 그 자리에서 일어나 이성계를 후려칠 기세였다. 공민왕이 어탁을 내리치며 이를 말렸다.

"경들의 말이 모두 우리 고려를 위한 충절에서 나온 것임을 과인은 잘 알고 있소이다. 모두 다 일리가 있는 말이오. 때문에 이번 일은 신중하게 결정해야 하오. 섣불리 판단하여 군사를 낼 수는 없지요."

듣고 있던 최영이 물었다.

"군사를 내지 않는단 말씀입니까?"

"섣불리 결정을 하지 말자는 것이오. 일단 군사를 모을 시간을 달라고 전하고는 조금만 지켜봅시다."

이성계를 비롯한 친명파의 얼굴에 화색이 돌았다. 그는 공민왕에게 재촉하여 친서를 받아내고는 이를 이중시에게 전하였다. 그리고는 곧장 원으로 돌려보냈다. 한숨을 돌리며 잠시 여유를 찾는가 싶었는데, 이번에는 명에서 사신을 보내왔다. 예부주사(禮部主事) 임밀(林密)과 자목대사(慈牧大使) 채빈(蔡斌)이 군사를 이끌고 찾아온 것이다. 확곽첩목아의 군에게 호되게 당한 명은 전력을 키우기 위해 이 둘을 고려에 보내 명마(名馬)를 달라 요구했다.

"북원을 정벌하면서 전력의 손실이 커졌소이다. 이제 다시 대군을 동원하여 원의 명줄을 끊어놓으려 하니 탐라의 명마 1천 필을 우리에게 주시오."

그러자 최영이 나서며 대답했다.

"어떻게 한꺼번에 1천 필의 말을 가져오라 하십니까?"

"어허 말이 많소이다. 과거 원나라가 탐라에 수만 마리의 말을 기르게 했다는 걸 모르는 줄 아시오? 그동안 원에게 충성한 만큼 우리 명에게도 성의를 보이라는 말입니다."

채빈은 탐라에서 말을 가져올 때까지 기다리겠다고 했다. 그동안 조정에서는 이성계를 비롯한 친명파들이 그들을 위해 성대한 연회를 베풀었다. 친명파들은 온갖 아첨하는 말로 채빈의 비위를 맞춰주기에 급급했다. 과거 원에게 호되게 당했던 지라 중원을 장악한 명이 트집을 잡아 군사를 몰아올 것을 두려워 한 것이다. 여자를 좋아하는 채빈은 한꺼번에 세 명의 관기를 거느리고 술좌석에 앉았다. 그중 한 관기가 채빈의 머리에 꽃을 꽂아주다가 잘못하여 떨어뜨리고 말았다. 채빈이 이것을 트집 잡아 크게 소리쳤다.

"상국의 사신을 어찌 보고 이런 짓을 하는 게냐?"

채빈은 노해 술상을 확 뒤집어버렸다. 관기가 새파랗게 질려 벌벌 떨었다.

"용서하시오소서. 대인의 모자가 너무 단단한 지라……."

"이게 어느 안전이라고 감히 말대꾸를 하는고!"

채빈은 발로 관기의 가슴을 걷어 찼다. 그리고는 자리에서 일어나 밖으로 나가버렸다. 그는 곧장 말을 몰아 북으로 달렸다. 놀란 고려의 신하들이 발을 동동 구르는 사이에 공민왕이 당황한 얼굴로 채근했다.

"무엇들 하는 게요? 얼른 달려가 사신을 달래어 데려오시오."

공민왕은 좌승선(左承宣) 김흥경(金興慶)을 보내 채빈이 국경을 넘기 전에 어떻게든 데려오라 명했다. 김흥경은 즉시 북으로 말을 타고 달려서 통덕문(統德門) 부근 금교역(金郊驛)에서 채빈을 따라 잡을 수 있었다.

"대인, 다시 개경으로 돌아가시지요. 우리 전하께서 대인이 돌아오시길 간절히 기다리고 계십니다."

"나는 그냥 돌아가겠소이다. 사신을 이렇게 불경하게 대하는데 어찌 그곳에 머물 수 있단 말이오?"

"지금 탐라에서 말을 수송해 오고 있소이다. 그 말을 가져가셔야만 황제 폐하의 명을 받드는 게 아니겠습니까?"

그래도 돌아가려 하지 않자 김흥경은 미리 준비한 금은보석을 내놓았다. 그제야 채빈이 못이기는 척 하고 돌아왔다. 개경으로 돌아온 그는 더욱 더 오만해져 있었다. 연일 궁을 드나들면서 연회를 베풀라 요구했고, 관기가 마음에 들지 않는다고 투정을 부리기도 했다. 채빈과 임밀이 고려에 있는 동안 그들을 접대하기 위해 왕실 내탕금이 바닥날 정도였다. 이를 보다 못한 대신 몇몇이 최영을 찾아왔다.

광평부원군(廣平府院君) 이인임이 불평을 늘어놓았다.

"명나라 사신의 저 오만한 작태를 그대로 두고 보실 겁니까?"

"오히려 원나라 보다 더한 자들 아닙니까? 나도 이 치욕을 그냥 두고 보진 않을 것이오."

최영을 비롯한 이인임과 경복흥 등은 명을 일방적으로 추종하는 공민왕의 처사에 불만을 품었다. 원래부터 기 태후에게 악감정을 가지면서 원을 탐탁지 않게 여겼던 공민왕은 명이 중원을 장악하면서부터 급격히 명나라 쪽으로 기울었다. 명이 무리하게 요구하는 각종 공물과 진상품을 갖다 바치느라 국고가 바닥날 정도였다. 이에 불만을 가진 신하들은 원의 기세가 아직 만만치 않음을 들어 공민왕을 설득했지만 소용없었다.

"난 기 태후가 다스리는 원에는 절대 고개를 숙일 수 없다. 원을 내칠 수만 있다면 주원장의 가랑이 사이에라도 들어갈 것이야."

왕이 그런 말까지 할 정도여서 최영으로서도 더 이상 설득할 요량이 없었다. 할 수 없이 채빈의 횡포를 그대로 두고 봐야만 했다. 고려 왕실에서 사신 접대를 두고 골머리를 앓고 있을 즈음, 탐라에서 급한 전갈이 왔다.

탐라에 갔던 한방언(韓邦彦)이 공민왕에게 아뢰었다.

"소인이 탐라에 가 명마를 요구했으나 말 관리인으로 있는 합치석

질리(哈赤石迭里), 필사초고독(必思肖古禿), 불화관음보(不花觀音保) 등이 이를 거절하였나이다."

"그자들이 과인의 명을 어겼다는 게냐?"

"그러하옵니다. 그들이 말하기를 '우리들이 어찌 감히 세조황제(世祖皇帝 ; 쿠빌라이)가 놓아기르게 한 말을 명에 바칠 수 있으랴' 하며 다만 말 3백 필만을 내어주었습니다."

이를 듣고 있던 임밀과 채빈이 크게 소리쳤다.

"탐라의 말 2천 필을 가져가지 못하면 황상 폐하께서 반드시 우리들을 죽일 것이니, 오늘 왕에게 그 죄를 묻겠소이다."

채빈은 공민왕을 면전에 두고 협박했다. 이를 참다못한 최영이 버럭 소리쳤다.

"무엄하오! 그대들이 무엇인데 감히 우리 국왕 전하에게 죄를 묻겠다는 게요?"

"무엄하다니? 우린 황상 폐하의 명을 받들고 온 사신들이다. 우리들의 명이 곧 황상 폐하의 명이니라."

공민왕이 온몸을 벌벌 떨며 최영을 돌아보았다.

"경은 어찌 그런 망발을 하는 게요? 속히 사신께 사과를 하시오?"

최영은 억지로 고개를 숙였지만 그의 두 눈은 분노로 활활 타오르고 있었다. 공민왕은 겨우 그들을 설득하여 우선 3백필의 말을 가져가라고 권했다. 그래도 사신들이 말을 듣지 않자 다시 금은보화와 고려청자를 한 수레 가득 실어주었다. 그제야 임밀과 채빈이 못이기는 척 받아들였다. 이들은 말을 받고서도 한동안 고려를 떠나지 않고 며칠을 더 머물고 나서야 개경을 나섰다. 공민왕은 궁문 밖까지 나가 그들을 배웅했다.

 사신들이 떠나가자 최영이 굳은 얼굴로 신하들을 불러 모았다. 모두 명나라와의 친선을 반대하는 자들을 모으니 곧 불평불만이 터져 나왔다.

 "저들을 그대로 보낼 순 없습니다."

 "우리에게 엄청난 수치를 주고 갔습니다. 만일 그냥 저들을 보냈다가는 다음에 우리 고려를 더욱 우습게 알고 더 많은 것을 요구하게 될 것입니다."

 최영은 각오한 듯 입술을 깨물며 급히 김의(金義)를 찾았다.

 "아무래도 밀직부사(密直副使)께서 나서야겠습니다. 전송관으로 따라가 기회를 보아 그를 처단하실 수 있겠소?"

 김의도 그 두 사신의 횡포에 이를 갈고 있던 참이었다. 그는 고개를 끄덕이며 명의 사신을 죽일 요량으로 군사를 이끌고 급히 말을 내몰았다. 전송관으로 그들과 함께 움직인 것이다. 채빈은 명으로 향하는 도중에도 지나는 역마다 관기를 불러놓고 질펀하게 놀았다. 그리고도 대접이 소홀하다며 지방 수령들을 트집잡기 일쑤였다. 그럴 때마다 김의가 나서며 달랬다.

 "이 지방에 흉년이 들어 그러니 너그럽게 봐주시지요."

 "흉년이 아니라 대기근이 들어도 대명의 사신을 이렇게 대접해서는 안 되지."

 사신은 매번 애꿎은 김의에게 화풀이를 하곤 했다. 김의는 울화가 치밀었으나 꾹 참았다. 그는 여러 차례 채빈을 죽일 기회가 있었으나 다음 기회로 미루었다. 고려에서 그를 처단했다가는 문제가 커질 수도 있었다. 김의는 그들을 국경 밖에서 죽이기로 결심했다.

드디어 사신 일행이 압록강을 건너 요동 땅으로 들어섰다. 요동 땅은 원나라가 멀리 화림으로 물러간 뒤로 주인이 없는 땅이었다. 명에서도 아직 요동까지 세력을 뻗치지 못해 무주공산인 셈이었다. 요동은 명의 관할이 아니니 김의는 안심하고 거사를 행할 수 있었다. 그는 은밀히 뒤따르던 군사들을 불러모았다.

"너희들은 속히 장막으로 달려 가 수행 군사들의 목을 모조리 베어 버려라."

김의도 직접 칼을 쥐고 숙소로 달려갔다. 숙소에는 채빈과 임밀이 술에 취해 곯아떨어져 있었다. 그는 자고 있는 채빈을 발로 걷어찼다.

"어이쿠."

바닥으로 떨어진 채빈의 목에 김의가 칼을 들이대었다. 잠결에 일어난 채빈은 주위를 둘러보고는 덜덜 떨었다. 김의를 비롯한 무장들이 시퍼렇게 날이 선 칼을 빼들고 에워싸고 있지 않은가?

"이보시오, 전송관. 이 무슨 짓이오?"

"너희같이 오만방자한 나라의 사신은 우리 고려에서 살아나갈 수 없다. 감히 고려를 우습게 여기다니……."

채빈은 두 손을 비비며 빌다가 김의가 칼을 거두지 않자 버럭 소리를 내질렀다.

"네가 감히 대명의 사신을 욕보이려는 게냐? 내 몸에 손끝 하나 대었다가는 우리의 대군이 고려를 쑥대밭으로 만들 것이다."

"천하를 제패한 원의 강군도 이겨낸 고려다. 하물며 주원장 같은 홍건적 무리쯤이겠느냐?"

김의는 더 이상 채빈과 말을 섞고 싶지 않아 칼을 휘둘렀다. 피가 분수처럼 솟아오르며 채빈의 목이 바닥에 굴러 떨어졌다. 막상 채빈과 임밀을 죽이고 나자 앞길이 캄캄했다. 공민왕이 자신들을 반길 리 없는데다 이걸 빌미로 명이 정말 고려를 칠지도 몰랐다. 고민 끝에 김의는 자신이 거느린 군사 3백과 말 3백 필을 가지고 북쪽으로 달아났다. 그들이 방향을 정해 곧장 달려간 곳은 바로 기 태후가 있는 화림이었다.

그동안 기 태후는 고려에 보낸 병부상서 이중시를 애타게 기다리고 있었다. 동시에 확곽첩목아에게 명을 내려 출전 준비를 명했다. 언제든 고려의 군사가 호응하면 곧바로 군사를 일으킬 기세였다. 고려에서 요동 쪽으로 출격하면 그와 동시에 남진을 하려는 것이다. 만반의 준비를 갖춘 기태후는 고려로 보낸 사신이 돌아오기만을 손꼽아 기다렸다.

"고려만 호응해준다면 천하를 다시 차지할 수 있을 것이야."

그녀는 큰 기대를 걸고 있었다. 중요한 것은 중원을 다시 수복하는 데 고려의 군사가 동참한다는 것이다. 만일 그렇게 된다면 천하를 경영하는 데 고려는 과거처럼 속국이 아닌 동반자의 나라로 함께 나아갈 수 있게 된다. 고려는 변방의 작은 국가에 머물지 않고 과거 고구려의 영화를 회복하며 큰 위세를 떨칠 수 있다는 게 기 태후의 생각이었다.

마침내 기다리던 이중시가 화림에 도착했다. 기 태후는 황제와 함께 그를 맞이했다. 황제가 이중시의 절을 받으며 공민왕이 전한 친서를 읽었다. 읽어나가던 황제의 눈자위가 흔들리며 양미간이 좁혀졌다. 옆에 있던 기 태후가 그 친서를 받아 읽으며 소리쳤다.

"무엇이라? 군사를 낼 시간을 달라?"

"그러하옵니다. 원정할 군사를 모으는데 시간이 필요하다 하옵니다."

"얼마의 시간을 달라 하더냐?"

"그것이……."

이중시가 말끝을 흐리며 대답을 회피했다. 옆에 있던 황제가 소리를 높였다.

"태후께서 물으시지 않느냐? 어서 대답하라."

"얼마의 시간이 걸릴 줄 모른다 하옵니다. 다만 기다려달라는 답변만 듣고 왔습니다."

"그렇다면 우리의 제의를 거절하는 것이 아니냐?"

"아마 그런 것 같사옵니다."

"으음―."

기 태후는 한 손으로 이마를 짚으며 고개를 내저었다.

"내 고려를 위해 큰 선물을 주려 하였건만……."

한동안 고심하던 황제가 기 태후에게 물었다.

"그렇다면 대도성으로 남진하는 것은 어찌 할까요?"

"고려가 동쪽에서 호응해주지 않으면 적의 군사력이 분산되지 않아 힘든 싸움이 될 것입니다. 섣불리 군사를 내었다간 큰 낭패를 볼 것이오."

"그럼 중원을 수복하는 것은 영원히 힘들단 말입니까?"

"조금만 더 때를 기다려 봅시다. 주원장에 대한 평판이 좋지 않아 백성들의 원성이 자자하다 하오. 조금만 더 고려를 설득하여 그들이 움직여준다면, 그 군사들과 함께 큰 뜻을 다시 도모할 수 있을 것입니다."

말은 그렇게 했지만 기 태후는 섭섭함을 감출 수 없었다. 그녀는 편전을 나서며 가늘게 중얼거렸다.

"고려가 끝내 나를 버리는 것인가······."

기 태후는 너무 안타까운 나머지 양 주먹을 움켜쥐며 입술을 깨물었다. 이번 원정은 고려의 도움이 절실했다. 함께 협공을 하면 주원장은 크게 위축되어 성을 버리고 남쪽으로 도망을 갈 게 뻔했다. 30만 대군을 물리친 승세를 타고 나아가면 중원 장악도 어렵지 않을 것이다. 하지만 심약한 공민왕은 패전의 두려움을 가진 채 군사를 내지 않았다. 기 태후는 긴 한숨을 내쉬며 걸어 나갔다. 밖에 나와 보니 마침 명의 사신들을 죽인 김의가 원나라로 망명을 청해 와 그녀를 기다리고 있었다. 사건의 전말을 전해 들은 기 태후는 반갑게 그를 맞이했다.

"기특하구나. 고려에서 횡포를 부린 오만한 사신을 처단하였으니 명에서도 고려의 호방한 기상에 겁을 집어먹었을 것이다."

"하오나 소인이 행한 일로 후환이 두렵사옵니다. 다시 고려로 돌아가면 명이 그것을 빌미로 보복을 할 게 두려워서 마마의 나라에 의탁하러 온 것이옵니다."

"걱정할 것 없다. 명이 군사를 낼 기미만 보이면 우리 쪽에서 남쪽을 위협할 것이다. 그러면 함부로 고려에 쳐들어가진 못할 게야."

실제로 명이 고려를 치려는 빌미가 보이면 원에서 군사를 내어 대도성을 칠 계획이었다. 고려가 군사를 내어주지 않았지만 명의 군사가 그쪽으로 움직인다면 군사를 내는 효과 못지않게 명을 압박할 수 있을 것이다. 그녀는 오히려 사신의 죽음을 빌미로 명이 고려를 치길 바랄 정도였다. 김의를 안심시킨 기 태후는 평소 궁금해 하던 것을 물었다.

"경은 요동을 지나 이곳으로 왔느냐?"

"그러하옵니다. 소신 요동 개주참(開州站)에서 채빈을 죽이고 곧장 이곳으로 달려왔나이다."

"허면 요동의 형세를 잘 알고 있겠구나. 지금 그 땅을 누가 차지하고 있더냐?"

"얼마 전까지만 해도 원나라 장수 나하추가 요동을 차지하고 있었지만 명의 공격을 받아 패퇴하여 북쪽으로 물러가 있는 걸로 압니다."

"그럼 요동을 온전히 명이 차지하고 있단 말이냐?"

"명이 비록 요동을 차지하고 있다 하나 그 힘은 아직 미약하옵니다. 북에서는 아직 나하추가 버티고 있고, 동쪽에는 여진족이 호시탐탐 그 땅을 차지하기 위해 노리고 있습니다. 지금은 그야말로 무주공산(無主空山)이라 할 수 있습니다."

그 말에 기 태후의 눈이 반짝이며 푸른 인광이 내비쳤다.

"무주공산이라……."

그녀는 눈을 내리 감으며 생각에 잠겼다.

2

과거 원나라의 계급무계궁처럼 고려에도 환락을 위해 만들어진 곳이 있었다. 바로 대궐 안에 만들어진 태화관(泰和館). 오늘 이곳에서는 성대한 잔치를 벌이고 있었고 한쪽에서는 벌거벗은 남녀들이 무리지어 질펀한 정사를 벌이고 있었다. 60명이 넘는 남녀들이 모두 옷을 벗은 채 술잔을 돌리면서 눈이 맞으면 여러 명이 뒤섞여 혼음을 즐겼다. 그들은 모두 처음엔 그 해괴한 놀이에 질겁했지만, 공민왕이 위압적으로 권하니 마지못해 옷을 벗었다가 지금은 혼음 자체를 즐기게 되었다. 태화관의 남녀 60명은 서로 마음에 드는 상대방을 찾아 거리낌 없이 정욕을 불살랐다. 환정법을 빙자한 원나라 계급무계궁의 음탕함과는 비교도 되지 않을 정도로 질펀한 정사가 곳곳에서 벌어졌다.

"아하하하!"

공민왕만은 옷을 입은 채 거닐며 벌거벗은 남녀들의 유희를 지켜보기만 했다. 태화관에 모인 신하들과 궁녀들은 처음에는 남녀 각기 한 사람씩만 서로를 끌어안고 즐기다가 나중에는 서너 명이 달라붙어 혼음을 즐겼다. 공민왕은 이곳저곳을 기웃거리며 이제껏 보지 못한 색다른 여흥을 즐겼다. 몸이 쇠약해져 직접 즐기지 못하자 그렇게 구경하는 것으로 대리만족을 하는 것이다.

"그래, 마음껏 즐기도록 하라!"

그는 황음에 취한 남녀의 헐떡이는 모습을 바라보며 술을 마셨다. 망가진 육신으로는 더는 여체를 가까이 할 수도 없다. 그는 이제 다른 이들의 난교를 보며 쾌락에 젖어들고 있었다.

태화관의 육욕 잔치는 밤늦게까지 이어져 새벽이 되어서야 끝이 났다. 공민왕은 술에 잔뜩 취해 내시 최만생의 부축을 받으며 침전으로 걸어갔다. 그는 침대에 눕자마자 바로 곯아 떨어졌다.

공민왕을 눕히고 나온 내시 최만생은 급히 자제위(子弟衛)의 소년들을 불러 모았다. 이 소년들은 모두 공민왕과 동성애를 즐기던 자들로 그의 강압에 못 이겨 왕의 여러 여자들과 정사를 나누기도 했다. 이들 또한 방금 끝난 연회에 함께 참석했던지라 얼굴이 붉었고 입에서는 여전히 술 냄새를 풍기고 있었다.

"정신들 차려라. 너희들은 곧 전하에게 죽임을 당하게 될 것이다."

"공공, 다시 한번 말해보세요. 주상께서 우리 모두를 죽인다는 게 정말입니까?"

최만생의 말에 자제위 소년들의 얼굴이 새파랗게 질렸다.

최만생은 굳은 표정으로 고개를 끄덕였다.

"우리가 무슨 잘못을 했기에 모두 죽는다는 겁니까?"

"익비께서 이번에 수태를 하셨는데 그게 전하의 씨가 아니라 생각하는 게야. 익비와 정분을 나눈 너희들을 모두 죽여 놓겠다는 것이지."

그 말에 자제위 소년들이 울분을 토하며 주먹을 쥐었다.

"우리가 어디 하고 싶어서 그런 짓을 한 겝니까? 전하께서 억지로 시켜서 목숨을 부지하기 위해 그리 했던 것입니다. 마마를 수태시킨 죄를 어찌 우리에게만 돌리다니……."

"막말로 그 씨가 누구 것인지 어찌 압니까?"

"그 씨가 누구 것인지 모르기 때문에 너희들 모두를 죽이겠다는 것이야."

"정말 전하께서 우릴 모두 죽일까요?"

"내일 자객을 시켜 너희들을 쥐도 새도 모르게 처단하라는 명을 내리셨다."

그 말에 자제위 소년들의 얼굴이 하얗게 변하며 서로를 쳐다보았다. 그들은 말을 하지 않았지만 무언으로 서로의 의견을 묻고 결심했다. 이미 돌이킬 수 없는 일. 그들은 자신들이 살아남기 위해서는 한 가지 방법 밖에 없다는 것을 알고 있었다. 마침내 자제위 소년들의 맏형 노릇을 하고 있는 홍륜이 입을 열었다.

"민심이 곧 천심이라는 말도 있지 않습니까? 나라와 백성을 위해서 미친 왕을 해치웁시다."

다른 이들도 여기에 찬동하고 나섰다.

"우리가 왕을 죽이면 신하들과 백성들도 반길 겁니다. 나쁜 짓을 하는 게 아니지요."

이들은 의기투합하여 왕을 죽이기로 했다. 그 계획은 바로 행동으로 옮겨졌다. 즉시 공민왕이 잠든 침전으로 몰려간 것이다. 그들은 모두 작은 칼을 구해 품에 넣고 있었다. 내시 최만생이 인도하니 시위군들도 그들을 저지하지 않았다.

침전에 드니 공민왕은 잠에 깊이 빠져 있었다. 최만생이 먼저 소매에서 칼을 꺼내들었다. 그는 이불을 걷더니 공민왕의 가슴에 거리낌 없이 칼을 꽂았다.

"아악-."

자다 깨어난 공민왕이 비명을 내지르자 소년들이 뒤를 이어 칼을 들고 달려들었다. 그들은 털끝만큼의 인정도 두지 않고 칼을 휘둘렀다. 피와 살이 튀며 난자당한 공민왕의 몸은 하얀 뼈가 드러날 정도였다. 공민왕은 한동안 가늘게 신음을 흘리더니 곧 숨을 놓고 말았다. 그런데도 이들은 분에 차지 않아 괴성을 지르며 칼을 마구 휘둘렀다. 이들이 내지르는 소리가 내전을 순시하던 시위군의 귀에까지 들렸다.

"이게 무슨 소립니까?"

보고를 받은 장수가 군사들을 데리고 침전 안으로 들어섰을 때 최만생과 소년들은 이미 자취를 감춘 뒤였다. 공민왕이 시해됐다는 급보가 전해지자, 이인임(李仁任)이 군사들을 이끌고 달려가 흉수인 내시 최만생과 홍륜 일당을 체포했다. 그는 이들을 모두 참형에 처하고는 왕우(王禑)를 왕에 옹립하려 했다.

왕우는 공민왕의 장남이자 시비 반야의 소생으로 어린 시절부터 신돈의 집에서 자랐다. 공민왕은 원래 자식이 없어 고민하고 있었는데, 신돈이 자신의 여종 반야를 바쳐 아이를 얻으라 권하여서 나온 아들이 바로 왕우였다. 하지만 사람들은 이 아들이 공민왕의 아들이 아니라 신돈의 씨라고 수군대며 노골적으로 멀리 했다. 공민왕이 죽자 대비는 종친들 중에서 적당한 인물을 선택하여 왕을 세우려 했다. 하지만 이인임은 어릴 적부터 자신이 후원해 온 왕우를 왕으로 삼아야 한다고 끝까지 주장했다.

왕위 문제를 두고 양 세력 간에 팽팽한 설전이 계속되었다. 그러다가 영녕군(永寧君) 왕유(王瑜)와 도만호(都萬戶) 왕안덕(王安德)이 공민왕의 유지를 받들어야 한다고 강력하게 주장하여 결국 이인임이 추대한 왕우가 왕위를 이어받게 되었다.

왕우, 즉 우왕이 왕위에 오르자 그를 옹립했던 이인임이 정권을 주도하게 된다. 이인임은 평소 친분이 두터운 최영을 비롯해 지윤(池奫)과 임견미(林堅味), 염흥방(廉興邦) 등의 충복들을 요직에 앉혔다. 이들은 모두 명의 오만한 정책에 반기를 든 반명 인사들이었다. 바야흐로 친원파들이 조정 권력을 장악한 것이다.

이들은 곧장 사신을 임명하여 원나라의 기 태후에게 보내기로 했다. 우왕의 책봉을 공식적으로 승인 받기 위해서였다. 그러자 친명파인 임박과 박상충, 정도전 등이 반대하고 나섰다.

"전하의 책봉은 당연히 명에서 허락을 받아야지, 어찌 원에 허락을 구한단 말입니까?"

"무슨 소리를 하는 겝니까? 원은 대대로 우리 고려의 부마국이 아닙니까? 더구나 지금 원을 통치하고 계신 황제 폐하와 태후 마마 또한 모두 고려인이거늘 어찌 홍건족 출신인 주씨를 섬긴단 말입니까?"

"홍건적이라뇨? 이제 명은 엄연히 중원을 장악한 대국입니다. 더구나 그들은 한실(漢室)의 적통이 아니오?"

"팔은 안으로 굽는 법입니다. 고려 핏줄을 이어 받은 황제께서 우리 고려를 그냥 두고 보시겠소이까? 속히 사신을 보내어 원의 보호를 받아야만 합니다."

친명파들이 반대를 했지만 조정의 대세는 이미 친원파들이 장악하고 있었다. 그들은 전법판서인 박사경(朴思敬)을 사신으로 임명하여 원나라로 보냈다.

박사경은 근 한 달이 걸려 화림에 도착했다. 그는 화림의 성문 안으로 들어서며 벌어진 입을 다물지 못했다. 예전에도 사신으로 대도성을 몇 번 찾은 적이 있었지만 이곳 화림도 그 대도성 못지않게 크고 웅장했던 것이다. 외궁에는 근위대 병사들이 청동갑옷과 가죽혁대에 칼을 찬 늠름한 모습으로 성채 곳곳에 배치되어 있었다. 그 위로 까마득한 높이의 성루에는 초병들이 병기를 들고 삼엄하게 경계근무를 서고 있었다. 성문으로 들어가자 북적거리는 도시 한가운데 내궁이 보였다. 그 안에는 금색과 청색의 단청 일색에 붉을 칠을 한 나무 기둥이 늘어서 있고, 여러 문양으로 조각된 검은 난간이 회랑을 따라 늘어서 있었다. 유약을 바른 청록색 기와로 뒤덮인 지붕 아래에는 웅장한 내실들이 이어져 있었는데, 그 끝이 보이지 않을 정도였다. 이들 궁궐의 어마어마한 모습은 초원의 광대함을 표현했고, 정제된 선은 땅의 풍요를 상징했다.

여기 화림성은 초원을 내달리며 세계를 제패했던 칭기즈칸과 쿠빌라이의 기상이 그대로 녹아 있었다. 각 건물들은 하나같이 화려한 용 문양으로 장식되어 있는데 용은 눈, 입, 발이 너무 정교하여 금세라도 땅을 박차고 허공으로 날아오를 것만 같았다.

박사경은 내궁에 들면서 강순용의 안내를 받았다. 그는 황제를 알현하기 전에 태후를 먼저 만나도록 되어 있었다. 곧장 태후가 머무는 내전으로 향했다. 기 태후는 오랜만에 같은 고려인을 만나 반갑게 그를 맞이해 주었다.

"어서 오시오. 전법판사."

그녀는 부드러운 눈으로 박사경을 내려다보았다.

"나도 고려왕이 세상을 떠났다는 소식은 들었소이다. 안타까운 마음을 금할 길 없구려. 그가 죽게 된 연유를 들으니 더욱 마음이 아프다오."

기 태후는 공민왕과의 인연을 천천히 떠올리고 있었다. 아주 어릴 적에 그를 황제에게 알현시킬 때부터 고려왕으로 승낙하여 내보낸 기억이 병풍처럼 길게 펼쳐졌다. 같은 고려인이라서 많은 애정을 쏟았지만 자신의 가족과 친지를 내치면서 돌연 원수로 돌아선 사이였다. 그에겐 애증(愛憎)의 감정이 교차할 수밖에 없었다. 자신을 끝까지 증오하던 노국공주를 잃고 말년에는 정사를 멀리한 채 혼음과 쾌락에 빠져들었다. 마치 죽은 자신의 남편을 보는 것 같아 그녀 또한 안타까운 마음을 가졌었다. 그러던 차에 자신이 믿었던 수하들에게 비명횡사 당했으니 그녀의 마음은 더욱 쓸쓸할 수밖에 없었다.

박사경은 한참동안 고려의 정세를 전하고는 자신이 찾아온 이유를 말했다.

"이번에 승하하신 전하를 대신하여 새로운 국왕을 세우려 하옵니다."

"그래, 조정에서는 누굴 추천하고 있는 게요?"

"국왕의 자제분이신 왕유 저하를 새로운 국왕으로 등극시키려 하옵니다."

기 태후는 묵묵히 그의 말을 듣고만 있을 뿐 아무런 대답도 하지 않았다. 초조해진 박사경은 단도직입적으로 말했다.

"새로운 국왕에 대해 원에서 책봉을 승인해주시지요."

그렇게 직접적으로 말했으나 기 태후는 가타부타 답을 해주지 않았다. 그녀는 이번 기회를 통해 원에 대한 복속력을 더욱 강화시키기 위해 지연작전을 쓰기로 했다. 어차피 고려는 지금 친원파들이 조정을 장악하고 있었다. 그들을 더욱 애타게 만들어 원에 확실히 의지하도록 만들 요량이었다. 기 태후는 대답 대신 화제를 다른 쪽으로 돌렸다.

"혹 내 피붙이 중에 살아남은 자가 있는 지 궁금하오."

그녀의 가족들뿐 아니라 친족들까지 모두 공민왕에 의해 멸문지화를 당했다. 멀리 이국땅에 떨어져 있는 데다 가족들마저 없다고 생각하니 허망한 가슴은 늘 비워 있는 것만 같았다. 하여 나머지 가족들에 대한 실낱같은 희망을 안고 물은 것이다. 박사경은 잠시 망설이다가 대답했다.

"한 분이 계시긴 하온데……."

"그래요? 누가, 누가 살아남아 있단 말이오?"

"돌아가신 덕성부원군의 따님께서 생존해 계시옵니다."

"오라버니의 딸이라면 내 조카가 아닌가? 그래 그 아이는 결혼은 했답니까?"

"대사헌 왕중귀(王重貴)에게 시집을 가셨사옵니다. 헌데 대사헌께서 얼마 전에 돌아가셔서 지금은 홀로 수절을 하고 계시옵니다."

"참으로 박복한 아이구나. 아비를 잃고 남편마저 일찍 여의었다니……."

그녀는 눈시울을 적시며 푹 꺼져가는 소리로 한숨을 내쉬었다. 단 하나 남아 있는 피붙이마저 수절을 하고 있다니 안타까운 마음이 들지 않을 수 없었다. 그래도 자신에게 조카가 살아 있다 하니 그것만으로도 큰 위로가 되었다. 그녀는 강순용을 시켜 보화가 담긴 상자 하나를 내놓았다.

"이것은 고모가 보낸 성의라고 그 아이에게 전해주시오."

"분부 받들겠나이다."

그렇게 대답하면서 재차 왕의 책봉 문제를 꺼냈으나 기 태후는 거기에는 묵묵부답이었다. 박사경은 며칠을 더 화림에 머물렀으나 끝내 책봉을 승인 받지 못하고 고려에 돌아갈 수밖에 없었다.

박사경이 돌아가자 기 태후는 강순용을 불러들였다.

"자네는 박사경과 함께 돌아가는 관리들에게 이런 소문을 은밀히 흘리게."

"어떤 소문 말이옵니까?"

기 태후의 명을 듣고 난 강순용은 즉시 박사경 일행을 향해 달려갔다.

3

원으로 갈 때와 마찬가지로 박사경이 고려에 도착하자 수많은 대신들이 직접 나와 반겼다. 그를 제일 애타게 기다린 자는 왕우를 국왕으로 추대한 이인임이었다.

"그래 가셨던 일은 어찌 되었소이까?"

"태후 마마의 대답을 듣지 못하고 왔습니다."

"그럼 책봉을 반대하셨단 말이오?"

"그런 말씀도 하지 않으셨습니다. 아무런 언급도 하시지 않고 묵묵히 제 말만 들으셨습니다."

"그렇다면 책봉을 반대하시는 게 아니오?"

옆에 있던 최영이 말했다.

"그렇다고 반대하신다는 말씀도 안 하셨으니 꼭 그리 볼 것도 아니지요. 아마도 우리 고려에 대한 섭섭함을 드러내신 걸 겁니다. 고려에 한이 많으신 분이 아닙니까?"

"원병을 청한 걸 거절해서 섭섭하단 말이오?"

"아마 그러할 겁니다. 원은 고려가 도움을 주지 않아 중원을 회복할 절호의 기회를 잃었다 여길 것이옵니다."

"그럼 어떡해야 된단 말이오? 원나라 대신 명나라에 책봉을 받아야 할지……."

최영이 버럭 소리를 내질렀다.

"그게 무슨 소립니까? 그 오만하고 무례한 명나라에 다시 고개를 숙일 순 없습니다. 분명 또 다시 사신을 보내와서 우릴 괴롭힐 게 뻔합니다. 원에 좀 더 우리의 정성을 보여 책봉을 확답 받아야 합니다."

그렇게 논의를 하고 있는 중에 조정에 이상한 소문이 나돌기 시작했다. 박사경과 함께 원을 다녀온 관리 중의 하나가 이런 말을 흘렸던 것이다.

"승하한 국왕에게 친손이 없어 기 태후께서 심양왕의 손자를 고려의 왕으로 봉하려고 한다."

이 말을 듣고 제일 당황한 자는 이인임이었다. 그는 조정의 신하를 불러 놓고 소문의 진상을 조사케 했다. 이들의 입에서 구체적인 이야기까지 새어나왔다.

"지금의 국왕을 폐하고 심양왕의 손을 보위에 앉히려 합니다."

"조만간 심양왕의 손자 탈탈불화가 군사를 이끌고 고려로 온다 하더이다."

이에 다급해진 이인임은 그 대책을 물었다. 최영이 신하들의 서명을 받아 원에 올리자고 제안했다. 지금의 국왕인 왕유가 분명 공민왕의 친아들임을 확인하는 서명을 하자는 것이다. 대부분의 신하들이 서명을 했으나 친명파인 박상충(朴尙衷), 임박(林樸), 정도전(鄭道傳), 이성계(李成桂) 등은 끝내 서명을 거부했다.

"우리가 섬겨야 할 나라는 중원의 패자인 명나라이오. 어찌 북으로 쫓겨간 나라를 섬길 수 있단 말이오?"

친명파는 그런 논리로 반대의사를 분명히 했다. 할 수 없이 최영은 이들을 제외한 신하들의 서명을 받아 외교문서를 다시 작성해서 박시경을 원으로 급히 보냈다.

> 국왕의 유명(遺命)으로 원자(元子) 우(禑)가 왕위를 이어받고, 판밀직(判密直) 박사경을 보내어 부음(訃音)을 고하였는데, 이제와서 탈탈불화(脫脫不花)가 부질없이 다른 마음을 먹고 왕위의 승습(承襲)을 다투고자 하니 금지하여 주기를 빕니다.

한편 개경 송악산 부근에 살고 있는 기씨 부인은 박사경을 통해 기태후의 선물을 건네받고는 매우 기뻐했다.
"어쩌면 이렇게 귀한 것을……."
기 태후가 기씨 부인에게 보내온 것은 고려에서 보기 드문 각종 금은장식과 청화매병이었다. 여태 자신의 아비를 비롯하여 일족이 처참하게 주살되고 혼자 살아오면서 숱한 설움을 당해온 그녀였다. 공민왕은 재위하는 동안 기 태후와 원수가 되어 아예 원을 멀리해왔다. 자연히 자신에 대해서도 경계를 늦추지 않으며 늘 감시를 해왔다. 그러다가 공민왕이 죽고 우왕이 즉위하면서 원과의 관계가 급속히 회복되었다. 사신들이 원을 활발하게 다시 오가면서 그녀의 고모인 기 태후에 대한 소식을 들을 수 있었고, 자신의 사촌이 원나라의 황제가 되었다는 소식까지도 접할 수 있었다. 원 제국 황제와 사촌이니 자신도 엄연히 황족인 셈이었다.
"남편이 살아 있었다면 얼마나 기뻐했을까……."

그녀의 남편 왕중귀는 얼마 전에 병으로 죽고 말았다. 대사헌의 자리에까지 올랐던 남편은 자신이 공민왕에게 몰살당한 기철의 딸인데도 선선히 아내로 맞이해 주었다. 그만큼 인품이 깊고 후덕한 헌헌장부였다. 선비다운 결기도 있어 신돈의 횡포에 맞서 싸우다가 유배를 갔고, 우왕이 즉위하면서 다시 복직되었다. 하지만 유배 때 워낙 고생을 많이 했던 뒤라 복직되고 얼마 되지 않아 죽고 말았다.

"꼭 한번 남편을 데리고 화림에 가서 고모를 뵈려 했건만……."

그녀는 안타까운 마음에 그저 긴 한숨을 내쉴 뿐이었다. 그때 밖이 수런거리며 종복 하나가 급히 달려왔다.

"마님, 속히 몸을 피하십시오. 문하찬성사(門下贊成事) 지윤(池奫) 나리께서 막무가내로 마님을 뵙겠다고 이리로 오시고 계십니다."

평소 지윤은 욕심이 많고 간사한데다 음탕하여 많은 아녀자들을 욕보여 왔다. 그는 평소 기씨 부인을 넘보고 있었다. 그녀는 남편이 없는데다 재산이 많고 미모까지 출중하여 여태 기회를 노리다가 오늘에야 날을 잡고 찾아온 것이다.

"마마, 어서 자리를 피하십시오. 큰 곤욕을 치를 것입니다."

하지만 그녀는 움직이지 않았다. 고모인 기 태후를 닮아 호기롭고 당당했다.

"내가 무슨 잘못을 했다고 그자를 피한단 말이냐?"

"그 나리께서 마마를 모시고 간다 합니다요."

"고려에도 엄한 국법이 있거늘, 어찌 함부로 나를 데려간단 말이냐?"

기씨 부인은 태연한 얼굴로 방에 들어가 앉았다. 잠시 후 지윤이 크게 헛기침을 하며 안으로 들어왔다.

"아녀자 혼자 거하는 집에 어인 행차신지요?"

지윤은 벌겋게 충혈된 눈을 번득이며 음흉한 미소를 지었다.

"그동안 부인께서 혼자 계시기에 적적한 거 같아 제가 위로를 해드리러 왔습지요."

"저는 잘 지내고 있으니 문하찬성사 나리께서는 그만 나가 보시지요."

"어허, 어이 그리 박하게 구시는 겝니까?"

그러면서 기씨 부인의 손을 맞잡았다.

"그러지 말고 나와 함께 사시지요. 내 남부럽지 않게 호강 시켜드릴 자신이 있소이다."

그녀는 얼음처럼 차가운 표정으로 그 손을 뿌리쳤다. 그리곤 한동안 아무 말 없이 묵묵히 앉아 있다가 방을 나섰다. 지윤이 얼른 쫓아 나오며 기씨 부인의 손을 잡았다. 그녀는 끓어오르는 화를 꾹 눌러 참으며 눈을 꼭 감았다. 잠시 후 기씨 부인은 눈을 번쩍 뜨며 지윤의 뺨을 세차게 갈겼다.

"일국의 재상이라는 자가 어찌 아녀자 혼자 사는 집에 와서 행패를 부리는 게요? 지금은 이 모양으로 있지만 나는 대원 제국 태후 마마의 조카요. 어디 함부로 넘보는 게요."

그렇게 추상같이 이르고는 얼른 방에서 나왔다. 그녀가 달려간 곳은 바로 최영 장군의 집이었다.

"장군, 지윤이란 자가 제 몸과 집을 빼앗으려 하나이다."

"아니, 감히 대원 제국 태후 마마의 조카 분을 건드린다 말입니까?"

"저를 능욕하여 그 수치심을 견딜 수 없습니다."

"잘 오셨소이다. 내 그자를 가만 두지 않을 것이오."

기씨 부인은 한동안 최영의 집에서 기거하며 지윤의 손길을 피했다. 최영은 지윤의 행동을 유심히 살피며 그를 내칠 궁리를 했다.

한편 지윤은 다급해졌다. 기씨에게 호되고 당한데다 그녀가 최영에게 달려간 사실을 알게 된 것이다. 지윤은 친명파들을 급히 불러 모아 계책을 짰다.

"그년이 최영에게 달려갔으니 조만간 우리 쪽을 공격할 것이오. 앞아서 당할 수만은 없지 않겠소이까?"

"북으로 쫓겨 간 원나라에 쩔쩔매는 꼴을 더 이상 두고 볼 수 없습니다."

"이참에 아예 엎어버리고 명에서 낙점한 왕을 우리가 새로 세웁시다."

이들은 그날 의기투합하여 역모를 모의했다. 하지만 그들보다 먼저 최영이 선수를 쳤다. 지윤이 이인임을 탄핵하고 시중이 되려 한다는 방문을 은밀히 도성 곳곳에 붙인 것이다. 그는 방을 떼어 우왕에게 달려갔다.

"저들이 시중 어른을 탄핵하고는 전하까지도 몰아내려는 역모를 꾸미고 있사옵니다."

그렇지 않아도 정식으로 책봉을 받지 않아 왕권이 불안한 우왕이었다. 그는 역모 소리만 나와도 예민해져 정신이 없었다.

"그럼 과인이 어떻게 하면 되겠소?"

"속히 역적들을 잡아 문초를 하셔야지요."

우왕이 허락하니 최영은 이인임과 함께 군사를 몰아 지윤의 집으로 달려갔다.

"역적 지윤은 어명을 받으라!"

지윤은 자신의 패거리들과 무장한 사병들을 대동하고 그들을 맞았다. 하지만 군세로 보나 무예로 보나 최영의 군사를 당할 수는 없는 노릇. 최영은 그 자리에서 지윤의 목을 베어버리고는 그의 잔당들을 소탕했다. 이로서 고려는 기 태후를 따르는 친원파들이 조정을 장악하게 되었다.

 박사경은 다시 원나라 화림에 도착해 기 태후를 접견하고 있었다.
 "먼 길을 오가느라 경이 수고가 많소이다. 헌데 어찌 다시 찾아왔는가?"
 박사경은 이마를 바닥에 붙이며 넙죽 몸을 숙인 후 두 손을 내밀었다.
 "이것이 무엇인가?"
 "지금의 고려 국왕을 책봉시켜 주십사, 하고 신하들이 서명한 연판장이옵니다."
 "공민왕의 친자를 왕으로 책봉해 달라?"
 "고려가 원에 충성하기로 맹세를 하였으니 책봉을 허락해 주십시오."
 기 태후는 의외로 선선히 고개를 끄덕였다.
 "국왕의 친손이라면 기꺼이 책봉을 해주어야지."
 또 거부할 것으로 여겼던 박사경은 기 태후가 허락한다고 하자 기쁜 얼굴로 고개를 들었다.
 "온 고려의 백성들이 태후 마마의 인자하심을 칭송할 것이옵니다."
 박사경은 문득 지난 번 기 태후가 승인해주지 않은 게 궁금해서 물었다.
 "하온데 지난번에 소신이 왔을 때는 왜 허락을 해주지 않으셨는지요?"

"고려의 반응을 떠보기 위해서였소. 내가 책봉에 대한 언급이 없으면 조정에서는 우리 원을 두고 두 갈래로 갈라질 게 아니겠소? 새로이 명을 섬겨야 한다는 쪽과, 그래도 끝까지 원에 충성을 다하자는 쪽으로 의견이 나눠지질 않았소? 나는 책봉 승인을 계기로 고려 조정에서 친명파들이 누군지 확실히 알고 싶었소."

"그건 또 무슨 연유에서인지……."

기 태후는 얼음처럼 차가운 표정으로 단호하게 말했다.

"그들을 제거해야지. 고려는 엄연히 원의 부마국이 아닌가? 고려와 인접해 있는 요동이 바로 우리 원의 땅이 아니오? 우리 원과 더 가까우니 나의 명을 따라야 할 것이야."

기 태후는 박사경의 눈을 쏘아보며 부드러운 목소리로 말을 이어 갔다.

"내 이번에 고려를 위해 큰 선물을 하나 준비했소이다."

"선물이라 하오시면……."

"우리 고려가 늘 꿈꾸어왔던, 태조 왕건을 비롯한 고려의 어떤 왕도 이루지 못한 소원을 내가 이뤄줄 것이야."

박사경은 그녀가 무슨 말을 하는지 몰라 눈만 깜빡일 뿐이었다. 기 태후는 선휘원사(宣徽院使) 철리첩목아(徹里帖木兒)를 박사경와 함께 고려에 보내면서 그에게 서찰을 건네주었다.

"그걸 고려의 최영 장군에게 전해주시게나. 서찰을 읽고 최영이 나의 명을 따를 의향이 있다면 자네가 그의 뜻을 담은 서찰을 가지고 다시 나를 보러 와야 할 게야."

"존명 받들겠나이다, 태후 마마."

박사경은 왕우의 책봉을 허락한 황제의 조서를 들고 고려로 돌아왔다. 우왕은 박사경이 돌아온다는 소식에 직접 성문까지 나가 그를 맞이했다.

"그래 어찌되었소? 책봉은 허락하신 게요?"

박사경은 자리에서 엎드려 절을 했다.

"감축 드리옵니다. 태후 마마께서 전하의 책봉을 허락하셨나이다."

원의 기 태후는 한림승지(翰林承旨) 발라적을 박사경과 함께 보내어 고려 우왕을 개부의동삼사정동행성좌승상고려국왕(開府儀同三司征東行省左丞相高麗國王)이라는 긴 직함을 내려 정식으로 국왕에 책봉했다.

우왕은 기쁜 나머지 활짝 웃으며 손뼉을 쳤다.

"수고가 많았소이다. 이제야 정식으로 왕의 자리에 오를 수 있게 되었구려."

그는 명의 홍무 대신 원의 선광(宣光) 연호를 비로소 시행하였다. 주원장이 아닌 기 태후의 아들 애유식리답리를 황제로 섬기는 것이다.

며칠 후 우왕은 대신들을 모아놓고 성대한 잔치를 베풀었다. 정식으로 국왕에 오른 것을 축하하기 위해서였다. 각국의 사신들도 참여했지만 명에서는 사람을 보내오지 않았다. 고려는 명나라와 교류를 단절했다. 잔치가 파할 때쯤, 원에 다녀온 박사경은 은밀히 최영에게 다가갔다.

"잠시만 저를 좀 보시지요."

박사경은 최영의 옷소매를 이끌고 회경전 한구석으로 데려갔다. 그는 주위를 둘러보더니 최영에게 서찰을 하나 내밀었다.

"아니, 이게 무엇이오?"

"원나라의 태후께서 장군에게 직접 전해라 명하신 겁니다."

"태후 마마께서……."

최영은 황급히 서찰을 펴서 읽어보았다. 그는 눈을 크게 뜨며 신음을 흘렸다.

"무슨 내용이 적혀 있는 겁니까?"

박사경이 궁금해 하여 물었지만 최영은 대답하지 않고 옅은 한숨만 내쉬었다. 어금니를 꽉 깨문 채 관자놀이를 실룩이는 것이 무언가 깊은 생각에 빠져 있는 듯했다. 한참이 지나서야 최영은 나지막이 중얼거렸다.

"태후께서 정말 큰 선물을 우리 고려에게 안겨주시었네."

최영은 단지 그렇게만 홀로 중얼거렸다.

4

"태후 마마 납시오!"

환관이 길게 소리를 내어 고하자 문무백관들은 놀라서 서로 얼굴을 쳐다보았다. 근자에 그녀는 어전회의에 잘 참석하지 않았다. 황제가 앉은 보좌 뒤에서 수렴청정(垂簾聽政)을 하던 것을 그만둔 지도 오래였다. 황제에게 완전히 국정을 맡겨 오다가 불쑥 어전에 들었으니 황제를 비롯한 신하들이 놀랄 수밖에.

기 태후가 들어서자 신하들이 일시에 일어나 바닥에 엎드렸다. 황제도 그 자리에서 일어나 태후에게 예를 갖추었다. 그녀는 황제보다 더 위에 놓인 보좌에 앉았다. 기 태후의 나이 이제 환갑을 바라보고 있었다. 하지만 그녀에게는 여전히 사람을 매료시키는 원숙한 미모와 자신감 넘치는 패기, 그리고 상대를 압도하는 위엄이 있었다. 이제 신하들 모두는 기 태후를 천하의 군주로서 손색이 없다고 찬탄하고 있었다.

"내 오늘 대소 신료들에게 중요한 안건을 내놓으려 하오. 여러분의 의견을 듣고 싶어 이렇게 어전에 나온 것이오."

황제가 뒤를 돌아보며 물었다.

"태후 마마, 무슨 중요한 안건이신지요?"

기 태후는 주위를 돌아보며 잠시 뜸을 들이다가 이내 말을 꺼내었다.

"요양은 예전 우리 땅이었지만 지금은 명이 차지하여 그곳에 정요위(定僚衛)를 설치해 놓고 있소이다. 그 정요위를 쳐서 빼앗자는 것이오."

그러자 좌승상 백살리가 반대하고 나섰다.

"아뢰옵기 황공하오나, 우리 원이 굳이 요동을 정벌할 이유가 없다고 보옵니다. 그곳은 여기서 멀리 떨어져 있어 관할하기 힘들뿐 아니라, 그 땅 아래의 고려 또한 노리고 있는 곳이옵니다."

"내 말은 우리가 단독으로 군사를 움직이는 것이 아니라 고려와 함께 협공하자는 게요."

"우리의 협공 제안에 그들이 응하겠사옵니까? 대도성을 협공하자는 우리의 제안을 거절한 그들 아니옵니까? 고려는 군사를 내지 않을 것입니다."

"그들은 당연히 응할 것이오. 자신의 땅을 되찾아 돌려주겠다는데 마다할 리가 있겠소이까?"

그 말이 떨어지는 순간, 좌승상뿐만 아니라 모든 신하들이 서로 얼굴을 마주 보며 놀란 표정을 지었다. 좌승상은 자신이 잘못 들었나 싶어 다시 물었다.

"땅을 되찾아 주다니요? 하오면 그 요동 땅을 고려에 주시겠단 말씀이옵니까?"

"그렇소이다. 요동은 원래 역사적으로 그들의 땅이었소. 고구려와 발해를 거치는 동안에도 줄곧 그들의 땅이 아니었소? 그 땅을 되찾아 고려에 돌려주겠다는 것이오."

"요동은 우리 원이 중원을 장악할 때까지 우리의 영토였습니다. 불과 얼마 전까지만 해도 우리 원의 장수 나하추(納哈出)와 홍보보(洪寶寶)가 장악하고 있던 곳이 아니옵니까?"

"일시적으로 그들이 머물렀던 게요. 요동은 그 근원을 따진다면 고려 땅이 분명하오. 예전 발해시절 뿐만 아니라 근자에까지도 그 지역에 관할권을 가지고 있었단 말이오. 우리 원과 대립하고 있는 동안에도 요동에 동녕부(東寧府)와 쌍성총관부(雙城摠管府)를 설치하여 관할해 왔지 않소이까?"

"설령 그 땅이 과거 고려의 것이라 할지라도 우리가 굳이 나서서 찾아줄 필요다 없다 사료되옵니다. 여기서 요동까지는 수천 리 떨어진 곳입니다. 그곳까지 군사를 내어갔다가는 남쪽의 주원장이 북진해 올지도 모르옵니다."

"우리 원에선 극히 적은 수의 군사만 움직일 것이오. 고려가 군사를 몰아 올라오고, 그곳 요동의 우리 군사를 모아 협공을 한다면 충분히 승산이 있을 것이오. 또한 요동을 고려에게 내주는 것은 단지 고려에게만 유리한 것이 아니요. 고려가 그 땅을 차지하면 어마어마한 국력을 키울 수 있을 것이오. 고려의 힘을 키워서 명을 견제하게 하려는 것이오. 그리하여 강성해진 동쪽의 고려와 여기 북쪽의 우리 원이 동시에 주원장을 압박한다면 훗날 충분히 중원을 다시 회복할 수 있을 것이오."

하지만 신하들의 반대는 거세었다.

"지금은 내치를 다질 시기이옵니다. 부디 출병 하신다는 영을 거두어 주시옵소서."

"자신들만 살겠다고 우리의 출병 제의를 거절한 고려이옵니다. 그들에게 어찌 은혜를 베푸신단 말이옵니까?"

좌승상 백살리뿐만 아니라 다른 신하들이 잇달아 청하니 기 태후도 자신의 주장만을 내세울 수는 없었다. 우선은 한발 뒤로 물러나 다음 기회를 엿보기로 했다.

"이 문제는 중신들의 의견을 모아 다음에 다시 논의토록 합시다."

기 태후는 논의를 일단락 짓고 자신의 침소로 돌아갔다. 잠시 후 황제가 친히 기 태후를 찾아왔다.

"얼마나 심려가 크시옵니까, 태후 마마."

기 태후는 고개를 내저으며 그윽한 표정으로 황제를 바라보았다.

"황상은 어떻게 생각하시오? 이 어미가 무리한 요구를 한 것입니까?"

"아니옵니다. 소자 또한 태후 마마의 명을 따를 것입니다. 마마께서는 예전부터 제게 말씀하셨지요. 소인의 몸속에 요동을 다스리며 천하를 호령했던 고구려와 발해의 피가 흐르고 있다고 말입니다."

"아! 황상이 어릴 적에 했던 이 어미의 말을 아직도 기억하고 있단 말이오?"

"어찌 그 같은 말씀을 잊을 수 있겠나이까? 소인 어릴 적부터 그 같은 태후 마마의 말씀을 들으며 늘 자부심을 가졌었지요. 남들이 보잘 것 없는 나라의 핏줄을 이어받았다 수군거릴 때면 중원을 벌벌 떨게 했던 고구려와 발해의 기상이 제 몸속에 흐르고 있다고 되뇌며 스스로를 단련시켜 왔습니다. 태후 마마의 모국이 곧 저의 조국이 아니겠사옵니까?"

"장하십니다, 그려. 나와 황상은 어디까지나 고려 사람이라는 걸 결코 잊어선 아니 되오."

"여부가 있겠사옵니까."

"진정 고려를 강성하게 만들기 위해서는 더 넓은 대륙의 땅이 필요합니다. 그래서 그 요동 땅을 꼭 고려에 주고 싶다는 게요."

기 태후는 황제의 손을 맞잡으며 말을 이어갔다.

"내 인생에서 가장 통탄할 만한 일을 꼽으라면 두 가지를 꼽을 수 있을 것이오. 하나는 권력욕에 눈이 멀어 탈탈을 모함하여 유배 보낸 것이고, 또 하나는 몰살당한 우리 가족의 복수를 위해 군사를 몰아 고려 정벌에 나섰던 일이지요. 그때 2만의 군사를 끌고 가서 단 몇 백의 군사만이 살아 돌아오지 않았습니까? 그때 희생된 고려의 군사까지 포함하여 수많은 사람들이 목숨을 잃었지요. 순전히 내 가족의 복수에 눈이 멀어서 그 같은 어리석은 짓을 하고 말았습니다. 내 자신만을 위해 수많은 피를 흘린 것을 난 지금도 후회하고 있소이다. 그때 이후로 큰 빚을 졌다고 지금까지 생각하고 있어요. 군사를 잃고 비참한 심정으로 발걸음을 돌릴 때 드넓은 요동 땅을 지나왔었지요. 황상, 그 땅을 바라보면서 나는 다짐했답니다. 우리 조상의 기상이 묻어 있는 이 땅을 고려에 주어 내 죄를 사함 받겠다고 말입니다. 이제 환갑을 바라보는 나이. 내 아들이 황제의 자리까지 올랐는데 더 이상 무슨 욕심이 있겠소이까? 하나 이루고 싶은 게 있다면 그때 다짐했던 것을 실현하는 것뿐이랍니다."

기 태후는 말을 마치자 깊게 숨을 들이마셨다. 어느새 그녀의 눈자위가 파르르 떨리며 굵은 눈물이 뺨을 타고 흘러내렸다.

"나의 뜻을 이루어줄 사람은 오직 우리 황상밖에 없소이다."

황제는 아랫입술을 깨물며 비장한 표정을 지었다.

"소자, 무슨 일이 있어도 태후 마마의 뜻을 이루어 드릴 것입니다."

황제는 다음날 긴급히 어전회의를 소집했다. 그의 얼굴은 어느 때보다 굳어 있었지만 표정에는 자신감이 묻어 있었다. 황제는 어깨를 활짝 편 채 보좌에 앉아 문무백관을 둘러보더니 큰 소리로 명을 내렸다.

"짐은 요동 땅 정벌을 위해 5만의 군사를 출정시키기로 했다. 고려군과 함께 정요위를 공략해서 그 땅을 복속시킨 연후에 고려에 돌려줄 것이다."

즉각 신하들이 반발하고 나섰다.

"하오나 폐하……."

황제는 그들의 말을 끊으며 먼저 앞질러갔다.

"지금부터 이를 반대하는 자는 황명으로 엄히 다스릴 것이다."

황제의 의지가 이처럼 강하니 아무도 거역하고 나서지 못했다. 이리하여 원에서는 군사를 정비하고 무기를 갖추어 요동 땅에 출전할 만반의 준비를 갖추었다. 기 태후는 고려에서의 회신이 오기만을 간절히 기다렸다.

한편 고려 조정에서도 최영이 기 태후의 뜻을 우왕에게 전하며 큰 파장이 일어났다. 즉시 어전회의가 소집되어 이에 관한 논의가 치열하게 오갔다. 하지만 우왕은 아직 반신반의하는 표정이었다.

"정말 원의 태후께서 요동 땅을 우리에게 주신다는 것이오?"

"그분은 실언을 하실 분이 아닙니다. 이렇게 문서를 적어 보내오셨는데 어찌 약속을 어기겠사옵니까?"

우왕은 입술을 깨물며 신중히 생각하며 신하들의 의견을 물었다.

"경들은 어찌 생각하시오?"

먼저 이인임이 나서며 자신의 의견을 아뢰었다.

"요동은 명백히 우리 땅이옵니다. 고구려 때에도 그러했고, 발해 때에도 그랬습니다. 우리 태조 대왕을 비롯한 선왕들께서 무수히 그 땅을 회복하시려다 끝내 뜻을 이루지 못하였지요. 지금 이 기회를 살리지 못하면 다시는 대륙으로 우리가 나아갈 길이 없을 겁니다. 전하, 깊이 헤아리시어 지혜롭게 대처하소서."

"그러하옵니다. 우리 고려가 대륙으로 나아가기 위해서는 반드시 요동 땅을 우리의 발판으로 삼아야 합니다. 이것은 분명 하늘이 내린 기회이옵니다."

하지만 이에 대한 반대 의견도 만만치 않았다. 먼저 정도전이 나서며 이를 반박했다.

"정요위를 친다는 것은 명에 대한 선전포고나 다름없사옵니다. 우리 고려가 명과 맞서 이길 수 있으리라 보십니까?"

이성계도 이를 도왔다.

"예전에도 원에 대항하여 싸우다가 고려 전체가 쑥대밭이 된 적이 있다는 걸 잊어선 아니 되옵니다. 왕실이 강화도로 피난 가고 삼별초가 끝까지 저항을 했으나 결국 무릎을 꿇지 않았습니까? 그때의 악몽이 되풀이 될까 두렵사옵니다."

하지만 이들의 주장은 큰 호응을 얻지 못했다. 조정은 이미 최영과 이인임을 비롯한 친원파가 장악하고 있어 이들의 주장은 곧 묻혔다. 대신 우왕을 추대한 공신 이인임이 큰 목소리로 왕에게 외쳤다.

"지금의 명은 예전 천하를 제패한 원에 비할 바가 못 됩니다. 주원장이란 자는 원래 소심하고 겁이 많아 치세에는 능할지 몰라도 영토를 확장하는 데는 큰 뜻을 두지 않습니다."

최영은 구체적인 이유까지 나열했다.

"더구나 얼마 전 명은 확곽첩목아에게 대패하여 30만 대군을 졸지에 잃고 말았습니다. 우리가 원과 함께 정요위를 친다 해도 뒤에 있는 원의 정병이 두려워 함부로 군사를 내지 못할 것이옵니다."

우왕이 턱을 매만지며 길게 한숨을 내쉬었다. 전쟁의 실패는 곧 왕위를 위태롭게 하는 일이었다. 그는 최영 쪽을 돌아보며 진지하게 물었다.

"경은 정말 명이 군사를 내지 않을 거라 보오?"

"그러하옵니다. 이미 원과 약조가 되어 있습니다. 명이 출정할 기미를 보이면 즉각 북쪽에서 군사를 내어 주원장을 위협할 것입니다. 그러면 감히 요동 땅으로 군사를 내어 우리를 위협하지 못할 것이옵니다."

신중한 표정으로 장고를 거듭하던 우왕은 마침내 고개를 끄덕여 출병을 허락했다.

"즉시 군사를 내어 정요위를 공략하고 요동 땅을 되찾도록 하시오. 그리하여 우리 민족의 오랜 꿈인 대륙 진출의 발판으로 삼을 것이오."

"성은이 망극하옵니다."

어전을 나온 최영은 즉시 국서를 작성하여 원나라의 기 태후에게 보냈다. 정확한 출병 일시와 군사 규모를 적었고, 협공 방식도 구체적으로 명시했다. 국서를 가지고 고려에서 가장 빠른 말을 탄 전령이 급히 원으로 향했다. 전령이 떠나자 최영은 전국 5도의 각 성에 성벽을 수축할 것을 명했다. 동시에 군사를 서북 방면에 집중 배치하여 명나라의 침공에 대비했다. 또한 개경의 방리군(坊里軍)을 동원하여 한양에 중흥성(重興城)을 축조하기도 했다. 이는 만약의 전쟁 상황에 대비하여 개경의 왕족들을 중흥성에 이주시키기 위함이었다.

고려가 요동을 치기 위해 분주하게 움직이는 동안 이를 반대하는 친명파들도 계책을 논하기 시작했다. 정도전과 이성계를 비롯한 관료와 장수들이 송악산 밑 이숭인(李崇仁)의 집에 은밀히 모인 것이다. 모임을 주도한 자는 김구용(金九容)이었다. 그는 친명파의 거두로 삼사좌윤(三司左尹)으로 있을 때 이숭인(李崇仁), 정도전(鄭道傳), 권근(權近)과 함께 원나라에서 온 사신의 영접을 반대하다가 죽주(竹州)에 유배되기까지 했다. 때문에 원나라와 우왕에 대한 감정이 좋지 않았다. 그는 우왕 앞에서 못다 한 말을 여기서 풀어놓고 있었다.

"고려에 정신이 올바로 박힌 신하가 이리 없단 말입니까? 우리 같은 소국이 어찌 감히 대국인 명을 칠 수 있단 말입니까?"

"그러게 말입니다. 정요위를 친다는 것은 명에 선전포고를 하는 것과 마찬가지 아닙니까? 천하무적의 원을 북쪽으로 내쫓은 명나라입니다. 그들과 맞붙어서는 절대 승산이 없어요."

"어떡해서든 출병만은 막아야 합니다. 명에 맞섰다가는 예전에 원에게 당한 것처럼 온 나라가 쑥대밭이 될 것입니다."

정도전이 한숨을 내쉬며 말했다.

"허나, 전하의 의지가 저렇게 강경하시니……."

"어린 전하가 무슨 뜻이 계셔 그런 결정을 내렸겠습니까? 모두 이인임과 최영을 비롯한 친원파들이 전하의 총기를 흐리고 있는 게지요."

"그나저나 이를 명에 알려야 하지 않을까요? 먼저 명에게 알려 대책을 함께 강구하는 게 좋을 것 같습니다. 그쪽의 도움을 얻어야지요."

"그렇긴 한데, 시일이 촉박한 지라……."

그러자 이성계가 나서며 말했다.

"육로를 이용하지 않고 바다를 통해 대도성에 가면 훨씬 빨리 이 사실을 알릴 수 있을 것입니다."

"배를 타고 간다……."

"물론 약간의 위험은 감수해야겠지만 워낙 급한 일이라 그 방법을 사용할 수밖에 없습니다."

"좋소. 속이 정요위를 친다는 사실을 명에 알리고 그쪽의 답변을 구해봅시다."

이들은 즉시 개경의 외항인 벽란도로 달려갔다. 명과 오가는 무역선을 빌려 나이가 가장 어린 권근이 그 배에 올라탔다. 마침 파도가 잔잔하고 순풍이 불어 배는 빠른 속도로 대도성을 향해 나아갔다. 배는 일주일도 되지 않아 명의 백하(白河)에 도착했다. 권근은 곧장 대도성을 향해 말을 타고 달려가 명의 관리를 통해 고려의 상황을 알렸다. 이 소식을 접한 유기는 곧장 주원장에게 보고했다.

"감히 고려가 정요위를 쳐서 요동 땅을 먹겠단 말이지?"

"이미 군사를 모아 정벌군을 편성하고 있사옵니다. 또한 우리 명의 침입을 대비하기 위해 내성을 쌓고 군사를 징발하고 있다 하옵니다."

"그깟 고려의 군사를 두려워할 필요가 뭐 있겠소이까? 요동의 우리 군사만 가지고도 충분히 제압할 수 있을 게요."

"문제는 북원이옵니다. 북원의 태후가 직접 군사를 이끌고 요동으로 달려가 고려와 협공을 한다 하였습니다."

"북원까지 움직인단 말이오?"

"북원과 함께 우리 정요위를 협공하여 이를 고려에 넘긴다 하옵니다. 태후가 고려 출신이라 강한 애착을 가지고 있는 것 같사옵니다."

"만약 여기서 군사를 내어 요동 땅에 출병을 시킨다면?"

"물론 북방의 확곽첩목아가 군사를 일으킬 것입니다. 요동으로 출병하는 군사를 기습할 수도 있고, 여차하면……."

주원장은 유기의 표정을 살피며 되물었다.

"이곳 대도성까지 내려올 수 있단 말이지?"

"그러하옵니다. 적들은 우리가 군사를 움직이지 못하는 상황을 절묘하게 이용하여 요동 땅을 차지하려는 것입니다."

"이럴 수가……."

주원장은 얼굴을 붉힌 채 주먹으로 옥좌의 팔걸이를 세게 내리쳤다.

"그럼 그 넓은 요동 땅을 통째로 빼앗기도록 가만 두고 보잔 말이오?"

흥분한 주원장의 표정과는 달리 유기의 얼굴에는 여유가 넘치고 있었다.

"병서에 보면 싸우지 않고 이기는 게 가장 좋은 병법이라 했습니다."

"그럼 경에게 군사를 출정시키지도 않고 요동을 지키는 묘책이 있단 말이오?"

유기가 고개를 끄덕이며 대답했다.

"소인이 알아서 처리하겠사옵니다. 황상 폐하께서는 전혀 심려치 마옵소서."

이번 일의 전권을 위임받은 유기는 황궁 밖에서 기다리고 있던 권근을 만났다. 그는 권근에게 몇 마디 이르고는 자신이 쓴 서찰을 건네주었다.

"고려에 가거든 이 서찰에 적힌 내용대로 따르라 하시오. 그럼 분명 요동으로 군사를 내지 못할 것이오."

권근은 고개를 끄덕이며 즉시 백하로 달려갔다. 거기서 왔던 방식과 똑같이 무역선을 타고 벽란도로 향했다. 닷새 만에 개경에 도착한 권근은 유기가 전해준 서찰을 함께 모인 사람들에게 보여주었다. 그것을 읽고 난 김구용과 이성계가 무릎을 치며 탄성을 내질렀다.

"그렇지. 이렇게 하면 충분히 우리 뜻대로 될 것이야."

5

"아니 되옵니다, 태후 마마."

"통촉하옵소서! 태후 마마."

황제와 신하들은 바닥에 이마를 찧으며 반대를 표했다. 하지만 기태후는 자신의 뜻을 굽히지 않았다.

"이번에도 내가 친히 군사를 몰고 요동으로 출정할 것이오. 경들은 반대하지 마세요."

"태후께서는 이 나라의 어머니이십니다. 행여나 고귀하신 몸이 상할까 두렵사옵니다."

"내 나이 아직 환갑도 되지 않았소이다. 불과 10년 전에도 군사를 이끌고 요동에 갔거늘, 지금이라고 못할 것 없지 않소이까?"

기 태후는 신하들의 반대에도 불구하고 자신이 군사를 몰고 출정할 것을 고집하고 있었다. 그녀는 이전의 아픈 기억을 떠올렸다. 10년 전에도 군사를 몰고 요동으로 출정했었다. 단지 2백의 자정원 군사를 이끌고 요동의 2만 군사와 함께 고려를 정벌하기 위해 출정하지 않았던가? 그때는 고려를 정벌하기 위해서 였지만, 지금은 고려를 살리기 위해 출병하려는 것이다. 반드시 요동 땅을 차지하여 모국 고려에 진 큰 빚을 갚고 싶었다. 또한 요동은 고려와는 지척의 거리. 조금이라도 가까이서 고국 고려의 기운을 느끼고 싶은 그녀였다. 기 태후가 끝까지 고집을 꺾지 않자 황제가 다른 의견을 내놓았다.

"하오면 소자가 군사를 몰아가겠습니다. 그때도 소자와 함께 가시지 않았습니까? 소자 또한 그곳 지리를 잘 알고 있으니 군사를 쉽게 움직일 수 있습니다."

그러자 기 태후가 버럭 소리를 내질렀다.

"황상께서는 이제 그때의 황태자가 아니라는 걸 명심하세요. 어찌 천자가 조그만 땅덩어리를 공격하는 데 함부로 움직이신단 말입니까? 황상께서 움직이시면 필시 명에서 군사를 일으켜 쫓아올 것입니다. 오히려 짐이 될 수 있단 말입니다."

그녀는 맨 앞에 시립해 있는 확곽첩목아를 돌아보았다.

"경이 우리 황상을 잘 지켜드려야 합니다. 여기서 군사를 잘 움직여 명이 일체 요동으로 출병하지 못하도록 위협을 하란 말이오."

"알겠사옵니다, 태후 마마."

그리고 며칠 후, 기 태후는 출전에 앞서 몸소 군사를 사열했다. 궁에서 나온 그녀는 성문 밖에 도열한 군사들을 둘러보았다. 기백이 차고 넘치는 2만의 군사가 붉은 투구와 갑옷을 입은 채 기치창검을 들고 도열해 있었다.

"열병대전 준비는 다 마쳤는가?"

"태후 마마께서 먼저 방진(方陣)을 검열하시고, 대열행진 또한 보시게 될 것입니다."

자주색 말이 기 태후를 태우고 열병장소를 향해 달려갔다.

두 장군이 그 옆을 수행했고, 뒤에는 말을 탄 친병대가 보폭도 가지런히 뒤따랐다. 보군의 방진에는 각 지역에서 올라온 군사들이 똑같은 갑옷을 입고 나와 힘차게 행진했다. 차가운 바람과 함께 눈이 간간이 내리고 있었지만 추위는 전혀 느껴지지 않았다. 오히려 군사들의 용맹함과 떠나갈 듯한 함성에 몸이 후끈 달아오를 정도였다. 그녀는 얼굴 가득 환한 미소를 지으며 연신 손을 저어 요동 정벌을 위해 선두에 선 병사들을 향해 경의를 표했다.

열병장에서는 진세(陣勢)를 바꿔가며 기병대의 열병이 한창이었다.

진을 펼치는 시범이 끝나자 대열은 더욱 활기를 띠며 움직였다. 각종 병기(兵器)로 현란한 재주를 부리는가 하면, 한쪽에선 공격과 방어의 격투를 보이며 짜릿한 승부의 묘미를 선사했다. 기 태후는 크게 손뼉을 치며 그들의 용맹을 치하했다.

"이 정도면 충분히 정요위를 공격하여 요동 땅을 빼앗을 수 있겠구나."

그녀는 흡족한 표정으로 고개를 끄덕이고는 배장대 위에 올라섰다.

"그대들은 천하무적, 아무것도 두려울 게 없는 최강의 군사들이다. 여러분의 몸속엔 초원을 내달리며 천하를 제패했던 선조들의 뜨거운 피가 흐르고 있다. 부디 명에게 빼앗긴 요동 땅을 수복하여 원 제국의 위엄을 만방에 과시하라!"

"와아!"

도열한 군사들은 땅을 흔드는 함성으로 화답했다. 기 태후는 군사들의 선두에 서서 출정준비를 마쳤다. 황제를 비롯한 모든 신하들이 나와 원정대의 출정을 배웅했다. 기 태후는 마차에 올라타기 전에 황제의 손을 꼭 붙잡았다.

"혹, 내가 돌아오지 못하더라도 이 제국을 잘 이끌어 가셔야 합니다."

"그게 무슨 말씀이옵니까? 무사히 돌아오셔서 원나라의 중흥에 큰 힘을 주셔야지요."

"내 황상께서 보위에 오르면서 모든 꿈을 이루었소이다. 이제 더 이상 바랄 게 없답니다. 요동 땅을 정벌하여 고려에 안겨준다면 이제 아무런 꿈도 없지 않소이까? 마음을 온전히 비웠으니 두려울 게 없습니다. 이젠 죽음도 두렵지 않답니다, 황상."

기 태후는 그렇게 뜻모를 말을 남기고는 수레에 올라탔다. 그 수레를 선두로 2만의 군사들이 머나먼 요동 땅을 향해 출정했다. 간간이 내리던 눈발이 점점 굵어지더니 급기야는 시야를 하얗게 가렸다. 황제는 성문 밖에서 원정대의 모습이 사라질 때까지 자리를 떠나지 않았다.

"무사히 돌아오소서, 어마 마마."

젊은 황제는 눈시울을 붉힌 채 작게 중얼거리고 있었다.

같은 날. 고려에서도 최영을 비롯한 장수들과 군사들이 성문 밖에 도열해 출정을 준비하고 있었다. 어린 우왕이 직접 나와 군대를 사열한 뒤, 출정을 명했다.

"부디 요동 땅을 수복하여 우리 민족의 숙원을 이루어 주길 바라오."

군사들의 맨 앞에는 이인임이 서고 그 뒤로 최영이 갈색의 준마에 올라탔다. 그 두 사람이 군호를 보내자 일제히 고각과 함성을 내지르며 대군이 서서히 성문을 빠져나가기 시작했다. 친명파에 속하는 김구용과 이성계는 군사들이 완전히 도성 밖으로 빠져나가는 것을 끝까지 지켜보고는 회경전으로 달려갔다. 그들은 어린 우왕이 홀로 앉아 있는 편전을 찾아가 엎드렸다. 국왕을 설득하기 위해 이인임이 군사를 몰고 빠져나가기를 여태 기다린 것이다. 먼저 김구용이 이마를 바닥에 찧으며 목소리를 높였다.

"전하, 부디 군사를 거두어 명과의 충돌을 피하소서!"

우왕은 당치 않은 소리라는 표정으로 고개를 내저었다.

"이번 출정은 이미 결정된 사항이 아니오? 어찌 군사를 물리란 말이오?"

"요동에 출정을 하면 필시 명과 맞붙을 것이옵니다. 그리하면 고려 전체가 전란에 휩싸이게 될 것입니다."

"우리 군사들은 민족의 숙원인 요동을 정벌하러 가는 것이오. 그 땅을 기반으로 우리 고려는 강한 나라로 거듭날 것이오."

"굳이 수많은 백성의 피를 흘리면서까지 그곳을 차지할 필요가 있겠사옵니까? 전하, 그렇게 우리 군사들의 피를 흘리지 않고도 요동 땅을 얻을 수 있사옵니다."

"아니, 피를 흘리지 않고 그곳을 얻을 수 있다니, 그게 무슨 말이오?"

김구용와 이성계는 주위를 자세히 살피고는 목소리를 낮추었다. 우왕은 반신반의한 표정을 하고 물었다. 김구용이 우왕에게 다가가 낮게 속삭였다.

"그게 정말이오?"

"그러하옵니다. 부디 소신들을 믿어주옵소서."

우왕은 한참동안 망설이는 듯하더니 이내 고개를 끄덕였다.

"경들의 말이 사실이라면……."

6

살을 에이는 듯한 차가운 바람이 새어 들어왔다. 마차 내부의 틈새를 막아놓았지만 곳곳에서 파고드는 한기에 기 태후는 흠칫 몸을 떨었다. 그녀는 담비 모피로 온몸을 덮고 있었지만 추위를 견디지 못해 덜덜 떨았다. 입에서 나오는 입김은 이내 얼어붙었고, 눈썹에도 하얀 성에가 맺혔다. 이빨이 딱딱 부딪치는 것을 참으며 길게 심호흡을 했지만 뼛속까지 파고드는 추위를 참기는 힘들었다.

화림을 떠난 지 벌써 열흘째, 초원과 사막을 지나 요동 땅에 점차 가까워질수록 추위는 더욱 기승을 부렸다. 시베리아 벌판에서 불어오는 차가운 바람이 폭풍우와 같은 기세로 달려들고 있었다. 게다가 눈까지 내리면서 체감기온은 더욱 떨어지는 듯했다. 화림 또한 북쪽에 위치해 있어 웬만한 추위에는 익숙한 그녀였지만, 이렇게 지독한 추위를 경험하긴 처음이었다. 나이가 들면서부터 무릎과 팔목의 뼈가 시렸고 가끔 바늘로 찌르는 듯한 통증도 느껴졌다. 확실히 과거 요동 땅에 출병할 때와는 달리 몸이 많이 노쇠해져 있었다. 그녀는 타래진 머리를 풀어 얼레빗으로 쓸어내리다가 머리칼이 한 움큼이나 빠진 걸 멍하니 바라보았다. 그것은 마치 분분히 사라져간 젊은 날이 남겨둔 파편 같았다. 머리칼을 유심히 살펴보니 모근에서부터 하얗게 센 것들이 대부분이었다.

"역시 세월은 누구도 피해갈 수 없는 것이구나."

그렇게 망연하게 중얼거리고 있는데, 마차가 심하게 흔들리다 멈추어 서고 있었다. 앞에서 웅성거리는 소리가 들려왔다. 기 태후는 마차에서 내려 앞으로 걸어갔다. 눈이 너무 많이 내려 무릎까지 푹푹 빠질 정도였다. 그녀는 힘겹게 눈을 헤치고 앞으로 나아갔다.

"무슨 일로 행군을 멈춘 것이냐?"

장수 화왕수가 다가와 고개를 숙였다.

"눈이 너무 많이 내려 더 이상 나아가기 힘들 것 같사옵니다. 지금까지는 눈을 치우며 간신히 나아왔지만 앞은 높은 구릉지대가 있는지라……."

기 태후는 팔짱을 낀 채 주위를 둘러보았다. 오랜 행군과 거센 추위로 병사들은 모두 지쳐 있었다. 여태 쉬지 않고 달려왔으니 몸이 성할 리가 없었다.

"그럼 여기서 군영을 세우고 하룻밤을 지낸 후에 내일 출발하도록 하자."

군사들은 행군을 멈추고 게르와 비슷한 형태의 막사를 곳곳에 세우기 시작했다. 기 태후는 두터운 양가죽으로 만든 막사에 들었지만 추위는 여전했다. 주위에 산이 없고 온통 눈으로 덮여 있어 땔감을 구하기도 쉽지 않았다.

기 태후는 간이침대에 누웠지만 좀체 잠을 이루지 못했다. 추위로 덜덜 떨다가 어느 새부터인가 몸이 불덩이처럼 달아오르며 현기증까지 느껴졌다. 참다못한 그녀는 어의를 불렀다. 황제는 행여나 기 태후가 다칠 것을 염려해 이번 정벌에 어의와 의녀들을 대동시켰다. 머리가 하얗게 센 어의는 두 눈을 감은 채 신중한 표정으로 기 태후의 진맥을 살폈다. 그녀는 초조한 표정으로 그를 지켜보다가 물었다.

"그래, 내가 무슨 병이라도 얻은 것인가?"

"큰 병은 아니옵니다. 풍한(風寒)으로 인한 사독(邪毒)을 받으셔서 감모(感冒)에 걸리신 것이옵니다."

"감모라니?"

"고뿔에 걸리신 겁니다. 몸을 따뜻하게 하시고 충분히 쉬시면 곧 나아질 것입니다."

기 태후는 안도하는 표정으로 한숨을 내쉬었다. 그러면서 그윽한 표정으로 어의를 건너다보았다. 그도 나이가 들어 백발이 무성했다. 머리뿐만 아니라 귀밑머리의 구레나룻과 턱수염까지 온통 은빛으로 빛이 났다. 세월의 더께가 묻은 이마와 얼굴엔 주름이 가득했다.

"자네랑 인연을 맺은 지도 어언 40년이 넘었구나."

"모두가 태후 마마께서 소신을 보살펴주신 덕분이옵지요."

"자네에게 신세진 게 참 많았네. 내가 몹쓸 짓을 많이 했어. 의원이란 모름지기 사람의 병을 고치고 죽어가는 사람을 살리는 일이건만, 자네의 손을 빌어 많은 사람을 해하게 했으니……."

"소신, 태후 마마를 위한 일이 곧 우리 원나라를 위한 것으로 여기며 여태 충성을 다한 것뿐이옵니다."

"자네가 없었다면 오늘날 내가 이 자리에 오르지도 못했을 것이야. 한번도 내가 명한 궂은 일을 마다하지 않았질 않은가?"

기 태후는 위기가 있을 때마다 어의의 도움을 받았다. 맨 처음 황제와 만나기 위해 차를 따르는 궁녀들에게 배탈 약을 먹인 것도 그가 도와서였고, 이후 거짓임신과 수태를 못하는 백안홀도 황후를 골라낸 것도 어의가 나서서 움직여 주었기 때문에 가능한 일이었다.

"나이가 들수록 자꾸만 예전에 행악한 일만 자꾸 떠오른다네……."

기 태후는 어의가 올린 탕약을 마시며 긴 한숨을 내쉬었다.

행군은 이틀이 더 지나서야 가능했다. 날이 조금 풀리자 쌓인 눈을 치워가며 겨우 구릉을 통과해 요동 땅으로 나아갔다. 가는 동안 기 태후의 고뿔은 더욱 심해졌다. 온몸이 불덩이처럼 달아오르면서도 몸속은 뼈를 깎는 듯한 한기 때문에 몸을 떨었고 기침도 심했다. 하지만 그녀는 전혀 내색하지 않고 어의로부터 탕약만 받아 마실 뿐이었다.
"요동 땅에서 가까운 고려군이 먼저 당도해 있을 것이다. 속히 나아가야 한다."

그녀는 성치 않은 몸이었지만, 행여나 때를 놓칠까 염려하며 행군을 재촉했다. 그들은 쉬지 않고 나아간 덕분에 화림을 출발한 지 한 달 만에 요동 땅에 이르렀다. 정요위가 설치된 곳에서 오십여 리 떨어진 철령위(鐵嶺衛)에 군영을 설치하고 고려와 함께 협공할 준비를 했다. 기 태후가 이끌고 온 군사는 겨우 2만. 그의 몇 배에 해당하는 명군과 싸우기 위해서는 고려와의 협공이 절실했다. 그녀는 도착하자마자 전령을 보내 고려군과 연락을 취하려 했다. 하지만 많은 전령들을 곳곳에 보냈지만 고려군의 모습은 보이지 않았다.

"이게 어찌 된 일인가? 여기 철령위와 고려는 지척의 거리이건만 아직도 고려군이 당도하지 않았단 말인가?"

그녀는 아픈 몸을 이끌고 주위를 살피며 발을 동동 굴렸다.

한편 고려의 진영에서는 한바탕 난리가 벌어지고 있었다. 압록강까지 이른 최영의 군사는 도강을 앞두고 더 나아가지 못하고 있었다. 개경에서 달려온 중추원의 관리가 소리치자 군사들의 행군이 일시에 멎었다.

"멈추시오. 도통사께서는 예를 갖추어 전하의 어명을 받으시오!"

최영과 이인임은 서로를 마주보며 고개를 갸웃거렸다.

"지금 급히 요동으로 가야하는데 난데없이 어명이라니……."

둘은 불안한 표정으로 무릎을 꿇고 고개를 숙여 어명을 받들었다.

"광평부원군(廣平府院君) 이인임과 도통사 최영은 지금 즉시 군사를 물려 다시 개경으로 환도할 지어다."

듣고 있던 최영이 벌떡 일어서며 소리쳤다.

"그게 무슨 소리요? 전하께서 그런 조칙을 내리실 리가 없소이다."

"감히 전하의 성지를 의심하는 게요? 여기 전하의 옥새를 보시오. 전하께서 내리신 성지가 분명 하오이다."

"전하께서 어떻게 그러실 수가……."

이인임이 한탄을 하는 동안 최영이 나섰다.

"분명 정도전과 이성계를 비롯한 친명파 놈들이 무슨 수작을 부렸을 것입니다. 어린 전하를 달콤한 말로 농간한 게지요."

"그럼 어떡합니까?"

"어떡하긴요? 여기까지 왔는데 군사를 돌릴 수는 없습니다. 더구나 원의 태후께서 친히 군사를 거느리고 벌써 철령 위쪽에 도착해 있을 것이오. 우리가 예서 군사를 돌리면 그쪽이 위험하단 말이오."

이를 듣고 있던 중추원의 관리가 소리쳤다.

"감히 어명을 거역하는 것이오? 어명을 어기고 진군시키는 것은 곧 모반 행위와 다를 바 없다는 것을 잘 알아두시오."

돌아가는 사정을 파악한 이인임이 최영을 돌아보았다.

"일단 개경으로 돌아갑시다. 가서 그 간사한 친명파 놈들을 혼내주고 전하를 다시 설득하여 군사를 몰고 오잔 말입니다."

"그럼 태후의 군사는 그동안 어떻게 하란 말입니까? 그대로 진주해 있다간 명군에게 꼼짝없이 당하고 말 것입니다."

수염을 매만지며 고민하던 이인임이 차선책을 내놓았다.

"날랜 말을 탄 전령을 그곳으로 보냅시다. 우리의 사정을 그쪽에 알리고 우선 후퇴하라 전하는 것입니다. 그쪽에서 잠시 군사를 물리고 있는 동안 우리는 개경에서 전하를 설득하여 다시 협공을 하면 될 것입니다."

최영도 그 방법 밖에는 없다고 여겨 즉시 전령 둘을 뽑았다.

"너희들은 이 서찰을 반드시 태후 마마께 전하여야 한다."

그렇게 단단히 이르고는 가장 날랜 말을 내주어 북으로 보냈다. 두 병사는 즉시 기 태후가 있는 철령위를 향해 달려갔다. 중간에 명나라 군을 피하기 위해 먼 길을 돌아가야만 했다. 하지만 눈이 많이 내린데다 험준한 산악지대를 돌아가느라 시간이 많이 걸렸다. 쉬지 않고 달릴 수만은 없는 노릇. 잠시 말에서 내려 휴식을 취하고 있는데 어디서 말발굽 소리가 들려왔다. 얼른 다시 말에 올랐지만 이미 늦은 뒤였다. 무장한 군사들이 창과 칼을 겨누며 주위를 포위한 것이다.

"너희는 고려군이 아니냐?"

장수로 보이는 자가 앞으로 나와 그 행색을 유심히 살폈다.

"몸을 가볍게 하기 위해 갑옷과 투구도 쓰지 않고 다니는 게 아무래도 수상하구나! 여봐라! 어서 저놈들의 몸을 뒤져라!"

명군들이 전령의 몸을 뒤지자 곧 최영이 기 태후에게 보낸 서찰이 발견되었다. 그걸 읽던 장수가 의미심장한 표정으로 고개를 끄덕였다. 그는 즉시 정요위를 책임지고 있는 장수 설곽추(薛郭樞)에게 달려갔다.

"고려군이 물러가고 북원의 군사만이 철령 위쪽에 주둔하고 있단 말이지?"

"고작 2만의 군사가 머물러 있습니다. 더구나 먼 길을 달려오느라 모두 지쳐있을 겁니다."

"이건 하늘이 내린 기회이다. 드디어 확곽첩목아에게 당한 설욕을 되갚을 수 있게 되었구나. 속히 출전 준비를 해라."

정요위에 주둔하고 있던 명의 군사들은 남쪽의 고려군이 회군한다는 소식을 접하고는 즉시 군사를 일으켜 원군이 머물고 있는 철령위로 달려갔다.

7

철령위에서 초조하게 고려군을 기다리고 있던 기 태후는 고려군으로부터 아무런 연락이 없자 다시 전령을 급파했다. 하지만 그들은 별다른 소식을 가져오지 못했다. 요동 지역을 샅샅이 뒤졌지만 고려군의 모습이 보이지 않는다는 것이다.

기 태후의 병세는 나아지지 않았다. 몸이 불덩이처럼 달아오르고, 심한 기침을 하는 것도 모자라 각혈(咯血)까지 했다. 그녀를 진맥한 어의는 혀를 차며 고개를 가로 저었다.

"고뿔이 오랫동안 지속되어 풍온(風溫 ; 폐렴)에 걸렸사옵니다. 심한 병은 아니오나 이대로 놔두면 위험해질 수 있습니다. 안정을 하시고 충분히 휴식을 취하셔야만 나을 것입니다."

"죽을병은 아니란 말이구려?"

"따뜻한 곳에서 푹 쉬시면 충분히 나을 수 있사옵니다. 하오나 긴장을 하신 채 이대로 추운 곳에 오래 계시면 위험해질 수도 있사옵니다."

그러면서 어의는 어렵게 구한 약초로 마행감석탕(麻杏甘石湯)과 보중익기탕(補中益氣湯)을 처방하여 바쳤다. 하지만 병세는 좀체 차도를 보이지 않았다. 날이 추운데다 연일 긴장과 피로가 누적되어 병세는 깊어만 갔다. 기 태후는 어렵게 구해온 땔감으로 불을 쬐며 간신히 버텨나갔다. 그러던 차에 군영 한쪽에서 고각(鼓角)소리와 함께 장수 부윤이 급히 달려왔다.

"태후 마마, 큰일났사옵니다. 정요위를 지키고 있던 명나라 군사들이 우리 군영으로 달려오고 있사옵니다."

"그럼 속히 나가 싸워야 하지 않느냐?"

"적의 수가 워낙 많습니다. 우리의 두 배에 달하는 군사가 두 갈래로 나뉘어 달려오고 있사옵니다."

함께 달려온 강순용도 다급히 말했다.

"더구나 우리 군사는 오랜 행군으로 매우 지쳐 있습니다. 이대로 맞서 싸워서는 승산이 없사옵니다."

기 태후는 깊은 한숨을 내쉬며 명했다.

"속히 후퇴하라! 최대한 북쪽으로 군사를 물리도록 하라."

그녀는 아픈 몸을 이끌고 즉시 군막 밖으로 나갔다. 마차에 올라타려는 데 강순용이 다가왔다.

"이 마차를 타고서는 적의 추격을 따돌리기 힘듭니다. 마마 힘이 드시겠지만, 말에 오르소서."

그때 옆에 있는 어의가 근심스러운 얼굴로 말했다.

"태후 마마의 몸이 매우 위중하시오. 어찌 찬바람을 맞으며 말을 타실 수 있단 말이오."

 기 태후는 손을 내저으며 걸음을 옮겼다.

 "나 때문에 퇴각 속도를 늦출 수는 없소."

 그녀는 한혈마를 가져오게 하여 말에 올라타려 했다. 하지만 몸이 휘청하며 그만 밑으로 떨어지고 말았다. 몸이 너무 쇠약하여 발을 디딜 기운도 없었던 것이다.

 "태후 마마!"

 강순용과 어의가 얼른 달려와 기 태후를 부축했다. 떨어질 때 발목을 삐어 심하게 부어오르고 있었다. 그녀는 부축을 받으면서 끝내 말에 올라탔다. 그리고는 말고삐를 꽉 쥐며 소리쳤다.

 "속히 퇴각하지 않고 뭘 하는 게냐?"

 기 태후는 고통을 눌러 참으며 먼저 말을 몰아 달려갔다. 그 뒤를 2만의 군사가 급히 군영을 떠나 북으로 퇴각했다. 한 달 가량의 행군으로 병사들은 지쳐 있었다. 게다가 고려군의 소식 또한 알 수 없으니 그들의 사기는 떨어질 대로 떨어져 있었다. 퇴각하는 속도마저 느려 겨우 평지를 벗어나 산악지대로 들어갔다. 턱밑까지 쫓아온 명나라 군사들은 산 밑에 진을 치고는 공격할 태세를 갖추었다.

 간신히 산에 올라가 방어 태세를 구축한 원의 장수들이 기 태후의 군막으로 몰려왔다.

 "태후 마마, 고려에서 아무런 연락이 없으니 이만 군사를 돌릴 수밖에 없사옵니다. 아마도 출병을 하지 못한 듯하옵니다. 이번 협공 작전은 그만 거두시는 게 좋을 듯하옵니다."

 강순용도 거들었다.

"조만간 적들이 이곳을 치러 올 것입니다. 저들은 우리보다 월등히 숫자가 많고 군사들의 체력도 나쁘지 않아 상대하기가 매우 곤란하옵니다."

하지만 기 태후는 미간을 좁힌 채 천천히 고개를 내젖고 있었다.

"그럼 다시 화림으로 돌아가잔 말인가? 그럴 수는 없다. 반드시 요동을 정벌한 후에야 군사를 물릴 것이야."

"우리가 거느린 2만의 군사는 모두 지쳐 있는데다 동상에 걸린 군사 또한 적지 않습니다. 싸우는 것은 고사하고 창을 들기도 힘드옵니다. 속히 퇴각하는 길만이 군사를 보전할 수 있사옵니다."

그때 어의가 나서며 우울한 얼굴로 말했다.

"태후 마마의 병세가 깊어 이 상태로 화림까지 가는 건 무리입니다. 몇 달은 족히 쉬셨다가 병을 치료한 후에 움직이셔야 합니다."

"근처에 민가도 없는데다 여긴 명나라 군사들이 득실거리는 곳이오. 몇 달은 고사하고 며칠을 쉬실 만한 곳을 찾기도 쉽지 않을 거외다."

"그렇다고 쇠약해진 몸으로 그 먼 화림까지 간단 말이오? 결코 아니 될 말이오. 그리했다간 태후 마마의……."

어의는 기 태후를 슬쩍 쳐다보며 고개를 내저었다. 이어 목소리를 잔뜩 낮추어 말을 이었다.

"그 몸으로 움직이셨다간 태후 마마의 옥체까지 위험할 수 있단 말이오."

낮은 목소리로 말했지만 기 태후는 모두 듣고 있었다.

"내가 걸림돌이 될 순 없다. 즉시 퇴각을 하지 않으면 나의 군사를 모두 잃을 수도 있지 않느냐?"

기 태후는 감겨오는 눈을 힘겹게 치뜨며 군막에 모인 장수들을 둘러보았다.

"나를 두고 속히 물러나거라!"

"하오면 태후 마마께오선……."

기 태후는 지그시 눈을 감은 채 고개를 끄덕이며 나지막하게 말했다.

"나에게는 갈 곳이 따로 있느니!"

개경으로 회군한 최영은 군사들을 대기시켜 놓고 곧장 회경전으로 달려갔다. 편전에는 정도전과 이성계가 우왕 앞에 나란히 서 있었다. 정도전이 비릿한 미소와 함께 눈에 부릅뜨고 최영에게 말을 건넸다.

"먼 길을 오시느라 수고가 많았겠습니다."

최영은 이성계와 정도전을 날카롭게 쏘아볼 뿐, 입을 굳게 다물고 있었다. 이 두 사람이 작당을 해서 우왕을 현혹시킨 게 분명했다. 최영은 콧잔등을 찡그리며 우왕 앞에 엎드렸다.

"전하, 어인 일로 군사를 물리라 명하셨는지요."

어린 우왕은 두 사람의 눈치를 살피다가 입을 열었다.

"명에서 국서를 보내 왔소이다. 그 요동 땅을 우리에게 주겠다고 하더군요."

"그게 무슨 말씀이신지요?"

우왕 대신 이성계가 명에서 보내온 국서를 보여 주었다.

"명에서 요동 땅에 철령위를 설치하여 북원과 여진을 완전히 내쫓은 후에 그 땅을 우리에게 양위하기로 약조를 했소이다."

최영은 그 국서를 흘끗 쳐다보고는 고개를 내저었다.

"절대 명이 그런 약조를 할 리가 없사옵니다. 우리와 원이 협공을 해오니 그게 두려워 지키지도 못할 약속을 하는 것이옵니다."

"이미 원은 중원에서 쫓겨나 기울어 가고 있어요. 새롭게 뜨는 태양을 붙잡아야지, 지는 노을에 기댈 순 없지 않소이까?"

우왕이 고개를 끄덕이며 이성계의 말에 수긍했다.

"원 또한 그 땅을 반드시 우리에게 양위한다는 보장이 없지 않소이까?"

"원의 실질적인 주인은 우리 고려에서 나신 기 태후가 아니십니까? 우리와 핏줄을 함께 한 기 태후께서 약조를 어길 리 없사옵니다."

"그야 모르는 일 아니오? 아무튼 경이 없는 동안 조정에서는 명의 뜻에 따르기로 했으니 지금 즉시 군사를 해산시키시오."

최영은 몇 번이나 간곡히 왕을 설득했으나 소용없었다. 우왕은 고려의 명운을 걸고 전쟁을 벌이기보다는 명의 제안을 받아들이는 안전한 쪽을 택했다. 굳이 모험을 하고 싶지 않았던 것이다. 회경전을 나선 최영은 땅을 치며 울분을 토했다. 그는 거친 숨을 내쉬며 붉게 달아오른 얼굴로 탄식했다.

"명이 결코 우리에게 요동 땅을 내줄 리 없건만……."

최영의 예측은 정확했다. 요동을 완전히 장악한 명은 요동도사로 하여금 1천의 군사를 내어 철령 이북 지역을 접수하려는 움직임을 보였다. 또한 요동백호 왕득명을 파견하여 철령위를 설치한다는 통고를 고려 조정에 보내왔다. 게다가 요동에서 철령까지 역참(驛站)을 설치하기 위해 명에서 관리를 파견하기도 했다. 요동을 완전히 명의 영향권에 두기 위한 속셈이었다.

최영은 재차 우왕을 간곡히 설득했다.

"전하, 소신이 말씀드린 것처럼 명은 요동을 우리에게 줄 의향이 전혀 없사옵니다. 이번에 군사를 내어 요동을 차지하지 못하면 영원히 대륙으로 진출할 수 없게 되옵니다."

그로부터 세월이 훨씬 지난 뒤, 우왕도 명의 야심을 알고는 마침내 요동정벌을 승낙하게 된다. 이에 최영은 구체적인 요동 진공 계획을 수립하고 8도에서 군사를 징집했다. 세자와 왕족들을 모두 한성으로 피신시키고 우현보로 하여금 개경을 지키도록 했다. 우왕은 최영을 팔도도통사로 삼고, 조민수와 이성계를 좌우도통사로 임명하여 출전 명령을 내렸다.

하지만 이성계는 이른바 사불가론(四不可論)을 내세워 위화도에서 회군을 하며 칼끝을 돌려 개경으로 군사를 몰아왔다. 이성계 일파는 이 군사들로 궁궐을 점거해 우왕을 폐위시키고 최영을 독살시켜 버렸다. 훗날 조선을 건국하게 되는 태조 이성계의 이 회군은, 결과적으로 이처럼 우리의 옛 땅인 요동을 확보할 수도 있었던 기회를 영영 잃게 하고 말았다.

8

"태후 마마, 몸은 좀 괜찮으신 지요?"
"남쪽으로 내려오니 추위는 그다지 심한 것 같지 않구나."

기 태후는 고개를 끄덕이며 말의 고삐를 더욱 당겼다. 백여 리를 쉬지 않고 내려왔지만 말은 지치지 않고 같은 속도를 유지하고 있었다. 그녀는 숨이 찰 때마다 쉬면서 호흡을 조정했다. 얼굴은 새하얗게 질려 납빛으로 굳어 있었지만 표정만은 밝았다. 무언가 알 수 없는 설렘과 기대로 들떠 있기까지 했다. 그녀는 주위를 둘러보며 옆을 바싹 따르고 있는 강순용에게 물었다.

"여기가 어디쯤인가?"

"조금만 걸어가시면 압록강입니다."

"압록강이라……."

그녀는 공녀로 끌려가며 배를 타고 압록강을 건넜던 과거를 떠올렸다. 그날이 마치 어제 일처럼 생생하게 살아났다. 두려움과 절망에 빠져 눈물에 젖은 채 배를 탔던 그 시절. 오라비 기철이 함께 도망치자는 것을 뿌리치고 배에 올라탔던 때가 눈에 선했다.

그때 만약 오라버니를 따라 멀리 도망을 갔으면…….

그런 부질없는 생각까지 해보았다. 나이가 들면서 과거의 모든 일들이 아득한 추억으로만 떠올랐다. 만약이라는 가정을 더한다면 끝이 없었다. 최천수의 청혼을 받아들였다면 공녀로 끌려가지도 않았을 것이다. 그렇다면 자신은 여염의 아낙이 되어 평범하게 살아가고 있었을 게다. 아들딸을 키우며, 때로는 그 아이들 때문에 울고 웃으며……. 천하의 패권 다툼과 요동치는 국제정세와는 아무 상관없이 지금쯤 손자를 끌어안고 노년을 보내고 있지나 않았을까.

인생은 모두 지나고 나면 한순간이거늘…….

큰 욕심에 휘둘려 살았던 지난 일들이 생각날 때마다 명치끝이 아파왔다. 정상에 오르기 위해 흘렸던 수많은 핏방울들이 자신을 휘감는 것 같아 숨이 다 차올랐다. 그녀는 연신 터져 나오는 기침을 비단수건으로 막으며 어금니를 악물었다.

조금 더 말을 몰아가자 정말로 압록강이 나타났다. 40여 년 전 건너올 때와는 달리 지금은 강물도 추위에 꽁꽁 얼어 빙판을 이루고 있었다. 그 위에 눈까지 덮여 강과 땅의 경계는 희미하기만 했다. 기 태후와 강순용, 그리고 어의는 주위를 살피며 조심스럽게 얼어붙은 강을 건넜다. 사람들의 시선을 피하기 위해 수행 궁녀 한 명 거느리지 않고 나선 길이었다. 다행히 국경을 감시하는 군사는 보이지 않았다. 그들은 박차를 가해 곧장 남쪽으로 내려갔다.

날이 어두워지자 일행은 한 허름한 폐가를 찾아 들어갔다. 머리가 하얀 어의가 굽은 등을 하고 마른 나뭇가지를 모아 불을 피우는 동안, 강순용이 마을로 들어가 먹을 것을 구해왔다. 고려로 오면서 금붙이를 가져와 그것으로 어렵지 않게 양식을 구해올 수 있었다. 강순용은 불을 피워 음식을 만들고, 어의는 태후에게 올릴 약탕을 준비했다. 기 태후는 음식과 약탕을 연달아 마시면서 그들 두 사람을 바라보았다.

"자네들은 아직도 내가 고려로 내려온 게 이해되지 않는가?"

"아니옵니다. 잘 선택하셨습니다. 요동에서 화림까지는 수 천리 길. 날씨마저 혹독하여 화림까지 아무 탈 없이 도착하긴 힘들었을 것입니다. 하지만 여기 고려는 불과 수백 리에 불과한데다 날씨마저 따뜻합니다. 충분히 쉬셨다가 날이 풀릴 때 다시 화림으로 가시면 될 것이옵니다."

기 태후가 고개를 끄덕이며 말했다.

"모든 병은 마음에서 비롯된다 하지 않았소? 고국에 돌아오니 마음이 푸근한 게 모든 병이 달아나는 듯하오."

"곧 쾌차하실 것입니다."

어의가 낙관적으로 말했으나 기 태후의 병색은 눈에 드러날 정도로 악화되고 있었다. 얼굴은 누렇게 떠 있었고, 볼에는 광대뼈가 다 드러나 보였다. 피부는 탄력을 잃고 푸석푸석 일어나 각질이 잡혔다. 그녀가 기침을 할 때마다 목울대에서 피가 쏟아져 나왔다. 어의는 약의 강도를 좀 더 높였지만 태후의 옥체는 좀체 차도를 보이지 않았다. 보다 못한 어의는 기 태후가 자고 있는 사이 강순용을 밖으로 불러냈다.

"태후 마마를 이대로 놔두어선 아니 되겠소."

"마마의 병세가 그리 심각합니까?"

"속히 다른 약재를 처방해야 합니다."

"여긴 변방지역이라 제대로 된 의원이나 약초가 없을 겁니다. 무리를 하더라도 좀 더 남쪽으로 내려가야겠습니다."

그들은 하룻밤을 그 폐가에서 머물고는 아침 일찍 출발했다. 더 남쪽으로 내려가기로 했다. 강순용이 민가에서 구해온 옷으로 모두 갈아입고 길을 나섰다. 그렇게 차려 입고 나서니 영락없는 고려 사람들로 보였다. 그러나 비록 시골 촌부의 옷을 입었을지언정 수염과 머리칼이 온통 하얀 선풍도골의 어의는 예사롭게 보이지 않았고, 기 태후 또한 병든 기색이 완연했지만 누더기로도 숨길 수 없는 고귀한 풍모가 은연 중 드러났다.

말을 타고 가던 중 문득 기 태후가 강순용을 향해 말했다.

"이렇게 계속 내려갈 바에는 내 고향으로 가고 싶구나."

"태후 마마의 고향이시라면……."

"행주(幸州). 개경에서 조금만 내려가면 나의 고향이 있느니라. 이왕 남쪽으로 내려갈 거라면 고향 근처에서 머물고 싶구나."

둘은 고개를 끄덕이며 묵묵히 그녀의 명령에 따랐다. 귀주를 출발한 그들은 안주를 거쳐 서경 부근까지 내려왔다. 남쪽으로 내려갈수록 기온이 따뜻하여 지내기가 한결 수월했다. 고향이 가까워지자 기 태후도 기운이 나는 듯했다. 얼굴에 생기가 돌며 꺼리던 음식도 조금씩 들기 시작했다.

고려의 산세는 확실히 중원과는 달랐다. 끝없이 펼쳐진 초원도 웅장한 산도 없었지만, 산세가 오밀조밀하고 계곡과 바위는 작으면서도 운치가 있었다. 마을을 지나갈 때 풍기는 구수한 된장 냄새와 아이들의 말소리가 마냥 정겹게 다가왔다. 기 태후는 그들에게 말을 걸어보려 하였으나 원나라 말에 익숙하여 고려 말이 선뜻 나오지 않았다. 그녀는 자신을 이상하게 볼 것 같아 안타까웠지만 입을 꾹 다물었다. 그들은 비어 있는 작은 집에 여장을 풀었다.

어의가 탕약을 바쳤으나 기 태후는 고스란히 토해놓고 말았다. 더 이상 약이 듣지 않았다. 탕약이 육신의 작열(灼熱)은 다스렸지만 내적인 운기(運氣)에 불균형을 주고 있다는 걸 그녀는 잘 알고 있었다. 격렬한 복통에 시달리며 음식을 토해내는 날이 점점 많아졌다. 육신은 갈수록 야위어져 뼈만 앙상하게 남을 정도였다. 눈 밑이 시커멓게 타들어 가며 얼굴 여기저기에 저승꽃이 피고 있었다. 하지만 그녀는 몸을 치장하는 걸 게을리 하지 않았다. 말끔히 씻고, 머리손질을 하고는 정갈한 옷으로 갈아입었다. 그녀는 조금만 더 참기로 했다. 여기서 개경까지는 지척의 거리. 내일 아침이면 개경을 지나갈 것이다. 그 밑에는 바로 고향 행주였다.

다음날 아침이 되자 강순용이 문득 이런 제안을 해왔다.

"차라리 개경의 고려왕에게 태후 마마의 행차를 알리시지요. 국왕이 성대히 대접하며 태후 마마의 병을 고쳐줄 것입니다."

기 태후는 고개를 내저었다.

"고려군이 급히 군사를 돌려갔다면 필시 명에서 수작을 부렸을 게야. 친명파들이 득세하여 조정을 장악했을지도 모르는 판에 나의 출현을 알렸다가는 고려가 오히려 난처해질 것이다. 오래 살지도 못할 이 몸 하나 간수하자고 피해를 줄 수야 없지."

"그게 무슨 말씀이옵니까? 태후 마마께서는 원기를 회복하셨다가 봄이 되면 화림으로 다시 돌아가실 것입니다. 지금 황상 폐하께서 간절히 기다리고 계실 것이옵니다."

기 태후가 턱을 매만지며 강순용을 돌아보았다.

"그들이 나를 기다리다 못해 섣부른 행동을 할지 모르겠구나. 이보게, 강 태감!"

"네, 태후마마!"

"수고스럽지만 자네가 화림까지 가주어야겠네. 가서 내가 무사히 잘 지내고 있다 전해주게. 그리고 날이 풀리면 반드시 화림으로 가겠다는 말도 꼭 전해주게나."

"제가 가면 태후 마마는 누가 뫼십니까?"

"여기 어의가 함께 있지 않느냐? 더 남쪽으로 내려가 내 고향에서 겨울을 날 것이야. 자네는 날이 풀리면 말을 타고 나를 데리러 오게나."

"하오나 마마······."

"무사히 잘 지내고 있을 것이야. 염려 말고 내 소식을 황상께 잘 전하고 돌아오게."

기 태후는 강순용의 손을 꼭 붙잡았다.

"어쩌면 내 마지막 소원일지도 모르네. 꼭 들어주게나."

그녀는 진정 간절한 마음을 담아 말하고 있었다. 눈에는 그렁그렁 눈물이 맺혀 있었고, 눈자위가 파르르 떨렸다. 강순용은 자리에서 일어나 큰절을 했다.

"소신 다녀올 때까지 무탈하시옵소서."

"그래. 내 고향 행주에 와서 날 찾으면 될 게야."

그녀는 기운이 없어 일어서지도 못한 채 툇마루에 몸을 기댄 채 고개를 끄덕였다. 강순용은 말에 올라타고서도 한동안 출발하지 않고 머뭇거렸다. 걱정 때문에 차마 말을 몰아 떠나지 못 하는 것이다. 기 태후는 힘이 들어 말도 하지 못한 채 손을 내저었다. 그런 그녀의 모습은 시들기 직전의 백합 같았다. 기품과 위엄이 있었고, 한때 천하를 품었던 도도한 자태가 배어 있었지만, 검은 그림자가 드리워진 얼굴은 스산하기만 했다. 하지만 강순용은 지기 전의 꽃잎을 보는 것 같아 몇 번이나 고개를 돌리고서야 겨우 말머리를 돌릴 수 있었다.

강순용은 다급한 마음에 말에 채찍질을 가했다. 속도를 내어 한참을 달려가는 그의 가슴속으로 문득 시린 찬바람이 불었다.

황후 마마의 병세가 하루가 다르게 위독한데······.

각혈을 하며 고통에 신음하는 기 태후의 모습이 자꾸만 눈앞에 아른거렸다. 이럴 수는 없다는 생각이 들었다. 강순용은 달리던 말을 멈추었다. 긴 한숨을 내쉬던 그는 아랫입술을 깨물며 낮게 고개를 끄덕였다.

황후 마마를 살릴 수 있는 방법은 한 가지밖에 없다.

9

"그것이 정말이란 말이오?"
"그러하옵니다, 전하. 소인이 그자를 직접 만나보았습니다."

개경 고려 왕궁의 선경전. 우왕은 주위의 환관들과 궁녀들을 물리친 채 시중(侍中) 최영(崔瑩)과 독대를 하고 있었다. 그는 은밀히 보고를 올린 최영을 바라보며 아직도 믿지 못하겠다는 표정이었다. 한 손으로 턱을 매만지며 난감한 표정으로 고개를 내젓고 있었다.

"어떻게 그럴 수가 있단 말이냐……."

그러면서 주위를 휘둘러보았다.

"혹 이 사실을 아는 자가 또 있소이까?"

"아직은 없습니다. 제가 그자를 은밀한 곳에 따로 데려다 놓았습니다."

"잘했소이다."

우왕은 미간을 찌푸리며 최영을 내려다보았다.

"경은 이를 어떻게 하면 좋을 것 같소이까?"

최영 또한 난감한 표정이었다. 전장에서 잔뼈가 굵은 그도 흐르는 세월 앞에선 어쩔 수 없는 모양이었다. 산을 짊어질 듯한 두 어깨는 어느새 축 처져 있었고, 머리와 귀밑에는 허옇게 센 머리가 주름 가득한 얼굴 위로 흘러내렸다. 그는 흘러내린 머리를 뒤로 넘기며 낮게 고개를 숙였다.

"전하, 우리에겐 선택의 여지가 없사옵니다."

"선택의 여지가 없다?"

"그러하옵니다. 방법은 오직 한 가지밖에 없사옵니다."

"경도 그렇게 생각하시오?"

우왕은 이제 막 자라기 시작한 수염을 매만지며 푹 한숨을 내쉬었다.

"음……."

그는 한참동안 고민하다가 결정을 내렸다.

"그렇다면 과인은 경의 말대로 할 것이오. 뒷일 또한 경이 책임져 주구려."

강순용은 의자에 앉지도 않고 초조하게 실내를 서성였다. 그의 머릿속에는 병으로 시들어가는 기 태후의 얼굴이 떠나질 않았다. 연신 두 손으로 얼굴을 매만지며 불안하게 두리번거렸다. 실내는 무척 좁고 단출했다. 반원 모양의 창문 옆에 작은 서탁이 놓여 있고, 그 벽면에 난초를 그린 족자가 하나 걸려 있는 게 전부였다. 바닥과 서탁 위에는 먼지가 뿌옇게 쌓여 있었다. 평소 사람이 거처하지 않는 곳에 자신을 데려다 놓은 듯했다.

강순용은 지금 자신이 있는 곳이 어딘지도 잘 몰랐다. 살짝 문을 열고 밖을 살폈다. 지나는 사람은 아무도 없었다. 불빛이 희미한 복도에는 정적만이 감돌고 있었다. 궁궐에서도 가장 외진 곳에 자신이 든 것이 분명했다.

한참을 기다려도 최영이 돌아오지 않자 강순용은 불길한 생각이 들었다.

어쩌면 고려로부터 버림을 받을지도 모른다. 내가 어리석은 짓을 한 것인가.

하지만 아무리 생각해보아도 기 태후를 살릴 수 있는 방법은 이것밖에 없었다. 기 태후의 병세는 한시가 급했다. 자신이 원에 다녀오는 동안 무사할 리 없었다. 무슨 수를 써서라도 기 태후를 살릴 약을 구해가야만 했다. 그러기 위해 의지할 곳은 역시 이곳 고려 왕실밖에는 없었다.

그가 고려의 최영을 찾은 것은 고려 왕실과의 친밀한 관계 때문이었다. 강순용은 여러 차례 고려와 내왕하며 왕실과도 친밀한 관계를 유지해 왔었다. 충목왕 2년에는 원나라 황제의 어향(御香)을 가져왔는데, 이에 대한 보답으로 충목왕으로부터 금띠와 말안장을 하사 받기도 했다. 공민왕 3년에도 숭문감 소감의 자격으로 이부낭중(吏部郎中) 합라나해(哈喇那海)와 함께 고려를 찾기도 했다. 고우(高郵)의 장사성(張士誠)을 토벌하기 위한 원군을 청하기 위해서였다. 그때 강순용은 최영을 비롯한 유탁(柳濯), 염제신(廉悌臣), 권겸(權謙), 원호(元顥), 나영걸(羅英傑) 등과 교류하며 절친한 사이가 되었다.

고려 왕실로부터 여러 작위를 받기도 했다. 공민왕 3년에는 지밀직사사(知密直司事)에 제수 되었고, 같은 해 7월에는 찬성사(贊成事)에 임명됨과 동시에 은성부원군에 봉해지기도 했다.

그는 고려와 자주 내왕하며 조정의 여러 신하들과도 두터운 인맥을 만들어갔다. 박불화가 죽고 난 뒤에 기황후가 강순용을 자신의 심복으로 삼은 것도 이런 고려와의 관계를 염두해 둔 포석이었다.

강순용은 오늘 새벽, 은밀히 개경의 왕궁을 찾아 과거 자신과 교류를 나누었던 시중 최영을 찾았다. 강순용을 만난 최영은 매우 놀라워했다.

"어떻게 그대가 이곳을……."

강순용은 고려에 온 이유를 설명하기 시작했다. 그러면서 주위 사람들의 눈에 띄지 않도록 주위를 살피는 것도 잊지 않았다. 강순용의 말을 다 듣고 난 최영은 여전히 믿기지 않는 표정이었다.

"어떻게 기 태후께서 이곳에 와서 그리 큰 병에 걸리셨단 말입니까?"

"제가 오죽 급했으면 이곳을 찾아왔겠습니까?"

강순용은 기 태후가 고려에 오게 된 사정과 그녀의 병세가 위급하다는 것을 최영에게 자세히 설명했다. 그러면서 태후를 치료할 의원과 약초를 달라고 간절히 부탁했다. 하지만 최영은 쉽게 답을 해주지 않았다. 그는 낯빛을 흐린 채 미간을 좁혔다.

"이건 제가 결정할 문제가 아닙니다."

"시중께서 결정할 문제가 아니라뇨? 은밀히 의원을 찾아 제가 말씀한 약제만 주시면 되지 않습니까?"

최영은 하얗게 센 수염을 매만지며 강순용을 바라보았다.

"전하의 윤허를 받아야만 합니다."

"전하의 윤허라……."

"그렇습니다. 그대도 우리 고려의 사정을 잘 알지 않소이까? 만에 하나……."

강순용이 얼른 그의 말허리를 잘랐다.

"그러니깐 주원장의 눈치를 보고 있는 게 아니오? 고려가 태후 마마를 도운 것을 알고 보복을 당할까 두려운 게 아니오?"

최영은 말없이 옅은 한숨을 내쉬었다. 곤혹스러운 표정이 역력했다. 강순용은 여태 자제했던 감정을 다스리지 못하고 목소리를 높이고 말았다.

"정말 너무 하는군요. 우리 태후 마마께서 어찌하여 저리 큰 병에 걸려 이곳 고려까지 오시게 되었는지 아시기나 하는 게요? 바로 고려에서 군사를 내주지 않아 2만이나 되는 우리 군사를 잃고 이곳까지 오시게 된 것이오. 고려가, 태후 마마의 고국인 고려가 마마를 병들게 한 것이란 말이오. 그래놓고도 그깟 주원장의 눈치나 보며 병이 깊이 든 우리 태후 마마를……."

강순용은 다음 말을 잇지 못하고 울먹이기까지 했다. 얼굴이 붉게 상기된 채 양 볼을 실룩이며 가슴을 팡팡 두드렸다. 최영은 그런 강순용의 모습을 한동안 지켜보다가 차가운 어조로 말하고는 나가버렸다.

"우선은 전하의 윤허가 떨어져야만 하오. 내 전하를 만나 뵙고 답을 드리리다."

최영을 기다리는 동안 강순용은 초조한 기색을 감출 수 없었다. 후회가 되기도 했다. 자신이 너무 흥분하여 최영의 감정을 자극한 것이 아닌가 여겨져 머리칼을 쥐어뜯기도 했다. 지금은 기 태후를 살리는 게 우선이다. 태후를 살릴 수만 있다면 어떤 수치나 모욕도 당할 수 있었다. 그는 태후의 목숨이 자신의 손에 달려 있다고 여겼다. 그런 생각이 들자 그는 도저히 가만히 기다릴 수만은 없어 어금니를 깨물며 문 쪽으로 걸어갔다. 그때 급히 다가오는 발소리가 들렸다. 이어 벌컥 문이 열리며 최영이 들어왔다.

　강순용은 최영을 보자 떨리는 목소리로 급히 물었다.

　"그래, 어떻게 되었소? 전하께서 윤허를 내리셨소이까?"

　최영은 보일 듯 말듯 고개를 끄덕이며 말했다.

　"전하께서 태후 마마를 잘 보살펴 드리라 일러주셨소."

　"그게 정말입니까?"

　강순용은 너무 기쁜 나머지 최영의 손을 덥석 맞잡았다.

　"이 은혜는 결코 잊지 않을 것이오."

　실내를 나서니 긴 수염을 한 어의가 대기하고 있었다.

　"이 어의가 태후 마마의 병을 치료할 약을 구해다 줄 것이오. 이 사람을 따라가 태후 마마의 병세를 살피도록 하시오."

　강순용이 저도 모르게 고개를 숙였다. 하지만 최영은 여전히 차가운 표정이었다.

　"대신 모든 일이 은밀히 진행된다는 사실을 유념해야 할 것입니다."

　"물론입니다."

　강순용과 어의는 사람들의 눈을 피하기 위해 궁궐 뒷문을 통해 밖으로 나갔다. 그들은 개경에서 가장 가까운 혜민국(惠民局)을 향해 바삐 걸어갔다.

10

　겨울의 끝자락이었지만 날씨는 여전히 차가웠다. 며칠 전 내린 눈이 아직 녹지 않았고, 눈 위로 불어오는 칼바람은 매섭기만 했다.
　개경 북쪽에 위치한 이성계의 사저. 이곳에는 바깥의 추위만큼이나 냉랭한 기운이 감돌고 있었다. 먹구름에 가려있던 태양이 모습을 드러내자, 어두운 실내로 아침햇살이 스며들었다. 창호지를 뚫고 들어온 햇살에 비친 이성계의 얼굴은 석상처럼 굳어 있었다. 그뿐만 아니었다. 이른 시간에 이곳에 모여든 사람들은 모두 한동안 굳은 얼굴로 입을 굳게 다물고 있었다. 그 침묵이 버거운 듯 정도전이 불쑥 입을 열었다.
　"그게 진정 사실이란 말이오? 믿기지가 않는구려."
　이숭인(李崇仁)이 대답했다.
　"데리고 있는 내관이 알려와 제 눈으로 분명히 확인했습니다."
　"밀직제학(密直提學)께서 직접 보셨다면 사실이 분명하군요."
　그 진위 여부를 재확인한 그들의 관심은 한 가지로 모아졌다.
　"강순용이 왜 은밀히 궁궐을 찾아 왔을까요?"
　"그자는 기 태후를 그림자처럼 수행하는 환관이 아니오?"
　"그는 박불화가 죽고 나서 한시도 태후 곁을 떠나지 않은 태후의 수족으로 알려져 있습니다."
　"그렇다면……."
　이성계가 운을 떼자 정도전이 눈을 빛내며 말을 이어갔다.
　"기 태후가 고려에 있는 것이 분명합니다."

"어찌 그럴 수가 있단 말입니까?"

"기 태후는 고려와 함께 정요위를 치기 위해 요동 땅에 군사를 몰고 왔소이다. 우리가 군사를 내지 않는 바람에 명에 대패하여 원군이 물러갔습니다. 아마 그때 태후는 고려로 내려온 것 같습니다."

"태후가 고려로 올 이유가 없지 않습니까?"

이숭인이 고개를 갸웃하며 말했다.

"전하의 어의가 최영과 함께 강순용을 찾아가는 것을 보았다고 합니다."

"어의가 강순용을 찾아갔다?……"

"기 태후는 심한 병에 걸려 병을 치료하기 위해 고려에 온 것이 분명합니다."

방에 모인 사람들은 그제야 모든 상황이 이해가 되는 듯 고개를 끄덕였다. 실내에는 다시 무거운 침묵이 감돌았다. 사람들의 시선은 자연히 이성계에게 모아졌다. 그는 명나라에 선을 대 고려가 정요위를 공략하는 것을 막는 데 주도적인 역할을 했다. 또한 벼슬도 화령부윤(和寧府尹)에 올라 있어 이 모임의 좌장 역할을 하고 있었다.

침묵이 버거운 듯 이숭인이 벌떡 일어서며 좌중을 둘러보았다.

"이를 그냥 두고 보실 겁니까?"

"그냥 두고 보지 않으면 뭘 어찌한다는 말이요?"

"명에 잘 보일 절호의 기회가 아닙니까? 주원장은 아직도 기 태후를 두려워하고 있답니다."

이성계는 답을 뻔히 알면서도 에둘러 물었다.

"그래서 어찌하잔 말이요?"

"그야 두 말 할 필요가 있나요? 이 기회에 명에 확실하게 낙점을 받아야만 우리의 입지가 더욱 굳어질 수 있습니다."

하지만 이성계는 고개를 내저었다.

"태후는 죽음을 앞둔 노파에 불과하오. 굳이 우리가 나서지 않아도 머지않아 죽게 될 것입니다."

"이왕 죽을 것이니 우리가 나서자는 겁니다. 은밀히 일을 처리하면 우리가 나섰다는 걸 아무도 알지 못할 겁니다. 우리는 그 결과만 명에 통보하면 되지 않습니까?"

이성계는 수염을 매만지며 고개를 옆으로 돌렸다. 창틈으로 들어온 햇살이 그의 눈을 부시게 했다. 눈을 살짝 감으며 양손으로 관자놀이를 지그시 눌렀다. 그는 여전히 대답을 않고 있었다. 답답한 나머지 정도전이 언성을 높였다.

"이보시오, 화령부윤!"

이성계는 한동안 기 태후의 처리문제를 두고 골몰했지만 역시 대답을 하지 못했다. 결정을 내리기가 여전히 곤혹스러운 표정이었다. 아주 잠시 그의 한쪽 얼굴 근육이 일그러지는 것을 정도전이 놓치지 않고 쏘아보았다. 정도전은 그런 이성계에게 바투 다가가 앉았다.

11

주름진 피부에 살비듬이 날리고, 백발마저 빠져 훤히 드러난 이마엔 검은 저승꽃이 가득했다. 기 태후는 누운 채 살짝 고개를 들어 안을 둘러보았다. 방안은 약을 달이는 냄새와 그녀의 몸에서 흘러내린 피고름 냄새가 뒤섞여 악취가 코를 찔렀다. 늙은 어의는 밤새 기 태후를 간병하다가 새벽이 되어서야 벽에 기대어 잠이 들었다.

기 태후는 허리와 어깨 부위에 심한 통증을 느꼈다. 욕창을 방지하기 위해 자주 자세를 바꾸며 누웠기 때문에 온몸이 쑤셨다. 그녀는 다시 눈을 감았다. 잠에서 깨었지만 여전히 의식은 몽롱하기만 했다. 아무리 정신을 차리려 해도 골수까지 파고 든 수마(睡魔)가 그녀를 놓아주지 않았다. 그 안타까운 의지와 흐릿한 수막 사이의 경계선을 숱하게 넘나들다가, 그녀는 번쩍 정신을 차렸다.

그렇지. 여긴 나의 태를 묻은 고려 땅이 아니던가!

고려에 와 있다는 것이 기억나자 문득 탕제보다 더 쓴 슬픈 추억이 목구멍으로 치밀어 올랐다. 어둠이 걷히며 햇빛이 스며들자 방안의 사물들은 또렷하게 보였지만 그녀의 시야는 점차 흐려졌다. 눈에 물기가 맺혀 앞이 보이지 않았다. 그녀는 다시 눈을 감았다. 눈을 감자 오히려 시야가 선명해졌다.

주위는 어느새 신록의 숲으로 변해 있었다. 물기를 머금은 대기는 초록으로 가득했다. 그녀는 버들잎처럼 유연하고 탐스러운 모습으로 돌아가 숲 속을 달리고 있었다. 숲은 잘 익은 과실주처럼 향기로웠다. 어디선가 꽃망울 툭툭 터지는 소리가 들려올 듯 주위는 고요하고 적막했다. 얼굴에 간들 스치는 숲의 바람살을 느끼며 그녀는 비단뱀이 풀숲을 헤치듯 사르륵 사르륵 뒤꿈치를 끌며 천천히 앞으로 나아갔다. 발소리는 미세한 공기를 흔들며 퍼져나갔다.

"연수!"

그때 숲 저편에서 그녀를 부르는 소리가 들려왔다. 이윽고 말쑥한 얼굴에 몸이 맷맷한 소년이 살아 버둥거리는 토끼를 한 손에 들고 달려왔다. 꿈에서나 보이던 최천수가 환하게 웃고 있었다.

"오라버니!"

기 태후는 천천히 몸을 일으켰다. 그녀는 어느새 몸에 든 병을 잊었다. 날아갈 듯 몸이 가벼워져 이불을 걷어내고 걸어가는 얼굴에 꿈꾸는 소녀의 미소가 담겨 있었다. 문을 열자 햇살이 가득히 방안으로 쏟아져 들어왔다.

어의는 여전히 가볍게 코를 골며 깊은 잠에 빠져 있었다. 기 태후는 햇빛이 눈이 부셔 잠시 두 손으로 가리고 있다가 마저 문을 열었다. 겨울의 끝자락이라 날은 많이 풀려 있었다. 멀리 아득히 아지랑이가 올라오는 게 보였다. 그 아지랑이 사이로 여전히 최천수의 환영이 보였다. 그는 발버둥치는 하얀 산토끼를 든 채 그녀에게 손짓하고 있었다.

기 태후는 지금 자신이 문지방을 넘어서고 있다는 것을 몰랐다. 맨발로 차가운 눈 위를 걷고 있었지만 아무런 감각도 느끼지 못했다. 그녀의 눈에는 오직 바람처럼 빠르게 숲을 내달리고 있는 최천수의 모습만이 보였다.

"오라버니!"

기 태후는 입을 열어 최천수를 불렀다. 그녀는 목울대를 울리며 가만히 불러보았다. 하지만 그 소리는 그녀의 귀에 파고들지 못하고 금세 바람결에 흩어졌다. 그녀는 비틀거리며 최천수에게 다가갔지만, 걸어간 만큼 그와의 거리는 더욱 멀어지고 있었다. 그녀는 더 걸어가지 못하고 그만 눈 위에 주저앉고 말았다. 문득 눈에 묻힌 맨발에서 시린 느낌이 그제야 전해졌다. 그녀는 손을 뻗어 차가운 발을 꼭 감쌌다. 그때 멀어졌던 최천수가 천천히 다가왔다.

"오라버니!"

기 태후는 다시 자리에서 일어났다. 아득한 눈을 하고 최천수에게 다가가다가 그녀는 깜짝 놀라며 뒤로 물러섰다. 앞에 선 자는 최천수가 아니었다. 언제 나타났는지 복면을 한 두 사람이 그녀의 앞에 서 있었다. 그들은 기 태후의 모습을 유심히 살피더니 서로 마주보고 고개를 끄덕였다. 그리고는 품에서 새파랗게 날이 선 단검을 꺼내들었다.

기 태후는 놀란 가슴을 쓸어내리며 낮게 소리쳤다.

"너희들은 누구냐?"

복면을 한 자가 한 걸음 다가서며 메마른 음성으로 말했다.

"부디 우리들을 원망하지 않길 바라오. 여기서 조용히 가는 것이 바로 고려를 위한 것이란 것만 알아두길 바라오."

"고려를 위한 것이라……."

기 태후는 가만히 중얼거리며 훅, 한숨을 들이켰다.

"그렇다면 너희들은?"

복면의 사내들은 고개를 끄덕이며 거리를 더 좁혀왔다. 기 태후는 물러서지 않았다. 그녀는 얇은 옷 밑으로 으스스 돋아 오르는 소름을 쓸어 내며 하늘을 올려다 바라보았다.

"너희들도 진정 나를 죽이는 것이 여기 고려를 위한 것이라 생각하느냐?"

그중 한 사내가 칼을 내려놓으며 답했다.

"그건 우리를 여기에 보내신 분의 생각입니다. 그 분의 생각이 곧 우리들의 생각이기도 하지요."

"나는 고려에 큰 선물을 주려 요동까지 왔었다. 그런데 너희들은 나를……."

기 태후는 채 말을 잇지 못하고 쿨럭쿨럭 기침을 했다. 그녀의 입에서 흘러내린 핏물이 눈 위에 떨어지며 붉은 꽃잎을 만들고 있었다. 여태 힘겹게 지탱하고 있던 다리가 후들거리며 그녀는 그만 쓰러지고 말았다. 그 모습을 바라보며 복면의 사내가 단검을 들었던 팔을 내리며 뒤로 물러섰다.

기 태후는 신음을 흘리면서도 간신히 몸을 일으켜 세우며 복면의 사내들을 바라보았다. 겨울의 차가운 공기인데도 그녀의 얼굴은 땀으로 번들거렸다. 하지만 눈빛만은 병든 사람 같지 않게 형형하게 빛나고 있었다.

"내 어릴 적 공녀로 끌려갔었다. 부모형제가 죄다 비명에 가고…… 그렇게 40여 년이 지나서야 다시 고국에 돌아왔다. 이렇게 늙고 병든 모습으로…… 쿨럭!"

그녀는 기침 때문에 채 말을 맺지 못했다. 급히 막은 손바닥으로 검붉은 핏물이 흥건히 고여 있다가 팔목을 타고 흘러내렸다.

"허나, 내 태를 묻은 이 고려 땅에서…… 꿈에서도 그리워했던 이 고려 땅에서, 고려인의 손에 죽는 것도 나쁠 것 없겠구나."

그녀는 허리를 쭉 펴고 천천히 복면의 사내에게 다가갔다. 단검을 놓고 있던 사내가 숫제 겁을 먹으며 움찔 뒤로 물러났다. 그것을 보고 복면을 한 또 다른 사내가 재촉했다.

"뭐하는 거냐? 어서 처리하지 않고!"

하지만 단검을 내려트린 사내는 아예 검을 휙 팽개치며 몇 걸음 더 뒷걸음질 쳤다. 그는 오히려 옆에서 채근하는 사내의 팔을 꽉 붙들었다.

"나는 이분을 죽일 수 없소. 당신도, 당신도 어서 검을 버리시오."

그때 밖의 소란스런 소리에 잠에서 깨어난 어의가 눈을 부비며 나오고 있었다. 어의는 복면을 쓴 두 자객의 모습을 보더니 신발도 신지 않고 맨발로 달려와 기 태후 앞을 가로막았다.

"대체 무엇들 하는 게요? 여기 계신 분이 뉘신지 알고 이러는 거요?"

어의의 흰 수염이 분노로 부르르 떨리고 있었다.

"잘 알고 있으니 우리가 찾아 온 게 아니오?"

복면의 사내는 옆에서 팔을 붙든 동료의 손을 거칠게 뿌리치며 단검을 세우고 거리를 좁혀왔다. 그 바람에 뒤로 나가떨어진 사내는, 검을 치켜든 동료가 기 태후에게 더욱 접근하자 벌떡 일어나 달려들며 검을 든 동료의 발을 끌어안고 옆으로 뒹굴었다. 그 옆의 사내는 여전히 망설이는 표정이 역력했다.

"어이쿠!"

넘어진 사내가 몸을 일으키며 옆을 돌아보았다.

"무슨 짓인가?"

"우린 이 분을 해할 수가 없네."

"그게 무슨 소린가? 이 늙은이를 죽여야만 우리 고려가 살 수 있다고 하지 않았는가?"

"하지만 이 분은…… 이 분은 우리가 죽여선 안 될 것 같네."

다시 검을 집어든 사내는 옆에서 말리는 동료의 가슴팍을 팔꿈치로 사정없이 내질렀다. 그리고는 기 태후를 향해 달려갔다. 하지만 칼끝은 그녀에게 닿지 못했다. 어의가 대신 몸으로 막아선 것이다. 그의 가슴에서 피가 분수처럼 솟아났다. 어의는 눈을 치켜 뜬 채 기 태후를 아득히 바라보다가 그 자리에 쓰러졌다.

"이보게!"

기 태후가 달려가 어의의 상체를 일으켰지만 이미 숨이 끊어진 뒤였다. 어의의 가슴에서 흘러나온 피로 그녀의 손이 붉게 물들었다. 기 태후는 그 차가운 주검을 안고 망연한 표정으로 앉아 하늘을 올려다보았다.

피가 뚝뚝 떨어지는 칼을 치켜든 복면의 사내가 기 태후에게 다가왔다. 다시 옆의 사내가 달려와 그를 막아섰다. 복면을 한 두 사람은 한동안 격렬한 몸싸움을 벌였다. 하지만 이번에도 옥신각신 하다가 칼을 집어든 사내가 말리는 동료를 걷어차고는 기 태후를 향해 칼을 치켜세웠다. 기 태후는 긴 한숨을 내쉬며 눈을 내리감았다. 모든 걸 체념한 표정이었다.

"날 죽여도 괜찮다. 얼마든지…… 하지만 내가 가게 되면 우리 고려의 꿈은 아주 사라져 버리고 말 것이야. 대륙의 꿈 말이야. 영원히……."

사내는 잠시 망설이다가 아랫입술을 질끈 깨물고는 칼을 휘둘렀다. 핏방울이 분수처럼 허공으로 솟아오르더니 이내 눈 위에 점점이 떨어져 한 무더기의 혈화(血花)를 심었다. 그 붉은 꽃잎을 등지고 기 태후는 눈 위에 쓰러졌다.

그녀는 흐릿한 눈을 떠 옥빛 하늘을 올려다보았다. 구름 한 점 없는 맑은 하늘 위로 소쩍새 한 마리가 날아가는 게 보였다. 새는 창공을 박차고 하늘에 하나의 점을 남기고 사라졌다. 그녀의 영혼 또한 오랫동안 몸 담아온 육신이 버거운 듯 서둘러 하늘을 향해 날아올랐다. 더는 원도 한도 없는 그저 맑고 푸른 하늘로, 영원히……..

작가 후기

한바탕 폭우가 쏟아져 길은 누런 흙탕물로 가득하다. 아직도 비는 완전히 그치지 않아 분무기와 같은 안개비가 대기 중에 흩어지고 있다. 아무렇게나 자란 잡초들이 무릎까지 올라와 걷기도 힘들 정도였다. 조금 걸어가자 풀물이 바짓단에 배어들어 양말까지 다 젖고 말았다.

나는 아득한 눈을 하고 주위를 돌아보았다. 내 시선이 가닿은 곳은 황량하기 그지없었다. 웃자란 잡목과 무성한 여름풀들이 시야를 가리고 있고, 그 사이로 모내기를 마친 논들이 까마득히 펼쳐져 있었다. 간간히 지나가는 자동차 소리만 들릴 뿐, 주위는 적요 속에 가라앉아 있었다.

나는 물기 머금은 풀 섶에 털썩 무릎을 꿇으며 어금니를 아프게 깨물었다. 문득 비감한 마음이 든다. 소설 속의 강순용도 그러했을 것이다. 강순용이 땀을 뻘뻘 흘리고 뒤늦게 달려왔을 때 눈 쌓인 농가의 차가운 마당에는 두 구의 시체가 보였을 것이다. 그 여자, 붉은 혈화를 등지고 차마 눈을 감지 못한 안타까운 얼굴로 죽어 있는 고려 여인의 참담한 모습을 지켜본 강순용의 마음은 어떠했을까? 그는 그녀의 시신 앞에 엎드린 채 울부짖었을 것이다. 손에 피멍이 맺히도록 땅을 치고 통곡했을 것이다. 한 맺힌 고려의 옥빛 하늘을 마지막까지 담으려 했을 그녀의 부릅뜬 동공을 차마 감겨주지 못해 가슴이 미어졌을 것이다.

강순용은 어금니를 깨물며 그녀의 두 눈을 감기고는 그 앞에 무릎을 꿇었을 것이다. 이 소설을 끝내고 이곳을 찾아 허탈해 하며, 지금의 내가 그러했듯. 강순용은 문득 옆을 바라보았을 것이다. 그때 어떤 구원처럼 그녀의 가슴을 찔렀을 시퍼런 단검이 보였을 것이다. 그는 긴 한숨을 내쉬고는 단검을 집어 들었을 것이다.

이제 내 산이 무너졌으니, 더 살아서 무엇 하리!

그때 그는 둔기로 얻어맞은 듯 다시 그녀의 차가운 시신에 눈이 갔을 것이다.

이대로 나마저 가버리면…… 우리 마마의 옥체는 어이 할까.

강순용은 눈물을 훔치며 그녀의 시신을 수습했을 것이다. 꺼이꺼이 울며 폐가에 버려진 지게 위에 그녀의 몸을 싣고 다시 눈이 내리기 시작하는 구불구불한 길을 헤치며 어딘가로 걸어갔을 것이다. 그곳은 지금 내가 하염없는 눈을 하고 있는 바로 이곳, 경기도 연천군 연천읍 상리.

고종 재위 시 만들어진 '연천현읍지'에는 "동쪽 20리 재궁동은 원나라 순황제 기 황후의 묘가 있는데 자신이 죽으면 고국에 묻히기를 원했다(在縣東 二十里 齋宮洞 俗傳 元順帝 奇皇后 願歸葬故國故葬此云)"고 전하고 있다. 하지만 사람들은 이 능의 의미를 알지 못해 관심을 갖지 않았고, 임진왜란과 병자호란을 거치면서 능은 파괴되고 도굴되기에 이르렀다. 그러다가 10년 전에 연천문화원이 지표를 조사하다가 풀 속에서 나뒹구는 석양(石羊)을 발견하여 이를 보관 중에 있다고 한다.

 어린 나이에 공녀로 끌려가 천신만고 끝에 황후의 자리에 오른 여인. 천하를 손에 쥐고 광활한 땅을 지배했던 기 태후의 자취가 지금은 땅바닥에 나뒹구는 석양조각 하나로 남아 있을 뿐이다.

 나는 무릎을 굽혀 웃자란 풀을 헤집어 흙바닥을 만져본다. 700년 전 이곳에 묻힌 그녀의 뼈와 살은 빗물과 공기에 씻기어 지금 만지고 있는 흙에 스며들었을 것이다. 아니 이 땅 전체에 스미어 우리와 함께 하고 있지 않은가?

 그녀가 세상을 떠난 지 700년이 흐른 지금. 동북아는 또 다시 크게 요동치고 있다. 중국은 동북공정을 내세워 고구려와 발해를 그들의 역사로 만들더니 이번에는 북한을 경제적, 군사적으로 종속시켜 아예 한 성(省)으로 편입시킬 기세이다. 북한은 주변국의 우려에도 불구하고 미사일을 발사하며 생존의 몸부림을 치고 있고, 일본은 역사 왜곡과 함께 독도 영유권을 주장하며 군대의 재무장을 하고 있다. 대한민국은 세계 경찰국가를 자임하는 미국과, 떠오르는 맹주인 중국의 틈바구니에서 앞이 보이지 않는 생존투쟁을 펼치고 있다.

 급박하게 돌아가는 국제정세를 바라보며 이 고려 여인에 대한 이야기를 써보고 싶었던 것은, 작가의 욕망을 넘어선 그 어떤 것이 나를 이끌었기 때문이었다. 그것이 무엇이라고 나는 명확히 말할 수도 없다. 다만 작은 변방 국가에서 태어나 강대국의 틈바구니에서 천하를 경영했던 그녀의 삶에 대해서 나는 과장 없이 말하고 싶었다. 이 소설의 살을 이루었던 허구는 그녀의 실존을 진솔하게 말하기 위한 방편으로만 쓰였다고 말하고 싶다. 내가 그녀의 삶을 말하기 위해 더듬었던 역사적 사실들은 이 소설 속에 고스란히 뼈를 이루고 있다. 내가 그 뼈와 살을 통해 엮어간 이 이야기 속에 피가 돌게 하는 것은 이제 독자들의 몫이다. 여기 이 버려진 땅에 누운 그녀의 삶에 대해서, 역사는 여전히 함구하고 있고, 사람들은 그녀의 생애에 관심을 갖지 않는 것이 안타까울 뿐이다.

나는 준비해온 백단향에 불을 붙여 풀을 헤치고 흙바닥 위에 꽂아 놓았다. 그녀의 육신이 스며 있는 대지 위로 하얀 향이 낮게 깔릴 때 나는 고개를 숙였다. 그리고 원고를 탈고하느라 내내 멀리했던 술 생각에 목이 타들어갔다. 나는 가방에서 소주병을 꺼내 그 땅에 부었고 마지막 한 모금을 남겨 입속에 털어 넣었다.

나는 한참 후에야 붉은 얼굴을 하고 동산처럼 보이는 그 작은 능에서 내려왔다. 어느덧 비는 그쳐 구름 사이로 한줄기 햇살이 가늘게 비치는 게 보였다. 그 햇살을 가르며 검은 새떼들이 북쪽으로 줄지어 날아가는 것이 보였다.

2006년 7월 제성욱

천하를 경영한 기황후 4권

초판 1쇄 발행 2006년 08월 07일
2판 1쇄 발행 2013년 11월 13일

저　자　**제성욱**
펴낸이　**천봉재·조인숙**
펴낸곳　**일송북**

주소　　(133-801) 서울시 성동구 금호로 56 3층 (금호동1가)
전화　　02-2299-1290~1
팩스　　02-2299-1292
이메일　minato3@hanmail.net
홈페이지　www.ilsongbook.com
등록　　1998. 8. 13 (제 303-3030000251002006000049호)

ⓒ 일송북 2013

ISBN 978-89-5732-134-8 14910
ISBN 978-89-5732-130-0 (세트)
값 12,800원

이 도서의 국립중앙도서관 출판시도서목록(CIP)은 서지정보유통지원시스템 홈페이지(http://seoji.nl.go.kr)와 국가자료공동목록시스템(http://www.nl.go.kr/kolisnet)에서 이용하실 수 있습니다.(CIP제어번호: CIP2013022504)